Gerhart Gerweck · Sonnenwind

Gerhart Gerweck

Sonnenwind

Der Tierarzt und sein Pferd

Roman

Stieglitz Verlag
D-75415 Mühlacker
A-8952 Irdning/Steiermark

Schutzumschlag: Ulrich Kolb, Leutenbach

ISBN 3-7987-0318-3

Druck: Karl Elser Druck GmbH, Mühlacker

Inhaltsverzeichnis

I. Der Ritt in die Nacht

Die Nacht war tiefschwarz. Eine Nacht, in der man die sprichwörtliche Hand nicht vor den Augen sah. Die Dämmerung war plötzlich hereingebrochen und hatte sich wie eine samtschwarze Chimäre über den endlosen Wäldern von Augustów ausgebreitet. Sonnenwind schnaubte leise. Seine dampfenden Nüstern, deren nebliger Hauch eben noch den markanten Araberkopf im Zwielicht der Dämmerung umspielt hatte, hatten in der Dunkelheit jegliche Kontur verloren. Um so vertrauter sagte mir seine angespannte, ja erregte Atmung, mit welcher Aufmerksamkeit und Konzentration er sich durch die Undurchdringlichkeit dieser Schwärze des Waldes seinen Weg bahnte. Er war wie ein hochgespanntes Radarsystem, das mit allen Fasern seines Seins die Wand des nahezu aussichtslosen Abenteuers unseres Weges durch die Nacht durchbrechen wollte.

Ich saß mit lockerem, leichtem Sitz im Sattel, den Rücken rund und die Beine lang gemacht. Meine rechte Hand täschelte zärtlich seinen Hals und strich ihm über die fuchshelle Mähne. In der Linken hielt ich lässig die Trense; die Kandarenzügel lagen wiegend auf dem Widerrist. Pferd und Reiter waren eins. Mein Gewicht hatte sich mit dem kräftigen Körper des Pferdes verbunden, das Gleichmaß der Bewegung von Reiter und Pferd ließ uns zu einer Einheit verschmelzen; mein Wille, den Weg zurück zu finden, und Sonnenwinds Vertrauen zu mir schöpften im Pferd die Kraft, die schier aussichtslose Aufgabe der Heimfindung anzugehen, ja zu bestehen. Ich spürte fast animalisch, daß es das Vertrauen ist, das die Leistung zwischen Reiter und Pferd hervorruft und trägt. Nur wenn sich jeder auf den andern bedingungslos verlassen kann, hat das Pferd den Mut, den gewaltigen Sprung über den Graben zu wagen oder in einer so aussichtslos erscheinenden Situation wie der unseres Rittes durch die Schwärze der Nacht zu bestehen. Unser Schicksal war untrennbar miteinander verbunden. Nur wenn ich, trotz meiner immer quälender werdenden Angst, mental durchhielt, die Nerven behielt, mir immer wieder klarmachte, daß es eine Chance gab, konnte ich meinem Sonnenwind das Vertrauen geben, mir und sich selbst, im wahrsten Sinne des Wortes nahezu blindlings, Tritt für Tritt, seinen sensitiven Orientierungsimpulsen zu folgen.

Sonnenwinds konzentriertes Schnauben, sein immer wieder fast abgrundtiefes Durchatmen und seine mal ruhigen, mal angespannten, fast tänzelnden Schritte zeigten mir, daß er voll bei der Sache war. In mir nagte immer mehr die Ungewißheit, der Zweifel. Wie konnte ich auch so lange, so bis kurz vor der Dämmerung, den Heimweg hinauszögern? Warum hatte ich nicht auf den Popen Alexis gehört und in seinem Quartier die Nacht bis zum frühen Morgen verbracht? Warum hatte ich mich wieder einmal der so unendlich sentimentalen, liebenswerten, ja manchmal fast gewalttätigen Gastfreundschaft dieser, noch in ihrer schier abgrundtiefen Verzweiflung so herzerfrischenden Menschen hingegeben, mit ihnen palavert, gesungen, zur Balalaika getanzt und über das schreckliche Elend dieser Welt und ihrer nahezu hoffnungslosen Situation mit ihnen geweint?

Auf dem Rücken meines Pferdes Sonnenwind, in der unerbittlichen Einsamkeit im Dunkel der Nacht, in unwegsamen, schier endlosen Waldungen, mitten in einem besetzten Land, in dem alles Sinnen und Trachten auf Töten, um zu überleben, auf Rache für empfangenes Unheil und Kampf um die Freiheit ausgerichtet war, schrumpfte meine Zuversicht von Minute zu Minute. Mein Kopf sank tiefer, mein Sitz verlor sich im Wogen des Sattels. Meine Augen durchbohrten die Dunkelheit ohne auch nur den Ansatz einer Vision der Rettung zu empfinden. Die harten Zweige der Bäume strichen immer öfter um meinen Kopf und die Schultern. Eimal riß mir eine Dornenranke die Schläfe auf, und ich spürte, wie warmes Blut über die linke Wange lief. Wenn es Momente gibt, wo Hoffnungslosigkeit und Verzweiflung die Aura des Menschen in ein Schattenreich verbannen, in dem es keinen Glauben mehr gibt, so fehlte nicht viel, um mich an diese Grenze, an das Überschreiten des Rubikon zu bringen.

Ein kühler Wind kam auf. Die frische Brise vertrieb meine Müdigkeit und blockierte meine verzweifelten Gedanken. Ich fühlte, wie Sonnenwind die Ohren stellte, wie eine Spannung seinen Körper durchlief. Ich wurde mir klar über die Wegstrecke, die der Große und ich in der letzten halben Stunde, ohne jede Sicht, ohne Orientierung zurückgelegt hatten. Plötzlich war ich mir völlig sicher, daß wir auf dem richtigen Weg waren, daß das Pferd den Weg, den wir schon mehrmals gegangen waren, der ihn zurückführen würde ins Quartier, zu Jonathan, dem Handpferd, zu Alex, dem Muli, und zu seinem Freund Materna, dem großen Hannoveraner Wallach, nicht verfehlen konnte. Meine Lethargie war wie weggeblasen, und ich ertappte mich dabei, Gedanken aus dem Studium zu rekapitulieren, wo es um die wunderbaren Sinne der Tiere ging, um ihre Gabe, unvergleichlich sensibler als der Mensch Wahrnehmungen zu empfinden, die sich weit außerhalb unserer Vorstellungen und Möglichkeiten abspielen. Ich war mir plötzlich, wie in einem imaginären Bild, das die Komplexität des Lebens in der Konzentration eines Brennglas widerspiegelt, der Sensivitität meines prächtigen Sonnenwinds sicher bewußt, daß er nur aus dem Gefühl heraus, aus der Gabe eines für uns Menschen eher überirdischen Talents, den Weg ins Lager, in die Freiheit, zu den Kameraden wiederfinden würde.

In meinem Traum spiegelten sich die Gedanken an die wunderbaren Dinge, die uns der kleine Zoologieprofessor Schmidt so spannend erzählt hatte, über die Vielfalt der flatternden Fledermäuse, die seit Jahrmillionen mit Hilfe ihres Echolotes als perfekte Nachtjäger überleben. Die in größter Dunkelheit pfeilschnell das kleinste Insekt orten, in Sekundenbruchteilen seine hastigen Flugbewegungen nachvollziehen und es erlegen; die aber auch genau wissen, ob der angepeilte Mehlwurm zu ihrer Nahrungskette gehört oder gar ein Insekt ist, das auf Grund irgendwelcher Giftstoffe für sie ungenießbar und schädlich ist und deshalb verschmäht werden muß. Das alles geht so schnell über die Bühne, daß es für uns Menschen nahezu unbegreiflich bleibt. Am meisten beeindruckt hatte mich damals die Tatsache, daß bei diesem ewigen Kampf um Leben und Überleben die Natur jedem seine Chance einräumt. Selbst ein „simpler" Nachtfalter hat, als beliebtes Nahrungstier bestimmter Fledermäuse, sein Gehör auf die gleiche Wellenlänge der Töne eingestellt, die gerade diese Fledermaus auf der Jagd zur Ortung ihrer Beutetiere ständig ausstößt. So hat auch er eine Chance, und das lebenserhaltende Gleichgewicht der Natur zur Sicherung der Artenvielfalt bleibt für kommende Generationen der Fledermäuse und Beuteinsekten erhalten.

Sonnenwinds ruhiges, konzentriertes Atmen wiegte mich immer mehr in Sicherheit. Ich wurde so verwegen, seine Gabe, den richtigen Weg zu finden, mit dem Mysterium des Vogelflugs gleichzusetzen. In meinen Gedanken sah ich Sonnenwind wie Freund Adebar, den klappernden Glücksbringer, als Symbol in der ewigen Kette unseres menschlichen Lebens von seinem Horst auf dem Kirchturm des Heidedorfes aufsteigen, um kraftvoll sein Winterquartier am Tschadsee im fernen Afrika anzusteuern. Unbeirrt auf dem sichersten Weg, die natürlichen Landbrücken so gut es geht nutzend und den Überflug über das weite Mittelmeer so kurz als möglich haltend; und im nächsten Frühjahr, wenn die Natur mit üppiger Gewalt in eine neue Periode des Wachsens und Reifens eintritt, bezieht er sein angestammtes Nest wieder, um eine neue Generation klappernder Störche aufzuziehen. Er hat keinen Kompaß und keine Karte, keinen Lotsen und niemanden, der ihm die Richtung zeigt, aber seine innere Uhr, sein Instinkt und seine genetische Programmierung zeigen ihm über viele Tausende von Kilometern sicher seine Zugroute. Für uns Menschen ein Mirakel, ein Wunder, das wir auch mit all unseren technischen Errungenschaften nicht begreifen können; wir, die wir wie Blinde im Kreise tappen, wenn wir uns nur in einem dunklen Wald verirrt haben. Da kommt so ein kleiner Vogel wie die Mönchsgrasmücke auf die Welt und weiß seine Zugroute ins warme Winterquartier ganz genau; weiß, wann er fliegen muß, um die Zeit des Zuges optimal den geographischen und wetterbedingten Kriterien anzupassen, weiß, wo seine Rastplätze sind und wo auf Grund der Fallwinde die Flughöhe erhöht oder gar auf das riskante Niveau dicht über den Wiesen und Wäldern gesenkt werden muß. Diese kleine Mönchsgrasmücke weiß auch, daß die Zeiten sich ändern. Sie hat erkannt, daß langfristige Klimaveränderungen im Gange sind, daß Länder, die ehemals zu den naßkalten Regionen gehörten, über die Jahre immer wärmer und freundlicher wurden und durchaus ein Überleben im Winterquartier garantieren. So machen sich viele der kleinen Sänger, die ihre Brutplätze im österreichischen Burgenland haben, nicht mehr auf den beschwerlichen Weg ins östliche Mittelmeer, um sich dann südwestlich fliegend in Ostafrika ins Winterquartier zu begeben, sondern schwirren die weitaus kürzere und ungefährlichere Route nach Südengland, wo die Lebensbedingungen immer geeigneter werden. Der warme Golfstrom dort läßt die Winter immer milder werden, der zur Sicherung des Küstenschutzes vermehrt angebaute Sanddorn zählt zu den bevorzugten Futterpflanzen der Mönchsgrasmücke und der Tierschutz, der auch in England zur Volksbewegung geworden ist, propagiert die Winterfütterung der Singvögel so stark, daß immer mehr der kleinen Sänger hier ein ideales Asyl für den Winter entdecken. Warum dann noch den beschwerlichen Weg ins ferne Ostafrika?

Ein lautes Knacken und das tiefe Einknicken von Sonnenwind riß mich jäh aus meinem Träumen. Sonnenwind stand wie zur Salzsäule erstarrt, zittert erregt auf der Stelle und konnte den linken Vorderfuß nicht mehr belasten. Ich legte die Zügel auf den Widerrist und glitt vorsichtig aus dem Sattel. Mit meiner kaum noch leuchtenden Taschenlampe versuchte ich das Malheur zu ergründen. Im Schein des Lichts sah ich in seine angstvollen Augen. Immer wenn ich mich einem kranken Tier näherte, um es zu untersuchen, war der Blick in sein Auge die erste, die unverzichtbare Reaktion. Als Tierarzt habe ich gelernt und vieltausenmal erfahren, daß das Auge der Spiegel der Seele des Tieres ist. Aus ihm leuchtet der Schmerz oder die Angst, im Auge erkenne ich, ob das Tier mich akzeptiert, ob es vertraut, ja bereit ist, eine unter Umständen auch schmerzhafte Untersuchung und Behandlung zu erdulden oder hinzunehmen. Sonnenwind war mein Vertrauter, mein Freund. Unser Schicksal war seit vielen Jahren miteinander verbunden. Der Weg, den wir beide gegangen waren, war auf vielen Strecken ein gemeinsamer Marsch durch die Zeiten. Die Höhen und Tiefen, die wir erfuhren, die Gefahren, die wir beide überstanden, waren gemeinsam erlebte Gefahren, oft bis an die Grenzen des Erträglichen, die Grenze des Lebens überhaupt. Es war mehr als eine Gemeinschaft zwischen Reiter und Pferd, mehr als gemeinsame Abenteuer in einer schwierigen Zeit, und obwohl der Wille des Vorhabens und Erlebens ganz allein von mir ausging, war es alles andere als eine übliche Beziehung zwischen Mensch und Pferd, zwischen Herr und Knecht. Wir waren Freunde, unzertrennliche Kameraden, fest verbunden in Freud und Leid.

Was auf keinen Fall passieren durfte, war geschehen. Sonnenwind war mit dem linken Bein in die Höhle eines verlassenen Dachsbaus eingebrochen und hatte sich schwer gezerrt. Der linke Vorderfuß hing zitternd an seinem hochgehobenen Vorderbein; er wagte nicht, den Huf zu belasten. Am Bandapparat des Fesselgelenks zeigte die Untersuchung deutliche Schmerzen. An einen Weiterritt war im Augenblick überhaupt nicht zu denken. Außerdem hatte ein abgesplitterter, armdicker Ast eine stark blutende Verletzung in der weichen Haut der Fesselbeuge verursacht. Sonnenwind stand zitternd, verängstigt wie ein Lamm und ließ die eingehende Untersuchung ohne Zucken über sich ergehen. Seine weichen Lippen ruhten auf meiner niedergebückten Schulter, suchten den engen Kontakt mit mir, als wollten sie sagen: Ich vertraue auf Dich, Du wirst es schon machen. Es ist keine Vermenschlichung unserer Beziehung zu den Tieren, wenn man so empfindet. Für die Naturvölker waren die Tiere schon immer Brüder und Schwestern, mit denen sie zusammen lebten und überlebten, deren Seele Teil ihres Daseins bedeutete, in deren Geist ein Teil ihres Geistes einging. Auch hat heute noch seine Gültigkeit, was im ausklingenden letzten Jahrhundert der große Häuptling Seattle der Duwamishindianer in seiner Rede vor dem amerikanischen Präsidenten Franklin Pierce beschwörend aussagte: „Was die Tiere befällt, befällt auch die Söhne der Erde ... und was ist der Mensch ohne Tiere? Wären alle Tiere fort, so stürbe der Mensch an großer Einsamkeit des Geistes, was den Tieren geschieht, geschieht auch bald den Menschen, alle Ding sind miteinander verbunden.“ Die Rationalität, der Perfektionismus und die technische Zivilisation hat die enge menschliche Beziehung zum Tier nicht ausrotten können. Für mich als Tierarzt ist sie geradezu mein Lebenselixier im Beruf, meine Freundschaft mit Sonnenwind ein Teil meiner Erfüllung des Daseins überhaupt. Ohne daß wir in der Mensch-Tier-Beziehung mit dem Herzen dabei sind, geht es nicht. Der Sachverstand entläßt uns nicht aus der Identifikation mit der leidenden Kreatur. Wenn ich heilen und helfen will, bedarf es auch des Begreifens der Leiden. Wenn ich die Tiere schützen will, muß ich an sie glauben, in ihnen die Brüder und Schwestern sehen. Sie danken es uns durch Kameradschaft und Freundschaft. Wir brauchen sie wie die Liebe eines anderen, der keine Gegenleistung fordert, als Gesellschaft, ohne selbst Gesellschaft leisten zu müssen, als Gehör, ohne selbst hören zu müssen. Nein, Sonnenwind war mein Freund, er hatte mich bis hierher durch den rabenschwarzen Wald geführt und vor vielen Gefahren bewahrt. Jetzt brauchte er meine Hilfe.

Vorsichtig nahm ich den Sattel und die schweren Satteltaschen ab. Nachdem ich nochmals vorsichtig eingehend seine linke Vorderzehe, die Knochen, Gelenke, Sehnen und Bänder abgetastet hatte, regte sich in mir die Hoffnung, ihn über kurz oder lang wieder marschfähig machen zu können, den beginnenden Entzündungsprozeß soweit in den Griff zu bekommen, daß wir, wenigstens nach einigen Stunden Ruhepause, weiterziehen konnten. Die Verletzung in der Fesselbeuge mußte genäht werden, zu tief war die äußere Haut aufgeschlitzt. Mit einer lokalen Anästhesie war das ganze kein Problem, Sonnenwind zuckte nur ein wenig, und die fünf notwendigen Hefte waren schnell und sicher gelegt. Die gezerrten Bänder bekamen eine entzündungshemmende und in die Tiefe wirkende Salbe eingerieben, und ein festsitzender Verband mit dicker Watteunterpolsterung schloß das ganze Verfahren ab. Blieb nur noch die entzündungshemmende Injektion und Sonnenwind war fürs erste versorgt. Nur gut, daß ich alles Erforderliche in meinem Notbesteck in den schweren Satteltaschen mitgenommen und nicht, wie vorher beabsichtigt, Alex, dem Muli, zu dem übrigen Veterinärgerät aufgepackt hatte. Eine halbe Stunde war vergangen. Das kühle Lüftchen hatte sich langsam zu einem frischen Wind verstärkt, der rauschend durch das Laub der Bäume und die Zweige der Tannen strich. Es blieb uns nichts anderes übrig, als im Dunkel der Nacht abzuwarten, bis die Behandlung ihre Wirkung getan hatte.

Sonnenwind stand ruhig und entspannt. Er belastete schon wieder leicht den kranken Fuß und begann zu schildern, das heißt, er benützte seine anatomischen Möglichkeiten, abwechselnd seine Gliedmaßen auszuruhen, indem er seine Muskulatur teilweise völlig entspannte. Pferde können so ohne weiteres im Stehen schlafen und wieder völlig zu Kräften kommen; ja es gibt Pferde, die sich nie zum Schlafen niederlegen. Ich hatte ihn mit seinem wollenen Sattelwoilach eingedeckt, und sein tiefes Durchatmen und der tief nach unten hängende Hals zeigten mir, daß er schon bald in Morpheus Träumen war. Hoffentlich war es ein Schlaf, der ihm seine gesunden Kräfte wiedergab. Und hoffentlich blieb die Zerrung in seinem Bein im Bereich meiner bescheidenen therapeutischen Möglichkeiten.

Dicht neben seinen Vorderbeinen hatte ich mir mein Lager zurechtgemacht. Der harte Sattel war nicht zum erstenmal mein Kopfkissen, und der sandige Waldboden war kein schlechtes Lager. Alexis, der Pope, hatte mir noch eine Buddel Samogonka eingepackt, den Bienenhonigschnaps, der, trotz seiner hohen Prozente, wie ein Lebenselixier einfloß. Ich hatte ihn bitter nötig.

Seit dem frühen Morgen war ich auf den Beinen oder im Sattel. Nachdem ich im Quartier die kranken Pferde der Schwadron versorgt und verarztet hatte, waren wir zu den Kosaken aufgebrochen, um dort nach dem Rechten zu sehen. Wie immer war Igor dabei, der weißrussische Lehrer, 23 Jahre alt, aus einer alteingesessenen Familie, die aus unerfindlichen Gründen der stalinistischen „Säuberung“ zum Opfer gefallen war und nur ihn übriggelassen hatte. Im Waisenhaus aufgezogen, im Kollektiv der Staatsjugend großgeworden, mehr aus Zufall einer Ausbildung zum Lehrer unterworfen, hatte ihn der Traum von einem freien Weißrußland in unsere Einheit gespült. Sprachbegabt, hochintelligent, mit liebenswertem natürlichem Charme ausgezeichnet, half er bald bei den kranken Pferden aus und war nach dem schrecklichen Ende von Florian dessen Nachfolger als Veterinärgehilfe und Pferdehalter in einer Person.

II. Ein Nagel sticht ins Herz

Ach ja, Florian. Diese schwarze Nacht, das schicksalhafte Nachtlager inmitten des dunklen Waldes, die bange Frage, ob und wann Sonnenwind und ich wieder unser Quartier erreichen würden, der schwere Samogonka, die aufgedrehte Müdigkeit und das harte Lager auf dem Waldboden ließen mich in einen Zustand trudeln, der die Jahre mit Florian vor meinem Geist vorbeifliegen ließ:

Was war er doch für ein heiterer Kumpan. Eigentlich Georg Geier getauft, im Fränkischen bei rechtschaffenen Leuten großgeworden, nach der Schule schon früh in die harte Fron einer Bäckerlehre gegangen, bei der der Meister den erst 15jährigen von morgens vier Uhr bis spät in die Nacht auf Trab hielt. Dann durch Zufall bei der Kavallerie gelandet und durch noch größeren Zufall zur Versorgung der kranken Pferde abkommandiert. Er war ein Sonnyboy, immer zum Lachen und Scherzen aufgelegt, bei dem Mamischkas in der Küche beliebt, und es verging fast kein Tag, an dem er nicht mit kleinen Extras unsere Küche bereicherte. Zu den Pferden hatte er ein fast animalisches Verhältnis. Im Flug lernte er, im Sattel zu sitzen wie ein Kosak; völlig losgelassen, federnd und ausbalanciert den wildesten Bewegungen der Pferde zu folgen. Es war kein Reiten, das das Herz des Dressurfreaks in Begeisterung versetzte, es war eher ein Tanz auf dem Pferd in der Manege, aber es war so rationell und gekonnt, daß es sich im ganzen Regiment herumsprach und alle „schwierigen" Pferde in die leichte Hand von Florian gegeben wurden, um sie auf den nicht immer leichten Trip zuverlässiger Berittpferde zu bringen. Florian, wie ihn alle bald riefen, war ein Genie. Seine Auffassungsgabe sagenhaft und sein Gottvertrauen durch nichts zu erschüttern. Zu Sonnenwind war er wie ein Bruder; der große Fuchs fing an zu wiehern, wenn er ihn nur von weitem kommen sah. Als Veterinärgehilfen hatte ich nie einen clevereren Helfer gehabt, und schon bald konnte ich ihn selbständig zur Versorgung der kranken Pferde einteilen. Wenn mir einmal der Mut fehlte oder ich glaubte, an meine Grenzen zu stoßen, war es Florian, der meine Bedenken zerstreute und mich meine Pflichten als Tierarzt voll auskosten ließ. Er traute mir einfach alles zu, ich war sein Herr und Lehrmeister, in seinen Augen ein begnadeter Tierarzt, dem einfach nichts schiefgehen konnte. Dabei war ich nur wenige Jahre älter als er. Meine Hochschulausbildung war eher gerafft und nicht immer umfassend für dieses große und breite naturwissenschaftliche Studium und zur praktischen Erfahrung blieb wenig Zeit. Wir mußten quasi gleich ins kalte Wasser springen. Auch bei schwierigen Fällen standen wir oft ganz alleine, ohne jede Konsultation mit erfahreneren Kollegen, und im Extremfall wurde die Intuition und das Wissen bis zum letzten gefordert. Vielleicht waren es gerade diese extremen Verhältnisse, dieser unerbittliche Einsatz, der mich wachsen ließ und mir das nahezu grenzenlose Gottvertrauen von Florian in meine tierärztliche Kunst bescherte.

Wie war es doch in dem kleinen Dorf, dessen Namen wir nie so recht aussprechen konnten? Florian, Sonnenwind, Jonathan, das Handpferd, Alex, das Muli, Igor, der Lehrer, und ich waren in der kleinen Kate bei einer alten Bäuerin einquartiert. Sie war erst fünfzig, sah aber aus wie weit über siebzig. Ihre Familie war in alle Winde zerstreut. Sie wußte nicht, wohin es die Enkel und Kinder verschlagen hatte und ob sie noch lebten. Aber wie durch ein Wunder besaß sie noch eine Kuh. Florian hatte das irgendwie gewittert und uns ohne Umschweife dieses Quartier gesichert. Die Kuh war zwar nur ein kleines, kurzbeiniges Kühlein, aber sie hatte ein Kälbchen im Bauch und gab immer noch etwas Milch. Sie war der einzige Besitz, der der armen Frau geblieben war.

Die Bäuerin ging morgens in den Stall zum Füttern und Melken. Unsere Pferde schnaubten im Schuppen und warteten, bis Igor Hafer und Stroh einlegte. Sonnenwind wieherte laut, es war sein Signal an mich, ihm seinen morgendlichen Happen, über die Ration hinaus, zu bringen. Die Bäuerin stand kreidebleich in der Stalltür. Das Herz schlug ihr bis zum Hals. Nur mit Mühe konnte sie sich auf den Beinen halten. Ich ging zu ihr hin, um ihr unter die Arme zu greifen, sie zu stützen. Sie führte mich zu ihrer Kuh, zu ihrem einzigen Tier. Das Kühlein stand stöhnend im Stall und hatte fiebrige Augen. Das Flotzmaul war trocken und spröde und der Leib hart und gebläht. Die Frau, die sich mit Tieren auskannte, sah es mit Entsetzen.

Trotz der schrecklichen Situation, in der wir uns befanden, hatte sie Vertrauen zu mir. „Du, Doktor, du meiner Mimoschka helfen“, murmelte sie immer wieder vor sich hin. „Du, Doktor, du meiner Mimoschka helfen.“

Ich untersuchte lange und gründlich. Ein klassischer Fall von Fremdkörpererkrankung: Der Herzbeutel war schon entzündet; das Allgemeinbefinden erheblich gestört; die Conjunktiven, die Schleimhäute der Augen, graurot unterlaufen und der Blick der großen Augen unendlich verschleiert, wie in einer anderen Welt. Es war ernst, bitterernst; es mußte ein Wunder geschehen. Die alte Bäuerin schaute mich fragend an. Sie lebte ihr Leben mit und von ihren Tieren. Sie hatte mitgeholfen, sie auf die Welt zu bringen und war auch dabei, wenn es zu Ende ging. Sie kannte die Zeitläufte des Lebens; ihr war nie etwas geschenkt worden, und sie war fern aller Illusionen. Das Glück war ihr seit Jahren nicht mehr begegnet. Fast alles, was einstmals zu ihrem Lebenskreis gehört hatte, war in alle Winde zerstreut. Das Kühlein zählte mit zum Letzten, auf das sie noch hoffen konnte; das ihr ein wenig Mut zum Weiterleben gab. Ihr Blick war nicht verbittert noch anklagend; es war der Blick der leidenden Mütter dieser Welt, ein Blick, der mich mitten ins Herz traf, der mir das ganze Ausmaß meiner Mitschuld bewußt machte, der meine Augen unruhig werden ließ und dem ich nicht standhalten konnte. Ein Blick so alt wie die leidende Menschheit und doch noch mit einem Funken der Hoffnung, die solche Muttergestalten erst mit dem letzten Atemzug aufgeben.

Ich mußte ihr helfen. Sie kannte die Tiere, sie wußte Bescheid. Zu ihr konnte ich offen reden, die harte, nackte Wahrheit der Aussichtslosigkeit meiner Hilfe deutlich machen. Trotzdem, ich mußte ihr helfen; kein Weg führte daran vorbei. Wenn man als Tierarzt eine Verpflichtung hat, ist man hierbei immer doppelt gefordert. Es geht um das Leben des Tieres, es geht aber auch immer wieder um den Menschen, der mit diesem Tier lebt und dem seine Tiere ein Teil seines Lebens sind, ein Teil seiner Existenz, ja oftmals ein Teil seiner selbst.

„Vielleicht kann ich sie retten", sagte ich. „Wir müssen sie operieren." Sie sah mich ungläubig an und doch mit Vertrauen. Dieser Funke des Vertrauens gab mir die Kraft, über meinen Schatten zu springen, und machte meinen Entschluß, ihr zu helfen, alles zu versuchen, unumkehrbar. Ich prüfte meine Möglichkeiten. Ein halbes Dutzend Fremdkörperoperationen hatte ich als Assistent miterlebt. Es fehlten mir zwar die speziellen Instrumente, aber wozu hatten wir gelernt zu improvisieren? Die Erkrankung war schon weit fortgeschritten, meine Diagnosekünste waren für diesen Fall mehr als bescheiden, aber den Operationsablauf hatte ich einigermaßen im Kopf und in den Händen. Es mußte einfach gelingen.

Ich rief Florian zur Hilfe. Er war vom Erfolg unseres Unternehmens felsenfest überzeugt. Er konnte sowieso mein langes Zögern und meine Zweifel nicht verstehen. Wir nahmen die Kuh ins Haus, in die gute Stube und stellten sie vor den großen Kachelofen, neben die breite Ofenbank. Die Bäuerin hielt sie am Kopf, den Florian mit einem Strick an einem Haken, an dem in guten Zeiten der Schinken getrocknet wurde, angebunden hatte. Die Kuh sollte sich dadurch während der Operation nicht hinlegen, um Komplikationen, besonders einen Darmvorfall, zu verhindern. Im Kessel kochte das Wasser; von der seitlichen Scheune her hörte man die Pferde schnauben, die fühlten, daß etwas Besonderes im Gange war.

Sonnenwind scharrte ungeduldig mit den Hufen und wieherte hell, um zu zeigen, daß mit ihm auch noch zu rechnen war. Igor, der Lehrer, hielt die Injektionen und Instrumente und machte sich nützlich, wo es nur ging. Wir wuschen das Operationsfeld in der linken Hungergrube. Igor rasierte und desinfizierte die gerötete Haut. Das gesamte Operationsgebiet wurde mit einem Anästhetikum infiltriert. Es dauerte zehn Minuten, bis keine Schmerzempfindlichkeit mehr festzustellen war. Ich durchschnitt die äußere Haut, die Muskularis, die Faszie. Den Pansen vernähte ich mit dem Bauchfell. Mit langem, kühnem Schnitt schnitt ich ihn auf und fixierte ihn am äußeren Wundrand; ganz so wie ich es als Student beim alten Professor Götze gelernt hatte. Ich griff in den Pansen und ging armtief bis in die Haube und fühlte mit der Hand einen zehn Zentimeter langen rostigen Nagel. Er hatte schon das Zwerchfell durchstoßen und steckte im entzündeten Herzbeutel. Ich zog ihn heraus. Die Kuh stöhnte leise vor sich hin. Die Bäuerin hielt sie am Kopf. Tränen rannen ihr über das Gesicht. Florian sah mich mit seinen lachenden Augen an, als wollte er sagen: „Ha, ich wußte es doch, du kannst es!“ Ein helles Wiehern von Sonnenwind klang wie die Bestätigung unseres Erfolges.

„Ja, was hamma dann hier, was ist dann hier los?“

Die Stimme kam von der Tür; sie kam von einem dicken, vierschrötigen Mann.

„Wieso hat dann die alte Hex noch a Kuh; ja sowas gibt's doch garnet!“

Es war der landwirtschaftliche Sonderführer der Gegend. Ein windiger Bursche und Nichtsnutz. Er war dabei, sich abzusetzen und machte nochmals die Runde. Er wollte die Dörfer nicht verlassen, ohne die letzten Fressalien requiriert zu haben. Zwei Jahre hatte er hier wie die Made im Speck, wie ein König gelebt. Die Leute kannten ihn gut und wußten, wie er zu schmieren war.

„Die Müh hätten's sich sparen können, Doktor, die Kuh wird eh gschlacht! Na sowas, hat die alte Hex noch a Kuh!“

Ich nahm den Arm aus der Kuh. Er war grün verschmiert mit Futterbrei, in der Hand hielt ich den rostigen Nagel. Ich drehte mich um; mein Gesicht war puterrot angelaufen; die Zornesadern schwollen mir auf der Stirn. Die ganze Konzentration der Operation unseres Kühleins entlud sich in der Empörung gegen den Eindringling. Ich hatte den rostigen Nagel in der Hand. Ich drehte mich um und sah ihn mit blitzenden Augen an. Meine Stimme überschlug sich beinahe:

„Raus hier!“ brüllte ich ihm ins Gesicht. „Wenn Sie nicht in einer Sekunde aus der Tür sind, steche ich Ihnen den rostigen Nagel in Ihren fetten Arsch! Raus! Und noch eins, wenn Sie oder Ihre Leute der alten Frau die Kuh wegnehmen, mach ich Sie kalt!! Ich bring Sie um!" schrie ich ihn an; völlig außer mir und ohne jede Kontrolle.

Er ließ sich das nicht zweimal sagen. So schnell er hereingekommen war, ohne zu klopfen, versteht sich, war er auch wieder draußen. Er war ein Wurm, der wußte, wann er oben war, wann er seine Leute schikanieren konnte. Er wußte aber auch, wann er den Schwanz einziehen und in der Deckung untertauchen mußte. Er hatte erkannt, daß seine Tage gezählt waren und sah sich wohl schon wieder als Knecht auf einem niederbayerischen Hof. Er war Realist und ahnte, daß seine Herrschaft vorbei war. Sein tausendjähriges Reich lag in den letzten Zügen.

Ich drehte mich zurück zu unserem Patienten, der unbeteiligt von allem mit geöffneter Bauchhöhle neben der Ofenbank stand. Die alte Frau, aber auch Igor starrten mich fassungslos an. Ich spürte die Dankbarkeit in ihrem Blick und wurde ganz ruhig. Mit dem ganzen rechten Arm faßte ich nochmals tief in den Leib der Kuh, bis zur Haube, dem Magen, in dem sich fast immer die Fremdkörper festsetzen und dann ihren unheilvollen Weg in das Bauchfell, die Leber, die Milz oder das Herz nehmen. Ich untersuchte sehr diffizil, ob nicht noch irgendein zweiter Fremdkörper vorhanden war. Vorsichtig löste ich die Verwachsungen im entzündeten Bereich und nickte Florian zu. Er sah mich strahlenden Auges an, als wollte er sagen: „Das war wieder einmal ganz prima, Meister!" Dann begann ich die Wunden zu vernähen, Florian war mein geübter Assistent. Der Pansen, das Bauchfell, die Muskelschicht und zuletzt die äußere Haut. Es lief wie bei einem eingespielten Operationsteam. Die Frau hielt den Kopf, und die Kuh zuckte nur ganz leicht bei den letzten Stichen. Die Betäubung begann in ihrer Wirkung nachzulassen. Wir versorgten die Wunde und stellten die Kuh in den Stall.

Anschließend saßen wir alle auf der Bank am Ofen. Florian hatte einen Schnaps aufgetrieben, und die alte Bäuerin brachte frischgebackenes Fladenbrot. Schwerfällig stand sie auf, legte ihre abgearbeiteten Hände auf Florians und meinen Kopf und sprach einen polnischen Segen. Ich hatte das Gefühl, nach langer Irrfahrt endlich wieder festen Boden unter den Füßen zu haben. Ich hatte plötzlich große Sehnsucht danach, Tiere zu behandeln, die friedlich auf der Weide gehen oder den Pflug über die frischbestellten Felder ziehen. Tiere, die den Menschen Milch und Nahrung geben, Tiere, die das Leben, die Unvergänglichkeit allen Lebens symbolisieren und nicht dazu benutzt werden, Furcht und Schrecken über die Erde zu tragen. Wie eine Morgenröte sah ich vor meinem inneren Bild mein tierärztliches Wirken als Gleichnis des Helfens und Heilens, als Hoffnung in unserer zerrissenen Welt. Ich legte im Stillen den Schwur ab, das Kühlein und ihre Mamuschka immer als Mahnung in meinen Gedanken und meinem Herzen einzuschließen.

Die Kuh erholte sich prächtig; von Tag zu Tag ging es ihr besser. Bereits am dritten Tag fraß sie fast wieder normal und begann etwas Milch zu geben. Die alte Bäuerin war glücklich. Sie verwöhnte uns mit allem, was sie in ihrem kargen Garten angepflanzt hatte. Wir waren zutiefst beschämt.

III. 19 Pferde und ein Mann

Jählings wachte ich auf. In meinen Gedanken an Florian mußte ich tief eingeschlafen sein. Ein scharfes Brennen auf meiner linken Wange war wie ein stechender Schmerz. Ganz tief aus der Erinnerung begann ich meine Lage zu begreifen. Ich lag immer noch auf dem harten Sattel im nachtdunklen Wald. Neben mir stand Sonnenwind und strich mit seinen weichen Lippen über mein Gesicht. Mit der rauhen Zunge leckte er meine von geronnenem Blut verschmierte Backe sauber, was zur Folge hatte, daß der tiefe Riß erneut zu bluten begann. Vom harten Lager ganz steif geworden, griff ich nach dem Halfter von Sonnenwind, um ihn am Weiterlecken zu hindern. Ich spürte, wie frisches Blut den Hals herab in den Kragen meines Hemdes lief. Sonnenwind hatte verstanden. Ein Ruck ging durch seine kräftige Gestalt. Mit dem kranken Bein kratzte er leise im sandigen Boden. Es war Zeit, nach seiner Verletzung zu schauen. Wie lange lag ich nun schon im Dunkel der Nacht? Es kam mir wie eine Ewigkeit vor.

Ein Blick auf die Uhr holte mich in die Realität zurück. Zehn Minuten nach elf, noch nicht einmal Mitternacht. Kurz nach zwanzig Uhr waren wir in der herabfallenden Dämmerung aufgebrochen. Kaum eine Stunde dürfte unser Trip durch den nachtdunklen Wald gedauert haben. Wenn wir den rechten Weg nicht verfehlt hatten, waren wir unserem Quartier höchstens drei bis vier Kilometer nähergekommen, bis Sonnenwinds Malheur passiert war. Die Untersuchung und Behandlung seines Fußes war höchstens eine Sache von einer halben Stunde gewesen, so daß mein abgrundtiefer Schlaf nur wenige Minuten gedauert haben konnte, höchstens eine halbe Stunde. Es war ein Schlaf, weit weg von dieser Welt und tief unten in Morpheus Armen. Aber es war auch ein Schlaf, der die Strapazen des vergangenen Tages in keinster Weise aufwiegen konnte. Die bizarre Situation als Veterinär einer ständig rochierenden Kavallerieeinheit, der unkalkulierbare Dienst bei den kranken Pferden hatten zwar das Maß zwischen Arbeit und Ruhe, letztmöglichem Einsatz und Entspannung weit auseinandertriften lassen und jede Normalität zu einem Bild aus vergangenen Zeiten verwischt, aber trotzdem forderte die Natur immer wieder ihren Tribut und war nicht ganz auszuschalten. Einmal hatte ich fast 17 Stunden im Sattel von Sonnenwind geschlafen. Florian hatte mich zwar in den Marschpausen vom Rücken des Pferdes genommen und am Wegesrand, so gut es eben ging, ein Lager gerichtet; mein Geist aber war vollkommen weggetreten und ich schlief, schlief und schlief, mal im Sattel des Pferdes, mal am Wegesrand und mal in der üppigen Strohmiete auf dem Feld. Es klingt geradezu unglaublich und ist für jeden, der noch nie in einer solchen Situation war, einfach unfaßbar – ein phänomenales Mittel der Natur, dem Körper wieder neue Kräfte zum Weiterleben zu geben. Diese 17 Stunden Schlaf auf dem Marsch waren deshalb auch ein immer wieder hochkommendes Gesprächsthema im Kreis der Kameraden, und der Spott, der dabei über mein jugendliches Haupt gegossen wurde, war nicht von schlechten Eltern.

Dabei hatte ich mir gerade diesen Schlaf damals mehr als redlich verdient: Wir waren mit unseren Pferden elf Tage, in Eilmärschen, übers Land gezogen. Das Füttern und Tränken mußte im Hopplahopp geschehen. Die Pferde waren schlapp und müde, hungrig und kaum noch bereit, vorwärts zu gehen. Am zwölften Tag tat sich eine weite Ebene mit fruchtbaren Feldern und vollen Scheunen vor uns auf. Die Pferde wurden auf die Gehöfte verteilt, und ein ganzer Beritt machte es sich in den weiten Hallen und Remisen einer Zuckerfabrik bequem. Es waren mit die kräftigsten Pferde der Abteilung, die durch den langen Marsch am stärksten gelitten hatten. Sie waren in der Fabrik hervorragend untergebracht, hatten seit langem wieder ausreichend Heu und Stroh, Hafer und goldgelben Mais. Körnermais, der doppelt so groß war, wie er in den kühleren Gefilden wächst. Und es gab Berge mit getrockneten Rübenschnitzeln; gutes Viehfutter, aber gar nichts für Pferde, zumindest nicht in dieser Form und Menge.

Ich hatte es mir gerade in meinem Quartier gemütlich

gemacht. Florian hatte wie immer alles bestens organisiert, und die Pferde und Alex, das Muli, waren nach dem Grundsatz „erst das Pferd und dann der Mann“ super versorgt. Der alte Lehnstuhl, den mir Florian auf die knarrende Terrasse gestellt hatte, war so das Ideal der Entspannung. Generationen hatten ihm die Form gegeben, die ein müder Rücken braucht, um wieder einmal den Tag und den Abend zu loben und einfach zufrieden und glücklich zu sein.

Das Glück währte nur kurze Zeit, schäbige zwanzig Minuten. Dann kam alles Schlag auf Schlag. Der Berittführer aus der Zuckerfabrik hatte sich vor mir aufgebaut und versuchte mir zu erklären, daß ich dringend und unverzüglich zu seinen Pferden kommen müsse. Alle wären sie krank, alle würden sie ins Gras beißen, wenn nicht sofort ein Wunder geschehe. Was wollte oder konnte ich tun? Mühselig raffte ich mich auf. Noch im Halbschlaf rief ich nach Florian und Igor. Müde wurde Sonnenwind aus dem Stall gezogen und gesattelt, Jonathan und Alex beladen, und Florian machte Materna, den großen Hannoveraner Wallach, fertig. Es war keine stolze Kavalkade, die da über den mit Schlaglöchern gespickten Schotterweg zur nahen Zuckerfabrik trabte. Roß und Reiter, Muli und Handpferd schlichen eher wie auf dem Zahnfleisch daher, und der große Wallach wäre um ein Haar an einem Feldstein gestolpert und in die Knie gegangen.

Ich zwang zur Eile. Die Beteuerungen des Berittführers ließen nichts Gutes ahnen. Ich ahnte, daß die Rübenschnitzel der Casus belli waren. Soweit es überhaupt möglich war, war ich hellwach. Auch das ist ein Phänomen, das mir immer wieder im Berufsalltag begegnet ist. Der Tag konnte noch so lang und ermüdend gewesen sein, die erbrachte Leistung noch so sehr das natürliche Leistungsvermögen übersteigen, die Müdigkeit mir noch so sehr in den Knochen stecken, wenn es darauf ankam, wenn Hilfe nötig war, wenn nur mit einer fast übernatürlichen Anstrengung der Fall geklärt und das Tier gerettet werden konnte, war ich hellwach und so sensibilisiert, daß alles andere wie eine Hülle abfiel und der unbändige Willen zum Helfen freie

Bahn hatte. Vielleicht wird hier die imaginäre Beziehung zu dem manchmal fast animalisch anmutenden Handeln zwischen Mensch und Tier sichtbar.

„Gut, daß sie endlich da sind", empfing mich der Berittführer nicht gerade freundlich. „19 Pferde habe ich schon krank gemeldet bekommen. Ich weiß nicht, was es ist. Sie kotzen und würgen und stehen zitternd im Stand. Ein Teil hat Kolik und wälzt sich wie wild in der Streu. Ich bin ein alter Pferdemann, Herr Doktor, aber so etwas ist mir in meinem ganzen Leben noch nicht vorgekommen."

Er sagte wie immer Doktor zu mir, er nannte mich nie bei meinem Dienstgrad oder Namen. Für ihn war ich der Tierarzt, der Doktor, und nichts weiter. Er war ein behäbiger Mann, ein gestandener Dorfschmied, ein Reservist, der überall seinen Mann stand. Er war ein hervorragender Schmied und verstand etwas von Pferden. In der langen Zeit, die wir nun gemeinsam durch die Gegend ritten, hatte ich seine Nähe immer gesucht. Zuverlässig und treu, selbstsicher und hilfsbereit, selbstbewußt und mit sich im reinen. Ich ließ Sonnenwind stets von ihm beschlagen, er stand dann wie ein Lamm, ohne seine Kraft als Hengst auszuspielen, da er die leichte, sichere Hand des Schmiedes zu schätzen wußte. Die Pferde waren sein ein und alles.

Jetzt war er selbst krank. 19 Pferde zur gleichen Zeit schwer erkrankt; 19 Pferde, die seiner Obhut anvertraut waren. Für ihn war es eine Tragödie. Nicht daß er durchgedreht hätte. Nicht daß er versuchte, auch nur einen Hauch der Verantwortung von sich zu schieben. Nicht daß er anderen eine Schuld oder Mitschuld zuschieben wollte. Seine ihm anvertrauten Pferde waren lebensbedrohend erkrankt. Er hatte schon viele kranke Pferde gesehen und kannte sich mit ihnen aus, aber bei den 19 kranken Pferden seines Beritts stand er vor einem Rätsel. Das Rätsel, das er mir aufgab, war ebenso mysteriös. Wie konnte ein so erfahrener Pferdemann, von dem ich immer wieder wertvolle Dinge im Umgang mit Pferden gelernt hatte, einen so einfachen Grund für die Massenerkrankung bei seinen Pferden nicht wahrhaben? Fühlte er sich doch nicht frei von

Schuld und flüchtete er in eine besonders radikale Form Freudscher Verdrängung?

Wie die Sache auch lag, der Fall war sonnenklar. Die Berge von Rübenschnitzeln, die den Pferden in Massen gefüttert worden waren, waren das Übel. Die Pferde waren hungrig und teilweise abgemagert. Kein Reiter wünscht sich ein Pferd mit wenig Fleisch auf den Rippen. Die Sorge für sein Pferd hat zu allen Zeiten erste Priorität besessen. Es gibt unter Reitersleuten keine Rast, bei der nicht zuerst das Pferd versorgt, gefüttert, getränkt, der Sattel oder das Geschirr kontrolliert oder nach den Hufen gesehen wird. Für den echten Reiter beginnt die Rast immer erst dann, wenn sein Pferd versorgt und bei ihm alles in Ordnung ist. Das ist einfach ein ehernes Gesetz. Nur wenn das Pferd gesund und leistungsfähig ist, kann es den Reiter zum gewünschten Ziel bringen. Ein schlecht versorgtes, lahmes oder gar krankes Pferd ist für den Reiter immer ein Risiko und kann sogar unter Umständen den Tod bedeuten, denn nur das gesunde Pferd kann ihn nach Hause, durch die Wüste oder über die Grenze tragen.

Rübenschnitzel sind ein gehaltvolles Futter, auch für Pferde. Wenn sie aber, wie in dem anstehenden Fall, in geradezu unvernünftig großen Mengen gefüttert und die Pferde zwischendurch noch getränkt werden, führt das zur Katastrophe. Die Rübenschnitzel waren durch das Wasser oder den Speichel im Schlund schnell aufgequollen und bildeten einen „gummiartigen" Pfropf, der den ganzen Schlund undurchgängig machte. Die Pferde konnten nicht mehr schlucken und die Futtergase aus dem Magen nicht mehr entweichen.

Auch im Magen hatte sich die „gummiartige" Masse festgesetzt und die Verdauung teilweise blockiert, was zu den kolikartigen Schmerzen, von denen der Berittführer erzählt hatte, führte. Die Pferde versuchten mit aller Macht, die Schnitzel hinunterzuschlucken. Sie würgten und speichelten ohne Unterlaß. Sie versuchten zu trinken und mit Wasser den Schlund freizuspülen und je mehr sie das taten, desto größer wurde die Gefahr, daß das Wasser, das den Schlund nicht passieren konnte, in die Luftröhre und, wenn es nicht sofort wieder herausgehustet wurde, in die Lunge gelangte und eine Lungenentzündung, wir Tierärzte sagen eine Abschluckpneumonie, verursachte. Was zur Folge hat, daß es dann absolut kritisch wird, wenn die Flüssigkeit die Atmung stört oder verhindert und damit auch die so lebensnotwendige Sauerstoffaufnahme blockiert. Bei einigen meiner Patienten waren schon schwere Kreislaufbeschwerden im Gange und die Herzen sichtbar überlastet.

So und nicht anders war die Situation. Ein Pferd mit Schlundverstopfung war für mich als Tierarzt kein Problem. Immer wieder waren mir solche Patienten untergekommen und in allen Fällen konnte ich helfen und die Pferde wieder gesund machen. Es war immer ein Kampf mit der Zeit, den Schlund von der zähen Masse der Verstopfung zu befreien. Darüber hinaus mußte man die befürchteten Neben- und Folgekomplikation verhindern oder in den Griff bekommen. Es war ein sehr sensibles Spiel mit der Abstimmung aller Maßnahmen, um das Pferd nicht zu überfordern, bei Kräften zu halten, den Kreislauf zu stabilisieren und ihm auch psychisch das Vertrauen zu geben, daß es durchhalten mußte, sich nicht einfach vor Schmerz auf den Boden werfen durfte und alle Therapiemaßnahmen dadurch zu erschweren oder gar unmöglich zu machen. Bei einem so vertrauten Pferd wie meinem Sonnenwind, dessen Psyche voll in unser gegenseitiges Vertrauen eingebettet war, wäre das kein Problem gewesen. Aber hier war die Schwierigkeit, daß nicht ein Pferd an Schlundverstopfung erkrankt war, sondern daß es eben 19 waren. 19 Pferde mit teilweise schwerstem klinischem Befund. Das war die Crux, das geradezu deprimierende Problem. Kein einziger leichter Fall, der vielleicht von alleine geheilt wäre, war dabei. Der Zustand der Pferde war durch die Bank besorgniserregend. Es gab keine andere Wahl, wir mußten die Ärmel aufkrempeln, an die Arbeit gehen und versuchen zu gewinnen. Es ging um Leben und Tod bei 19 wertvollen Pferden, zuverlässigen Kameraden, Geschöpfen Gottes. Es gab keine andere Wahl.

Ich begann den Kreislauf zu stützen, Schmerzen zu lindern, entspannende Medikamente zu verabreichen und zu spülen, drei Tage und drei Nächte, fast ohne jede Unterbrechung. Der Schmied, Florian, Igor und einige erfahrene Pferdeleute faßten mit an. Alle drei Stunden wurde neuer Kaffee aufgebrüht. Ich war so aufgedreht, daß ich nicht eine Minute ausruhen oder gar schlafen konnte. Nur in der zweiten Nacht sackte ich plötzlich einfach in die Knie und schlief zwei Stunden den Schlaf des Erschöpften. Der Berittführer dachte, ich hätte einen Herzkollaps und rief den Stabsarzt zur Hilfe. Er war ein erfahrener Mann, er untersuchte mich gründlich und meinte:

„Laßt euren Veterinär ruhig schlafen, es ist der Schlaf der Erschöpfung. Wenn er aufgewacht ist, geht es ihm besser."

Nach zwei Stunden war ich wieder wach. Ich hätte noch tagelang schlafen können, aber es war, als hätte die Pflicht mich geweckt und gesagt: „Du wirst noch gebraucht, du bist noch nicht fertig."

Drei Tage und Nächte, ohne Unterbrechung – sensibles Einführen der Sonde, spülen mit angepaßtem Druck, wo das Wasser Stück für Stück, Millimeter für Millimeter Teile der Rübenschnitzel herauslöst. Durch den prallgefüllten Schlund ist die Physiologie verändert. Der Schlund kann nicht natürlich reagieren und die Berührung der Sonde mit Schluckbewegungen beantworten. Seine Muskelbewegung ist absolut gehemmt, auch der Schlundkopf und das Zäpfchen reagieren alles andere als normal. Es gehört ein phänomenales Fingerspitzengefühl dazu, den richtigen Moment zu finden, wo die Luftröhre geschlossen und der Weg in den Schlund geöffnet und frei ist. Dazu sind die heftigen Abwehrbewegungen des Pferdes mit einzubeziehen und aufzufangen. Es war manchmal einfach zum Verzweifeln. Aufgedreht, aber auch abgespannt und übermüdet wie ich war, mußte ich mich immer wieder zu eiserner Ruhe zwingen. Nur nicht nervös oder gar ungeduldig werden, nur nicht mit Kraft erzwingen wollen, was der sensiblen, zähen Therapie bedarf.

In diesen drei Tagen und Nächten habe ich gelernt, was es heißt, eine Aufgabe vor sich zu haben, die man einfach durchstehen muß, bei der man nicht einen Augenblick in seiner Konzentration nachlassen darf oder gar mit dem Gedanken spielt, einfach aufzugeben, den Bettel hinzuschmeißen, zu kapitulieren, dem Schicksal seinen Lauf zu lassen. Was heißt hier Schicksal? Es war mein Schicksal, als Retter in der Not da zu sein, die Pferde zu behandeln, die Rübenschnitzel Stück für Stück zu entfernen, die Schmerzen zu lindern, die Peristaltik wieder in Gang zu bringen und die Patienten wieder gesund zu machen, drei Tage und drei Nächte Schicksal.

Daß ich es dann schließlich geschafft habe, daß alle 19 Pferde wieder ganz gesund wurden, war geradezu ein Wunder. Wie ich es durchgehalten habe, ist mir heute noch schleierhaft. 19 lebensbedrohend kranke Pferde und ein Mann. Es war eine der größten Herausforderungen, die mir als Tierarzt je widerfahren ist. Ich war jung, körperlich fit und nicht unterzukriegen. Ich hatte den unbändigen Willen, es zu schaffen. Es hätte nichts gegeben, das mich davon abhalten konnte. Es war eine Herausforderung, der ich mich nicht entziehen durfte, wenn ich meine Selbstachtung nicht verlieren wollte.

Nun, ich hatte hervorragende Helfer. Der frohgemute Florian wuchs geradezu über sich hinaus. Aber ich schickte ihn, wie auch die anderen Helfer, alle paar Stunden zum Schlafen weg. Sie waren aber bald wieder da und halfen nach Kräften. Wir waren ein Team, das das Zeug hatte, auch einmal Schicksal zu spielen. Florian war der erste, der nach getaner Arbeit sein helles Lachen wieder erklingen ließ. Ach, Florian, wie sehr fehlt mir dein Lachen.

IV. Ein Traum wird wahr

Das Scharren von Sonnenwind wurde unruhiger. Er hatte sicher Schmerzen in seinem kranken Bein. Ich rappelte mich auf, lehnte mich an seine Schulter und tätschelte seinen imponierenden Hals. Dann machte ich mich daran, noch einmal eingehend nach seiner Verletzung zu schauen. Es war immer noch stockdunkle Nacht und der müde Lichtschein der Lampe reichte gerade dazu aus, neue Salbe aufzutragen, ihm nochmals eine entzündungshemmende Injektion zu geben und den Verband zu erneuern. Es sah eigentlich gar nicht so übel aus, ich hatte gute Hoffnung, daß die Bänderzerrung sich soweit stabilisierte, daß wir in wenigen Stunden unseren Weitermarsch antreten konnten. Sonnenwind war ein kraftvoller und zäher Hengst. Seit sieben Jahren waren unsere Wege verbunden und kreuzten sich unsere Schicksalslinien immer wieder. Es war eigentlich unfaßbar, wie ein stolzes Pferd und ein hoffnungsvoller Tierarzt in den Wirren einer schrecklichen Zeit zu einer solchen Gemeinschaft werden, ja verschmelzen konnten. Je öfter ich darüber nachdenke, desto unglaublicher, desto mysteriöser kommt es mir vor. War das das Schicksal, das uns beide mehrmals gestreift und bei dem immer einer von uns den anderen ans rettende Ufer geführt hatte? War das unser beider Schicksal?

Am Anfang war es der pure Zufall. Lonie, mein Schwarm aus der Schulzeit hatte mich auf den Hof ihrer Großeltern eingeladen. Als ich mit meinem Köfferchen ankam, waren Haus und Hof verwaist. Aus dem Pferdestall hörte ich aufgeregte Stimmen und dann Lonies helles Jungmädchenlachen. Ich ging hinüber und trat in den Stall. Durch das gleißende Licht des hellen Maitages konnte ich kaum etwas sehen. Dann entdeckte ich den blonden Pferdeschwanz von Lonie wie einen Derwisch hin- und hertanzen. Sie kniete in der Abfohlbox, direkt neben dem rassigen, trockenen Araberkopf von Windrose, der kleinen, temperamentvollen Trakehnerstute von Onkel Albert und Tante Berta. Die beiden waren einmalige, prächtige Leute, die nach einem langen Leben als Besitzer eines florierenden Feinkostgeschäfts in der fernen Großstadt sich ihren Traum vom einfachen Leben, vom Leben auf dem Lande, vom eigenen Besitz, von Tieren, Tauben, Hühnern, Enten und Gänsen, vom Hirtenhund Ratschiwill, den Schweinen Susi und Fox, den Schafen Bärbel, Toni, Mella und Kirschi und vor allem den Pferden Windrose und Anuschka wahrgemacht hatten. Sie lebten weit draußen vor der Stadt, am Rande eines kleinen Heidedorfes, umgeben von hellen Birkenwäldern und dem erdigen Duft der welligen Hügel. Das Haus war einst eine von seinen Besitzern verlassene Kate, eher ein Häuschen zu nennen. Nachdem die alten Bauersleute gestorben und auf dem kleinen Dorffriedhof die letzte Ruhe gefunden hatten, verkauften es die Erben für relativ wenig Geld an Onkel Albert und Tante Berta, die schon lange mit ihm verwoben waren. Onkel Albert war nicht der Onkel und Tante Bertha war nicht die Tante von Lonie, sie waren die von allen geliebten und geachteten Großeltern: herzlich, hilfsbereit, braungebrannt und drahtig und in einem besonderen Maße jugendfrisch, daß niemand in Lonies Familie sie als Großeltern, als Oma und Opa qualifizierte; sie waren Tante Bertha und Onkel Albert, die jungen Alten vom Heidehof, das Sonntagsziel aller Kinder und Enkel und der Mittelpunkt von Lonies nicht gerade kleiner Familie.

Die Heidekate war nicht wiederzuerkennen. Der behäbige kleine, leicht windschief nach Osten verbogene Fachwerkbau mit seinen Ställen und Schuppen hatte mit dem Einzug von Albert und Bertha eine Renaissance erlebt, die auf den Wanderer, der seinen Weg in diese Idylle nahm und den Gebäudekomplex von vorher kannte, wie ein Traumbild, wie eine Fata morgana wirkte. Die ganzen Jahrzente, die Albert und Bertha täglich, vom morgendlichen Großmarktbesuch um fünf Uhr bis zum Ladenschluß, den notwendigen Aufräumarbeiten und der Abrechnung, oftmals bis spät in der Nacht, sich mit Fleiß und Akribie dem Feinkostgeschäft gewidmet hatten, schwelte in ihren Köpfen der Traum vom Leben auf dem Lande, vom Leben inmitten der Tiere, vom Summen der Bienen in der blühenden Heide, der brummigen Hummeln im leuchtenden Blau der Kornblume, vom stillen Grasen der wolligen Schafe und vom tiefen Schnauben und hellen Wiehern der Pferde im Stall. Der Traum ihres Lebens sollte in Erfüllung gehen. Die Müdigkeit des Berufs, die Last des Geschäftes, das Brodeln der Großstadt fiel wie eine Last von ihren Schultern, und Albert und Bertha marschierten, ja sie tanzten eher Hand in Hand in den großen Traum einer neuen Stufe ihres Lebens. Sie waren wie im Rausch und wenn sie am Abend, müde und abgeschafft von der Aufbauarbeit an ihrem neuen, endlich wirklichen, dem Sinn ihres Lebens entsprechenden Besitz auf der Holzbank saßen und den flinken Schwalben nachschauten, nahm Bertha immer wieder die harten Hände von Albert und begann leise die Verse des Magisters Ludi Josef Knecht, die Hermann Hesse in seinem Glasperlenspiel rezitiert, mit ihrer klaren, hellen Stimme aufzusagen:

„Wie jede Blüte welkt und jede Jugend
Dem Alter weicht, blüht jede Lebensstufe,
Blüht jede Weisheit auch und jede Tugend
Zu ihrer Zeit und darf nicht ewig dauern.
Es muß das Herz bei jedem Lebensrufe
Bereit zum Abschied sein und Neubeginne,
Um sich in Tapferkeit und ohne Trauern
in andre, neue Bindungen zu geben.
Und jedem Anfang wohnt ein Zauber inne,
Der uns beschützt und der uns hilft, zu leben.“

Es war der Zauber ihres neuen Lebens, der ihnen den Elan und die Kraft gab, aus der alten, windschiefen Heidekate einen Besitz zu formen, der vor Leben und Lebenslust geradezu strotzte, der angefüllt mit Mensch und Tier, mit Luft und Liebe zum Refugium für alle wurde, die den mühsamen Weg des Daseins in dieser schwierigen Zeit suchten. Er war Sehnsucht, Traum und Realität zugleich, herzlich und einfach, aber unendlich reich, im wahrsten Sinne des so häufig mißbrauchten Wortes. Albert und Bertha waren für alle Freunde ein Symbol, und sie sollten auch für mich ein Ziel, ein Fixstern in meinem so jungen Leben werden.

Meine Augen hatten sich an das Dämmerlicht des Stalles gewöhnt. Jetzt sah ich, daß ich zum Zeugen des großen Ereignisses, der Geburt von Sonnenwind, geworden war. Die Abfohlbox war breit und geräumig, die Schiebetür stand sperrangelweit offen. Albert, der kräftig bei der Geburt mitgeholfen hatte, wischte sich mit Stroh das blutig-schleimige Fruchtwasser von den Armen und krempelte sein Hemd noch höher auf. Ich hatte den Verdacht, daß er nochmals in die Geburtswege der Stute fassen wollte, um zu kontrollieren, ob alles in Ordnung war, ob keine Blutung, Stauung oder Verletzung vorhanden war. Tante Bertha ließ einen Krug mit Heidewein, den diese Tausendsassas, diese Stadtmenschen hinter ihrem Grundstück mit Erfolg an- und ausgebaut hatten, herumgehen und konnte es sich nicht verkneifen, mir zu erzählen, wie ein Kurgast, ein rheinhessischer Weingutsbesitzer, der bei einem Spaziergang den kleinen Weinberg erspäht hatte, sich mit unüberhörbarem Spott, ja geradezu herablassend danach erkundigte, ob man dieses Produkt auch trinken könne oder ob es dazu diene, die Schnecken von den üppigen Tagetesbeeten fernzuhalten. Albert nahm wortlos den Tonkrug von der Vitrine, ging ohne Hast in den Keller und kam mit einem bis zum Rand gefüllten Gefäß zur Sitzbank vor dem Haus zurück. Er lud den rheinischen Spötter zu einem, in seinen wertvollen Bleikristallgläsern kredenzten, goldschimmernden Umtrunk ein und blickte, den Spott nun auf seiner Seite, spitzbübisch in das Gesicht des Weinprofis. Der Wandel zwischen herablassendem Spott und fachmännischer Anerkennung hätte nicht deutlicher ausfallen können. Der Fremde zog die buschigen Augenbrauen hoch, runzelte die Stirn und ließ anerkennend die Zunge schnalzen. Beim zweiten Zug, der das erste schlürfende Kennenlernen ablöste, begannen seine Augen zu strahlen.

„Donnerlittchen, wie haben Sie denn das fertiggebracht? So ein Weinchen ist ja wie ein Geschenk des Herrgotts persönlich. Sie wollen mir doch nicht erzählen, daß diese Gottesgabe auf dem sandigen Boden hinter Ihrem

Haus gewachsen ist?" „Genau das ist sie", sagte Albert lapidar, „und der liebe Gott hat sicher dabei mitgeholfen. Zumindest ist es aber auch das Händchen meiner Frau Bertha, die kennt sich dabei aus, die war schon mit 18 die hübscheste Weinkönigin aller Zeiten in Sasbachwalden, im Badischen." Bertha stand strahlend daneben und Albert konnte es sich nicht verkneifen, ihr den Arm um die immer noch schlanke Hüfte zu legen und ihr leise ins Ohr zu flüstern: „Eigentlich hast du dich in den letzten 50 Jahren seitdem überhaupt nicht verändert, mein Schatz."

Es wurde noch ein lustiger Nachmittag. Der Weingutbesitzer ließ sich auch beim zweiten und dritten Krug nicht lange bitten und bot Albert und Bertha ein Kompaniegeschäft eines gemeinsamen Vertriebs ihres Weines an. Die aber lehnten dankend ab. „Der Wein ist für unsere alten Tage, unsere Familie und unsere Freunde. Er ist absolut unverkäuflich und nicht mit noch soviel Geld aufzuwiegen. Wir leben hier unser Leben und der Wein gehört dazu. Dabei soll es auch bleiben."

Es war der gleiche Wein, der zu Ehren von Sonnenwind die Runde machte. Alle griffen beherzt zu, und es kam Stimmung auf. Lonie kniete noch neben dem Fohlen und rieb es mit trockenem Stroh ab; daneben leckte die Stute das feuchte Haar des neuen Erdenbürgers trocken, zärtlich und fest, um die Durchblutung zu fördern und die Lebenskräfte zu wecken. Keiner konnte das besser als Windrose, die Mutter, selbst. Dann sah Lonie zu mir auf. Ihr strahlendes Gesicht war ganz gerötet und verschwitzt. Sie sah einfach himmlisch aus. Ihre graublauen Augen strahlten wie am ersten Tag, als sie verschüchtert als einziges Mädchen in unsere Klasse kam. Ich mußte sie vor den albernen Späßen meiner Mitschüler schützen und hatte mich von Anfang an als ihr verläßlicher Freund gefühlt. Es war die Reiterei, die uns dann immer enger zusammenführte, die vielen Pferde und die Herausforderungen der Turniere, die wir über Jahre zusammen landauf, landab neben der Schule besuchten. Erst in den letzten Jahren, seit mich das Studium weit weggeführt hatte, war es nicht mehr wie selbstverständlich, daß wir fast immer alles zusammen unternahmen. Lonie war mir wie eine Kameradin, wie eine Schwester, wie ein Schatz, den ich zu hüten hatte. Sie war ein Juwel, war Teil meiner Gedanken und Träume, Anteil meines jungen Lebens.

„Du Armer, ich habe dich überhaupt noch nicht begrüßt. Wie konnte ich nur so wenig aufmerksam sein? Aber, du siehst ja, bei großen Ereignissen müssen kleine Empfindlichkeiten eben zurückstehen. Ich bin so glücklich, daß mit Windroses Geburt alles so prima gelaufen ist. Genauso glücklich bin ich aber auch, dich nach so langer Zeit wiederzusehen."

Sie stand auf und nahm mich zärtlich in ihre Arme. Ihr flüchtiger Kuß streifte fast beiläufig meine Lippen, aber ihre Augen strahlten mir ganz tief ins Herz. Wenn das Auge das Fenster zur Seele der Tiere ist, die Augen eines jungen Mädchens, wie Lonie eines war, sind es in gleich hohem Maße. Wenn ich heute im Auge der Tiere, meiner Patienten, erkenne, wie ihr Vertrauen in meine ärztliche Kunst beschaffen ist, in Lonies Augen sah ich den Spiegel ihres Herzens in meiner Seele, in meiner ganz plötzlich aufwallenden innigen Zuwendung zu ihr.

„Nun aber alle raus hier, Windrose will schließlich auch mal mit ihrem Fohlen allein sein." Albert sprach ein Machtwort. Seine Hemdsärmel hatte er wieder runtergerollt, nachdem ich ihn von der nochmaligen Untersuchung der Geburtswege der Stute abbringen konnte. Ich war zwar erst ein junger Student der Veterinärmedizin, aber als alter Tierfreund, Reiter und Hobbytierzüchter wußte ich schon lange, daß die Natur so weise eingerichtet ist, die natürlichste Sache der Welt, die Geburt, auch ohne die Kontrolle besorgter Menschen über die Runden zu bringen. Schon als kleiner Junge war mein Zimmer ein einziges Tierasyl. Vom kranken Hamster, den mir die Schulkameraden brachten, bis zum Feuersalamender war alles vorhanden. Und wenn es Pärchen waren, ließ der Nachwuchs nie lange auf sich warten. Meine Mutter schlug manchesmal die Hände über dem Kopf zusammen, wenn meine Tiersucht, wie sie es nannte, einfach überhandnahm. Andererseits war sie natürlich glücklich, daß ich einem so interessanten

Hobby mit einer solchen Leidenschaft nachging und immer nur das Ziel vor Augen hatte, einmal Tierarzt zu werden.

„Onkel Albert“, hatte ich ihm gesagt, „die Geburt und der Tod sind die Angelpunkte unseres Lebens, alles Lebens auf dieser Welt. Weder das eine noch das andere ist eine Krankheit, es ist das Scharnier, mit dem wir in den Lauf des Daseins eingeklinkt und auch wieder verabschiedet werden. Nur so kann die Kette des Lebens weitergesponnen werden und nur auf dem Kommen und Vergehen von Mensch und Tier und Pflanze, finden neue Menschen, Tiere und Pflanzen den Platz, den sie zum Leben brauchen. Deine Stute Windrose hat in hervorragender Manier ihr Fohlen zur Welt gebracht, sie wird auch für das Drum und Dran das richtige Konzept haben. Fasse nicht mehr in die Geburtswege, es kann sein, daß du etwas falsch machst, daß du eine Infektion setzt oder sonst irgendwie den natürlichen Ablauf störst. Du siehst, daß schon die Nachgeburt ante portas hängt, und ich glaube, auch ohne dein Zutun ist alles in bester Ordnung.“ Auch wenn meine Worte ein wenig gestelzt klangen, Albert hatte sofort begriffen und alles akzeptiert; ja, er war mir dankbar für mein „fachmännisches Statement“, schließlich war ja ich der zukünftige Tierarzt.

Endlich hatten Lonie und ich etwas Zeit füreinander. Wir verabredeten einen Heidespaziergang und wollten Anuschka, die andere Stute von Albert und Bertha, an der Hand mitnehmen. Sie war im achten Monat tragend, und ein bißchen Bewegung tat ihr gut. Der Heideweg schlängelte sich auf einen flachen Hügel. Die Blumen standen in üppiger Blüte, und ein Duft wie Balsam schwebte über dem Land. Wir ließen Anuschka freie Hand, sie begann ruhig zu grasen. Lonie und ich sahen uns an, und ich nahm sie in meine Arme. Meine Hände strichen zart über ihren Rücken. Ein inniger Kuß verband unsere Sehnsucht. Wir waren allein, wir vergaßen die Welt um uns her. Wir wußten nicht, wie es um uns geschah, wie wir, wie Gott uns geschaffen, fast verklärt und eng umschlungen auf der blühenden Heide standen. Ein Bussard rüttelte in der Luft, und der Wind trug den Duft der Erde und Pflanzen.

Der Bussard stieß schwirrend auf seine Beute. Anuschka graste friedlich, fast neben unseren Köpfen. Die ferne Kirchturmuhr schlug die 7. Stunde. Wir küßten uns zärtlich und sahen uns tief in die Augen. „Lonie, ich glaube, wir müssen langsam nach Hause.“ Sie nickte leise, und wir suchten unsere sieben Sachen zusammen. Was ist das Leben doch für ein Glück.

Zu Hause saßen schon alle am hölzernen Tisch vor dem Haus, begierig auf das Abendbrot, das bei Bertha geradezu sprichwörtlich üppig war und alle Erzeugnisse ihrer kleinen Landwirtschaft anbot. Wir stellten Anuschka in ihren Stall, gaben ihr Heu und Hafer, um uns zu den andern zu gesellen. Bertha sah ihre Enkelin mit ihren ruhigen Augen an und wußte Bescheid. Ihr Blick schweifte zu mir herüber, als wollte sie sagen: „Mein Junge sei gut zu ihr, sie ist mein ein und alles.“ Auch Albert, der ein lebenserfahrener Mann war, hatte begriffen. Er nickte uns zu, und wir wußten, daß wir beide in seinem Herzen eingeschlossen waren. Ganz beiläufig ließ er hören: „Wenn ihr je Probleme habt, bei mir seid ihr immer willkommen.“

V. Das höchste Glück der Erde . . .

Wie lange ist das nun schon her, mein Sonnenwind, mein Alter? Was ist in der Zwischenzeit doch alles passiert, mit uns passiert? Mit dir und mit mir und mit Lonie und all den andern. Wir standen immer noch auf der gleichen Stelle im nachtdunklen Wald. Es hatte merklich abgekühlt, und ich spürte, wie mir die Kälte langsam durch die Glieder kroch. Ich hatte mich an Sonnenwinds Schulter gelehnt und mir den Zipfel seines Woilachs über die Schultern gezogen. Er stand ganz ruhig und versuchte ab und zu, ein paar Blätter von den Bäumen zu fressen. Weißt du es noch, wie wir um deinen Namen gestritten haben?

Natürlich kannst du es nicht wissen, du standest ja erstmals auf deinen wackeligen, langen Beinen und hast versucht, die prima Muttermilch von Windrose in dich einzusaugen. Was war das doch für eine erstklassige Mutter; kaum ein Fohlen hatte je das Glück, so lange so viel Milch zu bekommen. Es war ja auch geradezu phänomenal, wie du dich entwickelt hast. Nach vier Wochen sagte jeder: Schau her, ein Februarfohlen, und was für eins. Ja, dein Name war eine schwere Geburt. Bertha wollte unbedingt, daß du Ramiris heißen solltest. Sie hatte immer einen Drang zu den alten Ägyptern, ein Traum, der sich in den verworrenen Zeiten nie verwirklichen ließ. Ramiris, das war für sie der Inbegriff der Souveränität, der göttergleichen Schöpfung. Ein so großes, schönes Fohlen mußte einfach Ramiris heißen. Das Pedigree, die Zuchtbestimmungen waren ihr Larifari, waren ihr schnuppe. „Ich muß doch mein Fohlen, meinen Hengst Ramiris nennen können", war ihr einziger Kommentar. Ihren Intentionen und ihrem Eigensinn zum Trotz setzte sich dann schließlich doch die Vernunft durch. Du wurdest Sonnenwind genannt. Sonnenkönig ist dein Vater, der prächtige Hannoveraner, ein exzellenter Vererber, dessen Nachkommen bei allen großen Leistungsschauen und Turnieren eine Rolle spielten. Windrose ist deine Mutter, die auf Araberblut gezüchtete Trakehnerstute, die dir die Härte, den edlen, kleinen

Kopf und deine eigensinnige Zähigkeit mitgegeben hat. Onkel Albert meinte noch, Sommerwind wäre phonetisch klangvoller und ließe sich besser einprägen; aber da war wiederum Lonie dagegen, die wohl noch etwas unter dem Flair des Sonnenwindes stand, der in der duftenden Wiese unsere verliebten Körper gestreichelt hatte. Sonnenwind, mein Alter. Mit gerade sieben Jahren in den besten Jahren. Immer noch Hengst, und was für einer; und was vor allem zählt: mein Kamerad und Gefährte in guten und in schlechten Zeiten; wie auch heute auf unserem Ritt in den Morgen, zu unserem Quartier in dem weiten, fernen, unglücklichen Land.

Wieder sind wir heute, in dem Dunkel der Nacht, auf Gedeih und Verderb eng aneinander gefesselt. Weißt du noch, du warst gerade wenig über drei Jahre, wie verzweifelt unsere Lage damals in dem engen Keller des Neubaus war?

Ich war gerade als junger Tierarzt in meiner ersten Assistentenstelle in einer renovierten Praxis. Ich hatte mich dorthin beworben, weil Lonie nicht weit davon wohnte und Sonnenwind zu sich genommen hatte, um ihn als hoffnungsvolles Turnierpferd auszubilden. Sie war eine talentierte Reiterin. Wie Hunderttausende junger Menschen war Lonie, kaum als sie zehn Jahre alt geworden war, nachmittags im nahen Reitstall zu finden. Zuerst war es mehr Spiel in der weitläufigen Reitanlage. Für sie war die Nähe der Pferde eine animalische Freude. Sie war glücklich, wenn sie beim Füttern und Stallausmisten helfen durfte. Bis dann das Erlebnis des Pferdeputzens kam. Die ganze Liebe, deren Lonie fähig war, legte sie in das Striegeln der Pferde. Es ist auch heute für mich immer wieder erstaunlich, wie sich dabei ein großes, ausgewachsenes Pferd von einem kleinen, zehnjährigen Mädchen manipulieren läßt. Schweif waschen, Hufe auskratzen und fetten, Mähne verziehen und flechten, Nüstern ausschwammen und alles, was so anfällt beim Pferdepflegen. Einfach herrlich. In diesem Alter scheint es nichts Schöneres zu geben. Klein Lonie war fast immer dabei.

Und dann das erste Mal im Sattel. Lonie war Pferdepflegerin von Matador geworden. Ein mächtiger Wallach, fast so groß wie heute unser Sonnenwind. Sein Besitzer war ein siebzigjähriger pensionierter Oberst. Er saß noch täglich im Sattel, und Lonie durfte nach der Reitstunde den mächtigen Matador trocken reiten. Zehn Minuten auf dem Reitplatz. Im Schritt mit hingegebenem Zügel; immer um den Hufschlag herum. Sie war einfach glücklich. Schon morgens in der Schule träumte sie vom Trockenreiten. Die Schularbeiten machte sie immer gleich nach dem Mittagessen, um ja nicht diesen Spaß zu verpassen.

Gerade dieses Reiten gab ihr das Gefühl für das Wesen und die Bewegung des Pferdes. Sie spürte, wie das große Pferd auf die leichtesten Zügelhilfen, auf die Verlagerung ihres schmächtigen Gewichts oder auf den Druck ihrer mageren Schenkel reagierte. Ihr angeborenes Talent zum Sitzen auf dem Pferde ließ sie fast instinktiv den Gleichklang der Bewegung und die absolute Balance im Sattel finden.

Der Oberst erkannte das sofort. Immer öfter ließ er seinen Matador von Lonie reiten. Er gab ihr Reitunterricht, wie er es ein Leben lang bei seinen jungen Offizieren getan hatte. In seinen alten Tagen sah er plötzlich wieder eine Aufgabe: die Förderung der kleinen Lonie. Seine Mühe, die keine Mühe, eher Freude war, wurde bald belohnt. Lonie wurde zum Star zahlreicher Reitturniere. Kaum eine Jungreiterprüfung, die sie nicht gewann, kaum ein Stilspringen für die Jugend, in dem sie nicht ganz vorne lag. Matador ließ sich willig über jeden Parcours führen und ging an den Hilfen, wie wenn Reiterin und Pferd eins wären. Sie waren es auch. Der alte Oberst war glücklich. Fast vier Jahre ritt Lonie von Erfolg zu Erfolg. Der Oberst und, wann immer es ging, auch Onkel Albert und Bertha, die Großeltern, waren fast stets dabei. Für sie war der Sonntag im Freien, in der frischen Luft des Turniers, bei jedem Wetter und Wind ein köstliches Luftschnappen nach dem Alltagsstreß im Geschäft. Hier wurde auch ihr Entschluß geboren, sobald sie es sich leisten konnten, den Lebensabend auf dem Land, in der freien Natur, mit Tieren, aber vor allem mit Pferden zu verbringen. Pferde wollten sie züchten, das war ihr Ziel. Sonnenwind, ihr erstes Fohlen, hat dann gewissermaßen der Krönung die Krone aufgesetzt. Er war einfach ein Volltreffer, besser konnte es nicht kommen. Aber solange Lonie noch mit Matador beritten war, war der zum Teil der Familie geworden. Sie konnten sich das Leben ohne ihn kaum mehr vorstellen. Die Leidenschaft des alten Oberst, mit Pferden zu leben, hatte sich voll auf Albert und Bertha übertragen. Ein Pferdeanhänger wurde angeschafft. Sonntag für Sonntag zogen sie über Land, stundenlang standen sie als Mädchen für alles und Pferdehalter am Rand des Abreiteplatzes, Dressurvierecks oder Parcours. Hin- und hergerissen zwischen Erwartung, Hoffnung, Enttäuschung und immer wieder Siegesfreude. Sie scherten sich nicht um Regen und Sturm. Die Ritte ihrer Enkelin mitzuerleben, war zur großen Leidenschaft ihres Lebens geworden. Mit rationalen Überlegungen völlig unerklärlich, es war der Bazillus für ihr Glück, es war wie eine Krankheit.

Selbst als vor lauter Reiterei die Schule zu kurz kam, als Lonies Leistungen nachließen und sie immer öfter mit einer Fünf in Mathematik nach Hause kam, die Reitbegeisterung der Familie konnte das kaum tangieren. Natürlich sprach Onkel Albert ein ernstes Wort. Von sofortigem und unwiderruflichem Reitverbot war die Rede. „Als erstes wird der Pferdeanhänger verkauft“, drohte Albert und um unmißverständlich den Ernst seiner Drohungen zu unterstreichen: „Wenn das Zeugnis beim nächsten Mal nicht besser wird, muß du ins Internat, dann ist es sowieso aus mit der verdammten Reiterei.“ Bertha konnte sich bei den großen Worten von Albert nur ins Fäustchen lachen; sie wußte genau, daß lieber er für Lonie die Schulbank gedrückt hätte, um das so liebgewonnene Leben mit der Reiterei nicht aufzustecken.

„Du lernst doch fürs Leben. Ohne Schulabschluß hast du keine Chance. Du bist doch nicht dumm. Wenn du dir nur ein kleines bißchen Mühe gibst, schaffst du es doch mit links“, meinte Bertha, die Oma.

Lonie war nicht dumm. Unter Tränen versprach sie, sich zu bessern. Ihr war klar, daß das Internat das Ende ihrer Turnierreiterei bedeutete. Vielleicht das Ende des Reitens überhaupt. Ihr war klar, daß nur bei guten Leistungen in der Schule die Großeltern weiter bereit waren, mit ihr von Turnier zu Turnier zu fahren. Selbst der alte Oberst, der die Menschen und Pferde kannte, redete ihr ins Gewissen. Er war ein lebenserfahrener Mann. Von ihm ließ sie sich am ehesten überzeugen. Bei einem langen Zwiegespräch mit Matador, so wie ich es in der dunklen Nacht in den Wäldern von Augustów mit Sonnenwind führte, reifte der Entschluß, täglich zusätzlich zwei Stunden für die Schule zu pauken. Eisern hielt sie durch. Die Disziplin und das Verantwortungsbewußtsein, die sie beim Umgang mit dem Pferd und im edlen Wettkampf des Turniers gelernt hatte, die die Grundlage ihrer kleinen Persönlichkeit und ihrer Erfolge war, ließ sie die Schulprobleme wirklich mit links schaffen. Alle waren zufrieden. Besonders aber Albert und Bertha, der Oberst und vor allem Matador.

Im Familienkreis wurde, ich weiß nicht zum wie vielten Mal, das Gespräch, das alle Eltern reitbegeisteter Töchter immer wieder führen, geführt: das Gespräch über den positiven Einfluß der Reiterei auf die Entwicklung ihrer Töchter.

„Welche Schwierigkeiten haben andere Eltern mit gleichaltrigen heranwachsenden Töchtern? Abend für Abend sitzen sie irgendwo herum, ziehen mit den unmöglichsten Jungen durch die Gegend und bringen die Eltern um den Schlaf. Bei Lonie und ihren Freundinnen wissen wir doch, wo sie sind, eben bei den Pferden im Reitstall. Lonie treibt täglich Sport und hält sich fit. Von Jungens will sie Gott sei Dank noch nichts wissen. Besseres kann es für ihre Entwicklung eigentlich gar nicht geben.“ „Und dann, wie hübsch sie geworden ist. In ihrem Reitkostüm sieht sie wie eine junge, elegante Dame aus. Und den Erfolg, den sie hat. Wir haben wirklich allen Grund, zufrieden und stolz auf unsere Lonie zu sein.“

Das Tief in der Schule war überwunden. Die Großeltern waren glücklich, weiterhin Chauffeur, Finanzier, Pferdehalter und Turnierbegleiter von Lonie zu sein. Ihnen machte es nichts aus, stundenlang in der prallen Sonne oder gar im Regen zu stehen. Sie waren geradezu süchtig nach den irrationalen Freuden oder Strapazen beim nächsten Reitturnier. Der Auftritt von Lonie war auch für sie ein Erfolgserlebnis. Das Leben mit der Reiterei machte einfach Freude und Spaß. Und wenn es einmal nicht so wie gewohnt geklappt hatte, nahm Albert seine Bertha zur Seite und flüsterte ihr ins Ohr: „Warte erst mal, bis wir unsere eigenen Pferde züchten."

Dann plötzlich war alles ganz anders: Matador lag morgens tot in der Box. Die Sektion ergab einen Riß in der Aorta, der Hauptschlagader, und innere Verblutung. Er hatte es sicher nicht gespürt. Der Tod mußte in Sekunden eingetreten sein. Das Bewußtsein war wahrscheinlich sofort erloschen.

Es war ein Blitz aus heiterem Himmel. Lonie ließ sich kaum trösten. Tagelang konnte sie nur an Matadors Tod denken. Alle machten sich ernsthafte Sorgen um sie.

Dann geschah das Unerwartete: Eines Morgens hieß es im Stall: „Der Oberst ist heute nacht eingeschlafen."

Bei alten Bauern habe ich immer wieder erlebt, wie sie wenige Wochen, nachdem ihre Söhne das Vieh verkauft hatten, plötzlich starben. Ein Leben lang waren die Tiere die wertvollste Habe gewesen. Tag für Tag, werktags wie sonntags, haben sie sie gefüttert, gemolken, gepflegt. Sie waren Teil ihres Lebens. Ohne sie schien das Leben sinnlos zu sein. Vielleicht hatte der alte Oberst auch so empfunden. Zeitlebens hatte er mit Pferden gelebt und gearbeitet. Immer hatte er in berittenen oder bespannten Regimentern gedient. Dort war das Pferd ein Kamerad, ein Teil des Ganzen. Dort galt von eh und je der Grundsatz: „Zuerst das Pferd und dann der Mann." Vielleicht lag es in seiner Natur, diesen Grundsatz wörtlich zu nehmen.

Die jungen Reiter hielten an seinem Sarg die Ehrenwache. Sie waren stolz auf ihren Oberst. Sie hielten die Wache auch für sein Pferd Matador, und sie schämten sich ihrer Tränen nicht.

VI. Das Pferd im Keller

Ohne Matador gab es eine lange Pause in Lonies Reiterei. Sie ritt zwar ab und zu das Pferd ihrer Freundin, aber das war mehr eine Verlegenheitslösung, mit der keiner zufrieden war. Aber Lonie hatte im Wettkampf des Turniers Fairneß gelernt, Disziplin, Pünktlichkeit und Leistungswillen. Die Sportkameradschaft mit den anderen Reitern hatte den Weg zu echten Freundschaften geebnet. Es gab keine Langeweile. Sie hing nie herum und wußte immer etwas mit sich anzufangen. Sie half zu Hause, bei den Großeltern, im Reitstall und hospitierte noch als Schülerin im nahen Kreiskrankenhaus. Ihr Leben hatte weiterhin seinen Sinn, auch wenn der Reitsport eher auf Sparflamme ablief. Die positiven Einflüsse waren unübersehbar. Sie hatte sich zu einem jungen Mädchen entwickelt, das wußte, was es wollte und das ein Ziel hatte. Ein Mädchen, das nicht jedem Rattenfänger auf den Leim ging.

Erst als Sonnenwind herangewachsen war, mit dreieinhalb Jahren, nahmen sich Albert und Bertha ein Herz und sagten sich, Lonie, unser Mädchen, braucht wieder ein Pferd, ein eigenes Pferd. Es wäre einfach eine Sünde, ein solches Talent verkümmern zu lassen. Der Entschluß war gefaßt. Nicht weit von Lonies Zuhause fand sich ein kleines Gehöft, das ein ehemaliger Umsiedler aus Siebenbürgen zu seinem Wohnsitz in der neuen, alten Heimat hergerichtet hatte. Er fühlte sich in der neuen Heimat wohl. Im Stall stand eine Kuh für die eigene Milch und Butter, und daneben grunzten zwei Schweine, denn auch das eigene Schlachtfest gehörte zum Ablauf seines Lebens. Er war schon über 80, aber keiner sah ihm das an. Seine hagere, aufgerichtete Gestalt strahlte eine Ruhe und die Würde aus, die einen Menschen, der mit sich im reinen ist, auszeichnet. Seine Frau, eine abgeschaffte alte, aber zufriedene Bäuerin, versorgte den Garten und das Haus; sie konnten eigentlich mit ihrer kleinen Rente, die für ein bescheidenes Leben ausreichte, glücklich und zufrieden sein. Nur wenn sie am Sonntag in der guten Stube saßen, wenn alte

Freunde und Bekannte zum Kaffeebesuch da waren, wenn über die alten Zeiten erzählt wurde, dann sah er oft sehnsüchtig auf die gerahmten Photographien an der Wand, und die Sehnsucht nach seinen Pferden, die immer sein Stolz waren, trieb ihm verstohlen die Tränen in die Augen. Ein Pferd war auch mit seinen 80 Jahren noch seine ganze Sehnsucht, und als Albert und Bertha bei ihm auftauchten und ihn fragten, ob es möglich wäre bei ihm, in seinem Stall, ein Pferd, Sonnenwind, in Pension und Pflege zu geben, liefen ihm vor Freude die hellen Tränen über die sonnengegerbten Wangen. „Theresia, Theresia, wir kriegen wieder ein Pferd in den Stall“, rief er zu seiner Frau in die Küche und konnte sich vor Freude überhaupt nicht mehr beruhigen. „ Theresia, wir kriegen wieder ein Pferd!“

Man war sich schnell handelseinig. Der alte Bauer wollte für die Pflege und das Einstellen von Sonnenwind kaum mehr als das Futtergeld, und er wollte alles tun, daß „sein“ Pferd rundum glücklich und zufrieden sein konnte. Noch am gleichen Tag zog er mit dem Handwagen zur nahen Zimmerei, um Balken, Bretter, Verschalung und Leisten für die neue Box zu holen. Die Schweine Max und Moritz mußten das Feld räumen und bekamen einen Alkoven neben dem Stand der Kuh gezimmert. Ihr bevorzugter Platz, direkt neben der Tür und dem kleinen Fenster, wurde zur geräumigen Pferdebox ausgebaut. Es fehlte wirklich an nichts, Sonnenwind konnte zufrieden sein. Im kleinen Garten wurde ein Teil der Gemüsebeete abgeräumt und frischer Klee und Gras eingesät. Ein richtiges Pferd braucht schließlich auch eine Weide, einen Auslauf, und sei er auch noch so klein. In weniger als drei Tagen war alles hergerichtet. Lonie hatte nach Kräften mitgeholfen, Albert ließ sich nicht lumpen und kam, wann immer er Zeit hatte; und wenn ihnen die alte Frau den Kaffee auf den Gartentisch stellte, waren sie wie eine verschmitzte, ausgelassene und glückliche Gemeinschaft. Was können doch so kleine, eigentlich völlig unwichtige Ereignisse die Menschen glücklich machen!

Dann kam Sonnenwind. Ich hatte ihn seit über einem Jahr nicht mehr gesehen und war zufällig als Assistent und

Vertreter in der Praxis meines Lehrtierarztes. Ich war zu der Zeit ganz allein und hatte rund um die Uhr zu tun. Die Ankunft von Sonnenwind in seinem neuen Domizil wollte ich mir aber nicht entgehen lassen. Lonie wäre auch nicht sehr begeistert von meinem Fernbleiben gewesen. Albert löste die Plane und öffnete die Rampe des Transporters. Er band das Halfter auf und ließ Sonnenwind langsam und vorsichtig aus dem Hänger treten. Ich war wie geblendet. Ein großer, heller, kerniger und kräftiger Fuchs, mit dem Hals eines ausgewachsenen Hengstes, hoch aufgerichtet und voller Spannung gebogen, mit leuchtend heller, wallender Mähne, mächtiger Schulter, geradem Rücken, leicht überbauter Hinterhand, was mir sagte, daß er noch keineswegs ausgewachsen war, imponierender Kruppe und einem bis auf den Boden schwingenden Schweif, den Albert scheinbar täglich gepflegt und gekämmt hatte. Das Ganze stand auf vier geraden, kräftigen und sehnigen Beinen, alles korrekt und im Gleichmaß. Ich war überwältigt. Selten war mir ein so imponierendes Pferd begegnet. Dazu der eher kleine, nervige Araberkopf, den er von seiner Mutter, der Windrose, geerbt hatte. Als junger Reiter und Tierarzt waren Pferde immer meine Lieblingstiere, meine Leidenschaft und mein Hobby. Wenn es irgendwie ging, besuchte ich die klassischen Pferdeleistungsschauen und Reitturniere, Auktionen und vor allem auch die Hengstparaden der großen Zuchtgebiete und Gestüte. Was dort an Pferden geboten wurde, war immer beeindruckend, ja imponierend. Ein Wunder, daß Sonnenwind noch nicht in den Zirkus dieser hippologischen Glanznummern eingetreten war, daß ein solches Pferd, in der Abgeschiedenheit von Alberts und Berthas Heidehof fast im Verborgenen aufwachsen konnte. Ich hatte direkt Bedenken, daß Sonnenwind nun in seiner neuen Umgebung sehr schnell das Fachgespräch der Pferdefreunde, aber auch der Funktionäre werden und die Begehrlichkeit alles unternehmen würde, um ihn aus seinen jetzigen Besitzverhältnissen herauszulösen. Ich konnte nicht umhin, Albert darauf aufmerksam zu machen. Der aber reagierte fast schroff: „Ich bin ein freier Mann, Sonnenwind ist mein Pferd, von mir gezüchtet und aufgezogen. Keiner legt seine Hand an ihn. Das geht nur über meine Leiche.“

Wenn ich von der imponierenden Gestalt von Sonnenwind kaum meine Augen nehmen konnte, der alte Bauer, bei dem er sein neues Quartier gefunden hatte, kam aus dem Staunen nicht mehr heraus: „Das ist ein Pferd. Ein Pferd, wie mir es überhaupt noch nie begegnet ist. Ein Wunder aller Schöpfung. Ein Mirakel.“ Er wurde fast poetisch in seiner Begeisterung für Sonnenwind. Er brachte ihn in den Stall. Stroh, Heu und Hafer waren schon am Vormittag aufbereitet. Er nahm ihm das Halfter ab und tätschelte seinen mächtigen Hals. Seine harten Bauernhände strichen ihm zärtlich über die breite, hellweiße Blesse. „Du sollst es gut haben bei mir, mein Kleiner. Dir soll es an nichts fehlen.“ Wir alle waren zufrieden. Ich gab Lonie einen schnellen, innigen Kuß. Ich mußte weiter. Es war keine Zeit zu verlieren.

Der Tag davor war schon lang genug gewesen. Nachts um halb elf hatte ich den letzten Patienten versorgt, einen liebestollen Eber, der in seinem Stall das brunftige Gegrunze einer Stallgefährtin nicht mehr ertragen konnte und irgendwie über die 135 cm hohe Brüstung gesprungen war und sich dabei sein erregtes, edelstes Teil ganz jämmerlich verletzt hatte. Fast eine halbe Stunde mußte ich bei dem in tiefer Narkose liegenden Tier das Malheur wieder zusammenflicken. Hoffentlich geriet alles wieder zu aller Zufriedenheit. Dann war ich ins Bett gesunken, um den Schlaf des Gerechten zu schlafen. Aber der Morgen umarmte noch die Nacht, der Westminsterschlag der nahen Kirchenturmuhr schlug gerade sechs, als das Schrillen des Telefons die schönsten Träume in Rauch aufgehen ließ. Es war ein Schrillen, das an den Nerven zerrte. Ein Schrillen, das mir wieder einmal unmißverständlich klar machte, daß ich bei der Wahl meines Berufes doch nicht so souverän alles bedacht hatte, was so zu bedenken war. Von wegen 40-Stunden-Tag und Fünf-Tage-Woche, geregeltes Wochenende und jede Menge Urlaub. Und wenn man mal krank wird, sei es nur eine leichte Grippe, ist es die größte Selbstverständlichkeit der Welt, einfach richtig krank zu feiern und sich gemächlich zu erholen für den anstrengenden Job im Büro. Wie weit entfernt war doch ein regelmäßiger Lebensrhythmus im Wechsel zwischen Schlaf, Beruf und Freizeit; es schien mir wie eine ferne Welt, wie eine unerreichbare Droge.

Als Tierarzt wehte in der Praxis ein anderer Wind, und man wußte nicht, ob nicht plötzlich ein Sturm, ein Orkan daraus würde. Das Unregelmäßige war die Regel. Wenn man dachte, früh Feierabend machen zu können, gab es meistens eine lange, schwere Nacht. Das Glas, das man am Abend zuviel getrunken hatte, büßte man fast immer um Mitternacht, wenn das Telefon schrillte und die Kuh nicht kalben konnte oder das Pferd sich im Kolikschmerz auf der Streu wälzte. Und dann wurde, wie könnte es anders sein, gerade nach einem solchen nächtlichen Einsatz der so nötige Schlaf schon früh um sechs abrupt abgebrochen. Manchmal war es schon ein wenig zum Verzweifeln. Aber dann entdeckte man plötzlich, wie man von diesem ständigen Gefordertsein irgendwie fasziniert war, daß die zu jeder Tages- und Nachtzeit erbrachte Leistung wie ein Elixier wirkte, das Selbstvertrauen gab, das Kraft und Lebensfreude vermittelte. Was oft so verdammt hart war, gab einem das Bewußtsein, stark zu sein. Wer das nie erlebt hat, der kann es kaum verstehen. Die innere Spannung läßt nie wirklich nach. Man lernt mit ihr zu leben und zu arbeiten. Sie belastet zwar stark; wird manchmal auch übermächtig und ist kaum mehr zu ertragen. Sie befreit aber auch, von der Routine, der Eintönigkeit, dem Eintauchen in den Alltagsbrei. Sie läßt den Schlaf, besonders wenn er zu kurz kommt, tief und erquickend werden. Es war bei mir schon in meinem, ja noch sehr kurzen Tierarztleben oft so, wie wenn man mit letzter Kraft in der Wüste die rettende Oase erreicht. Oft ist es wie ein Kampf, bei dem man noch nicht sicher ist, ob man gewinnen wird. Man lernt mit Niederlagen zu leben und findet es herrlich zu siegen.

Den Lebensrhythmus bestimmt dabei die Not der Tiere. Dieser Idee haftet noch etwas Elementares an. Zweifel am Sinn der tierärztlichen Bemühungen gibt es kaum einmal... Ist das nicht Grund genug, um glücklich und zufrieden zu sein? Und noch etwas war mir in der kurzen Zeit als Tierarzt völlig klar geworden: Ich mußte immer voll da sein. Wenn nachts um zwei die Kuh nicht kalben kann und ein Kaiserschnitt im dunklen Stall, ohne fachkundige Helfer, ohne den ganzen Apparat der Heilkunst beim Menschen durchgeführt werden muß, muß er erfolgreich sein, muß beste Arbeit erbracht werden, kann es keine Schlamperei geben, kann man die Verantwortung auch nicht weitergeben, den Patienten ins Krankenhaus überweisen oder den Fall in den Aktenumlauf bringen. Man ist selbst verantwortlich, von Anfang bis zum Ende, und die Kuh muß gesund werden, bald wieder Milch geben und ein prächtiges Kalb aufziehen. Ist das nicht herrlich, einfach herrlich? Sind diese Strapazen der Pflicht nicht auch irgendwie die Freuden der Pflicht?

Ich war zu der Zeit allein in der Praxis. Wieder einmal rotierte ich ohne Unterlaß. Es ging gegen Mittag. Ich mußte mich sputen, es blieb nicht mehr viel Zeit bis zur Nachmittagssprechstunde, das Mittagessen wurde erstmal gestrichen. Zehn dringende Besuche standen noch auf der Liste. Gott sei Dank waren es Routinefälle. Dringend zwar und um Gotteswillen keine Bagatellfälle, sondern eben ärztliche Routine: ein Fohlen mit blutigem Durchfall, zwei Kühe mit Euterentzündung, ein Bulle mit einem abgebrochenen Horn, ein Pferd mit einer schweren Phlegmone, drei Kälber mit Lungenentzündung, ein Schwein mit Bananenkrankheit und eine Stute mit Druse. Routine, eben Routine.

Es ist nicht so, wie oftmals in der Humanmedizin, wo ja doch so manches Wehwehchen eher eingebildet ist. Wo der Arztbesuch auch mal ein Versuch ist, vielleicht ein paar freie Tage einzuheimsen. Wo der Schnupfen auch mal zu einer Lungenentzündung hochstilisiert wird. Solange die Kasse bezahlt, kann's ja recht sein. Die Zeiten und vor allem die Ansprüche haben sich eben geändert. Wenn früher einer mit einem Blähbauch aufwachte, trank er einen Schnaps und nahm eine Prise Glaubersalz. Bis er recht wach war, war er auch wieder gesund. Wo ein bißchen Arznei und ein rechter Furz oft Wunder wirkten, ist heute manch wichtige Therapie im Gange. Den alten Doktor, der für fünf Mark ein Pülverchen aufschreibt, gibt es einfach nicht mehr.

Der siebte Besuch war gerade abgeschlossen, als mich ein dringender Anruf erreichte. Es war Lonie. Sie war ganz verzweifelt. „Komm so schnell du nur kannst. Sonnenwind liegt im Keller. Es ist ganz, ganz schrecklich, ich glaube, er stirbt.“ „Was sagst du, Lonie, ich habe dich nicht verstanden! Wo liegt Sonnenwind? Im Keller?“ „Ja, im Keller des Neubaus gleich nebenan. Komm so schnell wie irgendwie möglich. Bitte, bitte, bitte, ich glaube, er stirbt!“

Ich fuhr wie ein Idiot. In weniger als zehn Minuten war ich da. Sonnenwind, mein Freund, den ich mit aus der Taufe gehoben hatte. Der Prachtkerl. Lonies, Alberts, Berthas, unser alle Glück.

Sonnenwind lag wirklich im Keller, im Keller des Nachbarhauses, das gerade im Rohbau war. Sonnenwind war auf der kleinen Weide im Garten gewesen, als eine alte, furchtbare laute Dampfwalze auf der Straße vorbeifuhr. Der Krach hatte ihn so erschreckt, daß er auf die Hinterbeine stand und mit schlegelnden Vorderbeinen das leichte Gatter, das als Tür diente, aus den Angeln holte. Zwei starke Galoppsprünge und Sonnenwind war im Nachbargrundstück, rutschte auf dem dort gelagerten Lehm und Bauschutt aus, und gleich weiter, durch die Türöffnung über die Treppe in einen kaum drei auf vier Meter großen Keller. Dort lag er nun, lehmverschmiert und voller Dreck, wirklich kein schöner Anblick.

Unser alter Bauer aus Siebenbürgen stand am Treppenaufgang, und die Tränen rannen ihm über das wetterzerfurchte Gesicht.

„Ich bin schuld, ich allein bin schuld!“ stammelte er, und die Verzweiflung war ihm anzusehen. Wie der Hengst die nur ein Meter breite Treppe, die vor dem Kellereingang noch um 90 Grad gewendelt war, hinunterstürzen konnte, war uns allen schleierhaft. In den Betonwänden des Kellers standen ringsum noch armlange Moniereisen aus der Wand, und trotz des dreckverschmierten Fells von Sonnenwind konnte man in dem Dämmerlicht des Raumes zahlreiche, teilweise recht tiefe Verletzungen erkennen. Anscheinend hatte er schon verschiedene Aufstehversuche unternommen, was seine Lage nur verschlimmert und ihm die vielen Wunden beigebracht hatte. Es war alles andere als schön. Erschöpft durch das vergebliche Aufstehen, blutüberströmt und dreckverschmiert, lag Sonnenwind im dunklen Keller, auf einem mit einfachem Gips, Lehm und Bauschutt bedeckten Boden. Seine Nüstern waren vor Angst und Anstrengung groß aufgerissen, der stolze Hals schweißgebadet, die Atmung wie bei einem hechelnden Hund. Sofortige Hilfe war geboten. Lonie und die Bauersleute standen tränenüberströmt in der Öffnung zur Kellertreppe. Es schien, als hätten sie schon alle Hoffnung fahren lassen. Ihre letzte Hoffnung war ich, ich allein. Sie erwarteten, daß ich ein Wunder vollbrachte.

Mir schoß es durch den Kopf, daß es bei solchen gewaltsamen Vorfällen immer so ist. Da geht es dem Tierarzt nicht anders als dem Arzt. Beim schwersten Verkehrsunfall, bei dem Verletzte in lebensbedrohendem Koma auf der Straße liegen, wird der zu Hilfe eilende Arzt wie der Retter in der Not empfunden. Obwohl seine medizinischen Möglichkeiten vor Ort kaum über die Anordnung der Ersten Hilfe hinausgehen, hat er doch die Möglichkeit, die Verletzten in Augenschein zu nehmen und dem zu Hilfe eilenden Notarztwagen Einweisungsempfehlungen für die ihm notwendig erscheinende Klinik zu geben. Das ist schon sehr viel, das kann unter Umständen das Leben retten. Je früher ein Hirnverletzter in eine neurochirurgische Klinik kommt, desto größer ist seine Chance.

Ich war in diesem Fall natürlich viel schlechter dran. Als Tierarzt ist man mit seinen schweren Fällen fast immer allein. Kein Notarztwagen nimmt einem den Patienten ab, und kein eingespielter Rettungsdienst steht zur Verfügung. Wo beim menschlichen Unfall oder Katastrophenfall oftmals des Guten zuviel getan wird, wo manchmal ein am Strand vom Hitzestreß ohnmächtig gewordener Badefan per Hubschrauber ins nächste Krankenhaus geflogen wird, wo sich die Helfer schon mal gegenseitig im Weg stehen... als Tierarzt ist man fast immer alleine, auf sich selbst angewiesen. Kein Einsatzleiter gibt die Befehle, kein Polizist sorgt für Ordnung. Keine geborgte Autorität, und sei sie nur ein Martinshorn, Blaulicht oder weißer Kittel, verleiht den Nimbus des Retters in der Not. Als Tierarzt steht man für sich allein.

So wie ich jetzt alleine dem Pferd im Keller gegenüberstand. In Gummistiefeln, im olivgrünen Praxismantel. Meine Hilfstruppen waren eine weinende Familie, ein gebrochener alter, achtzigjähriger Bauer. Der Patient wog über elf Zentner, war lebensbedrohend verletzt und lag in einem dunklen Kellerverlies. Wie er so dalag, konnte man sich kaum vorstellen, daß er über die enge Kellertreppe hineingekommen war. Man konnte sich aber noch viel weniger vorstellen, wie er da wieder lebend herauskommen sollte.

Das wichtigste für mich war jetzt, Vertrauen zu erwecken. Mit Jammern war das Problem nicht zu lösen. Ich war Polizist, Einsatzleiter, Notarzt und Psychologe in einer Person. Ein Glück, daß Albert und Bertha gerade eintrafen. Sie waren entsetzt, und als Albert die Situation von Sonnenwind sah, begann er am ganzen Leibe zu zittern. Er sah aschfahl aus. Als Therapie bekam er gleich einen Auftrag. Ich schickte ihn los zur Feuerwehr, um Gurte und Seile und einen großen Flaschenzug zu holen. Der Großvater bekam den Auftrag, in der Nachbarschaft nach Hilfe, nach kräftigen Männern Ausschau zu halten. Männer, die mit Pferden umgehen konnten und vor allem beherzt zupacken würden. Die Oma und Bertha machten warmes Wasser, holten eine Handlampe und Handtücher, Küchenhocker und einen kleinen Tisch, der als OP-Tisch für Arznei und Instrumente diente. Lonie war meine Assistentin. Ihre hoffnungssuchenden Augen vergesse ich nie. Aber sie war ein starkes Mädchen, war ruhig, und jeder ihrer Handgriffe saß. Jeder akzeptierte meine Autorität. Das gab Vertrauen und weckte in mir Selbstvertrauen. Wo Vertrauen ist, da keimt auch die Hoffnung, wird die Mithilfe aktiviert und der erste Schritt zum Erfolg in dieser prekären Situation war getan. Ich rief Albert, der gerade wegfahren wollte, nochmals zurück. „Sei so gut und fahr noch bei einem Baugeschäft vorbei und laß drei, vier Dielen und einige Kanthölzer bringen, wer weiß, ob wir den Sonnenwind in dem engen Kellerverlies überhaupt auf die Beine stellen können."

Albert raste los. Bertha kam mit den Handtüchern, Eimern mit warmem und kaltem Wasser. Lonie hatte schon das Instrumententischchen gerichtet. Aller Atem war angestrengt und schnell, aber es war nicht mehr das aufgeregte, fast hysterische Hecheln, mit dem sie mich am Unfallort empfangen hatten. Auch sie hatten Vertrauen gefaßt. Es schien mir, als wären sie alle überzeugt, daß ich es schaffen würde, den stolzen Sonnenwind wieder aus dem Keller zu holen und gesund zu machen. Ihr gläubiges Vertrauen in Gottes Ohr; ich selbst war mir gar nicht so sicher.

Nachdem nun alles gerichtet war, konnte ich mir endlich ein genaues Bild von Sonnenwinds Zustand machen. Was ich sah, war alles andere als schön. Der Keller war ein dunkles Loch. Er war wesentlich kleiner, als es anfänglich schien. Ein kleiner Lüftungsschlitz war die einzige Öffnung. Die Moniereisen ragten wie scharfe Klingen aus der Wand. Jede ungeschickte Bewegung des Pferdes oder der Helfer war gefährlich und mit Verletzungsgefahr verbunden. Das um sich schlagende Pferd nahm fast den ganzen Boden ein. Man konnte sich kaum im Keller aufhalten, ohne in den Bereich der Hufe zu geraten. Ich sprach Sonnenwind gut zu, streichelte ihm über Kopf und Hals und klopfte ihm leicht die Schulter. Meine Ruhe und Zusprache ließen das Pferd erkennen, daß Hilfe im Anzug war. Jede Panik wäre tödlich gewesen.

Es ist für den Tierarzt wichtig, daß man jede Situation mit Ruhe angeht. Die Tiere spüren das, besonders so mit Menschen vertraute Geschöpfe wie Pferde. Aufgeregtheit und Angst übertragen sich sofort auf das Tier. Das Tier will gewissermaßen den Tierarzt als Leithammel anerkennen. Es will seine Autorität spüren, sich seinem Willen unterordnen. Auch eine so starke Tierpersönlichkeit wie der Hengst Sonnenwind. Dann läßt er sich auch anfassen, untersuchen und behandeln. Bei Sonnenwind war das kein Problem. Er kannte mich gut. Er wußte, daß von mir nichts

Böses ausging. Er hatte Vertrauen zu mir. Ich mußte meine Berührungen und Griffe immer mit ruhiger Hand, unter Umständen aber auch fest und energisch ausführen. Es mußte alles wie selbstverständlich sein. Dann lassen sich auch die temperamentvollsten Pferde oder der schärfste Hund ohne Probleme manipulieren. Je leichter es aussieht, desto gekonnter ist es. So ist es bei allen Dingen im Leben; besonders aber beim Tierarzt im alltäglichen Beruf. Liegt es ihm nicht im Blut, mit Tieren umzugehen, kann es schnell gefährlich werden. Tiere, unsere Patienten, sind vielfach größer und stärker als wir. Sie haben zu ihrem Schutz teilweise mächtige Waffen. Sie können stoßen und beißen, schlagen und drücken und haben blitzschnelle Abwehrreaktionen. Auch das Kratzen einer Katze oder eines Kakadus ist nicht von schlechten Eltern. Der Schlag eines verängstigten Pferdes, der Biß eines gereizten Hundes oder der Hornstoß eines aufgeregten Bullen sind mehr als nur unangenehm. Sie sind auch kein Betriebsunfall. Das kann sich kein Tierarzt leisten. Viele Hunderte, ja Tausende Behandlungen führt er in seinem Leben durch. Eingriffe, die oft ungewohnt und lästig sind, aber auch schmerzhaft sein können. Er kennt die meisten seiner Patienten nur flüchtig. Dagegen erinnern sich die Tiere sehr wohl an ihn. Sie bringen ihn mit der Erfahrung von Krankheit und Schmerzen zusammen. Und trotzdem wird er von ihnen akzeptiert. Ganz selten wird der Tierarzt von seinen Patienten nicht respektiert oder gar angegriffen. Das ist eine der faszinierendsten Erkenntnisse im tierärztlichen Beruf. Das gibt ihm das Gefühl der Überlegenheit. Nicht einer Überlegenheit durch Macht, Gewalt oder physischen Terror, wie es im menschlichen Leben so oft der Fall ist. Seine Überlegenheit ist eine fast sinnliche. Es ist die Ausstrahlung, die keinen Zweifel aufkommen läßt, die den Vollblüter oder den Wachhund ruhig und gelassen die tierärztlichen Manipulationen über sich ergehen läßt. Hat das Tier Angst, bleibt es niemals ruhig. Angst führt schnell zu Abwehrreaktionen, zu einem schnellen Biß, zum blitzschnellen Auskeilen mit den Hinterhufen oder zum Stoß mit den Hörnern. Das sind beim Tier keine Angriffshandlungen, um irgendwem weh zu tun, das sind seine instinktiven Reaktionen, die ihm das Überleben sichern und die in der freien Wildbahn unerläßlich sind.

Es ist doch eigenartig, daß mir auch in der angespannten Lage wie bei meinem jetzigen Fall mit Sonnenwinds Kellersturz solche elementaren Gedanken über meine Position als Tierarzt durch den Sinn gingen. Vielleicht mußte das so sein, damit ich immer wieder auf die Grundlage meines ärztlichen Handelns hingeführt wurde.

Tiere sind ganz selten von Natur aus „bösartig“. Die Boshaftigkeit, die manchen Menschen auszeichnet, kennen die Tiere sowieso nicht. Sicher gibt es bei Pferden sanfte, geduldige wie aufgeregte und temperamentvolle. Kein Hund ist wie der andere. Wo der eine eher ängstlich ist, ist der andere neugierig, frech oder gar aggressiv. Das gleiche gilt auch für alle anderen Tiere. Bösartig sind sie aber nur, wenn sie schlechte Erfahrungen mit Menschen gemacht haben, wenn sie gequält und geschunden wurden. Das ist ihre Reaktion auf die Gefahren ihrer Umwelt, so müssen sie reagieren, um zu überleben, um die Art zu erhalten. Darum geht es bei den Tieren immer wieder. Nur der Kräftigste, der Gesündeste, der mit allen Erfahrungen fertig wird, kann das Geheimnis des ewigen Lebens weitertragen, die Art von Generation zu Generation in die ewige Kette des Seins einbringen. Ist es erst einmal soweit, daß jeder am Leben bleibt, dann hat der Abstieg schon begonnen. Dann wird die Art bald aussterben und einer anderen, stärkeren Spezies Platz machen müssen. Tiere wie Sonnenwind sind das Signal. Sie setzen die Maßstäbe. An ihrer Kraft, an ihrem Temperament, an ihren körperlichen Vorzügen, an ihrer Fruchtbarkeit, an ihrem Überlebenswillen wird der Stamm der Pferde gemessen. Der Mensch hat das erkannt und handelt danach. Er will die schnellsten, potentesten, schönsten, herrlichsten Pferde in der Zucht. Sie sind das Maß aller Dinge. Natürlich spielt auch der Charakter, die Klugheit, das Temperament, der Charme seine Rolle. Bei Sonnenwind schien alles auf dem Weg der Vollendung. Unserem Sonnenwind, der jetzt, um sein Leben ringend, im Keller lag. Sonnenwind, dem ich kleiner Tierarzt helfen sollte, aus dieser fast aussichtslosen Lage herauszukommen.

Je eingehender ich Sonnenwind in seinem Kellerverlies untersuchte, desto bedenklicher wurde ich. Der lähmende Gedanke zuckte mir durch den Sinn, daß ich einen womöglich schon im Grab liegenden Patienten an die Oberfläche, zurück ins Leben hieven sollte. Der Blutverlust mußte gewaltig sein. Der Puls war schwach und kaum fühlbar. Die Konjunktiven, die Schleimhäute der Augenlider, waren hell, fast porzellanartig. Die Herztöne unregelmäßig mit vielen Extrasystolen. Sie spiegelten die Belastungen des Pferdes durch Blutverlust, Verletzungen, vergebliche Aufstehversuche wider. Vor allem aber auch die Angst, die ganz natürliche Angst, die Sonnenwind seit seinem Sturz in seine mißliche Lage durchgemacht hatte. Die Atmung war entsprechend flach, hektisch und unregelmäßig. Die Luft in seinem engen Verlies war zum Schneiden. Mit seinen großen, hellen, glänzenden Augen schaute mich Sonnenwind an. Lonie, die mir von der untersten Treppenstufe leuchtete, rannen unaufhaltsam die Tränen über die Wangen. Einen Augenblick hatte ich Angst, daß sie beim Anblick ihres Pferdes in Ohnmacht fallen würde. Mit der erstaunlichen Energie, der sie fähig war, hielt sie durch und leuchtete mir während der Untersuchung geschickt mit der Lampe. Keine vielstrahlige Operationslampe, wie sie für den Arzt, den Chirurgen eine unverzichtbare Selbstverständlichkeit ist, nein, nur eine kleine, einfache Handlampe, mit einer grellen Birne von 100 Watt. Zwischendurch gelang es ihr sogar einmal, mich anzulächeln. Es sollte kumpelhaft sein, sollte anzeigen, daß wir es schon schaffen würden, aber es war auch ein Lächeln voll Liebe und Vertrauen. Selbst in dieser bedrohlichen Situation ließ mich ihr Lächeln an die seligen Stunden denken, wo sie in meinen Armen lag und mich mit dem gleichen, weit her von innen kommenden Lächeln angestrahlt hatte. Ihr Lächeln war aber auch das Zeichen eines verzweifelten Aufbäumens gegen die Katastrophe, die uns alle gefangenhielt. Ich hatte allen Respekt vor der Haltung dieser geliebten jungen Frau. Die Zärtlichkeit ihres Lächelns traf mich aber auch in einem Moment, wo auch mir das Herz in die Hose zu sinken begann. „Du mußt es schaffen", sagte ich im stillen zu mir, „du mußt es schaffen".

Jetzt waren die ersten Helfer eingetroffen. Der Speck Franzl und der Meier Schorsch, zuverlässige Landwirte aus der Nachbarschaft. Bauern, die zupacken konnten und Erfahrung mit Pferden hatten. Ohne sie ging es nicht, war kein Weiterkommen. Sonnenwind wog über elf Zentner. Und er lag wie ein schwer angeschlagener Champion in einer schmutzigen, lehmverschmierten Kellergruft. Gebe Gott, daß sie nicht zu seiner letzten Grube wurde.

Die beiden Helfer waren ruhig und überlegen zugleich. Bei solchen Männern wie ihnen konnte ich es wagen, sie im engen Kellerraum hantieren zu lassen. Ich trug die Verantwortung. Ich ganz allein. Zuerst bekam Sonnenwind ein Halfter auf. Dann wurde sein Kopf auf frisches Stroh gelegt. Das Wichtigste war es, den Kreislauf des Pferdes zu stabilisieren. Die Dauerkanüle an der Jugelaris, der großen Halsvene, war schnell angelegt. Dem Sterofundintropf gab ich gleichzeitig noch Mittel zur Stärkung des Kreislaufs und des Herzmuskels bei. Lonie stand auf der Kellertreppe und hielt die Infusionsflasche hoch. Die behelfsmäßige „Operationslampe" war mittlerweile an der Kellerdecke aufgehängt. Der Franzl und der Schorsch hatten auf meine Anweisung dem Pferd die Hufe mit Sackverbänden versehen, die knapp gezurrt, aber gut gepolstert waren. Ich konnte es mir einfach nicht leisten, daß das vor Schmerzen ausschlagende Pferd mit seinen scharfen Hufeisen einen Helfer verletzte. Schon einmal hatte ich erlebt, daß ein Koliker in seinem Schmerz einem Helfer den Oberschenkelknochen glatt durchschlagen hatte und mir die Haftpflichtversicherung des Pferdebesitzers mit allen juristischen Tricks die Schuld dafür in die Schuhe zu schieben versuchte.

Mit schweren Schlägen begann der Franzl die scharfen Moniereisen an den Wänden umzuschlagen. Es dröhnte in dem engen Kellerverlies fürchterlich, aber mit jedem Schlag wurde die Verletzungsgefahr geringer. Bald war auch dies geschafft.

Sonnenwind hatte sich mittlerweile ein wenig beruhigt. Sein Puls wurde kräftiger, die Atmung war nicht mehr so flach und unregelmäßig. Die Herztöne erholten sich zusehends, und es war erstaunlich, wie das Pferd auf die Kreislaufbehandlung ansprach. Jetzt war es wichtig, Sonnenwind wieder auf die Beine zu stellen. Im Liegen war ich kaum in der Lage, die zahlreichen Verletzungen und Wunden zu versorgen. Liegend war es auch wegen der Treppe kaum möglich, das elf Zentner schwere Pferd aus dem Keller zu ziehen und die dafür notwendigen Stricke und Gurte anzulegen.

Ein Pferd, das festliegt, ist sowieso immer ein Problem. Auch wenn es sich nur durch falsche Lagerung in seiner Box festgelegen hat, braucht es manchmal den ganzen Sachverstand des Pflegepersonals, ein solches Pferd wieder auf die Beine zu bringen. In diesem glitschigen Keller schien mir das Problem schier unüberwindbar. Es half aber nichts, es mußte trotzdem gelingen. Sonnenwind mußte wieder auf die Beine kommen. Gerade eine aussichtslose Situation birgt oft die Hoffnung, daß alle, Mensch und Tier, mit fast übernatürlicher Kraft doch noch zum Erfolg kommen. Ich bangte mit ganzem Herzen, daß es bei unserem heutigen Malheur auch so sein würde.

Inzwischen waren drei weitere Helfer eingetroffen. Brauchbare Leute, so wie die beiden ersten. Mindestens fünf Mann waren notwendig. Sie mußten sich mit aller Kraft in die Siele legen, wenn es gelingen sollte, unseren Sonnenwind wieder flügge zu machen. Der knapp 16 Quadratmeter große Keller bot kaum noch Platz, um sich zu bewegen. Die Luft war fürchterlich. Nur gut, daß die gefährlichen Moniereisen umgeschlagen und die Hufe des Pferdes umwickelt waren.

Mit vereinten Kräften legten wir einen Gurt um die Brust des Tieres. Ein zweiter Gurt wurde um den Bauch gelegt, beide Gurte mit einem kurzen Feuerwehrschlauch, den der mittlerweile eingetroffene Onkel Albert organisiert hatte, verbunden. Der Schlauch ging um das ganze Pferd. Er diente als Vorderzeug und Umgang zugleich und lag in der Höhe des Buggelenks und der Hinterschenkel.

Es war ein schweres Stück Arbeit, das Pferd so zu fixieren, daß die Helfer die Möglichkeit hatten, ringsum beim Aufstehen zuzupacken und Sonnenwind wieder auf die Beine zu stellen. Der Schweiß floß in Strömen, und als die Gurte fest saßen, mußten alle erst einmal ausschnaufen. Der Großvater ließ eine Schnapsflasche herunterreichen. Am liebsten hätte er unten im Keller mit Hand angelegt; mit seinen über 80 Jahren auf dem Buckel. Jeder von uns nahm einen kräftigen Schluck. Ich überprüfte inzwischen nochmals den Allgemeinzustand des Hengstes. Er hatte sich erstaunlich erholt. Der Tropf, es war schon der zweite, wurde abgesetzt, und der Aufstehversuch konnte beginnen. Ich blieb am Kopf des Pferdes. Mit einem „Hauruck“ hatten wir Sonnenwind auf der Brust. Die Hinterbeine wurden untergeschlagen und die Vorderbeine nach vorne ausgestreckt. Zwei Mann waren rechts und links der Schulter und zwei Mann rechts und links des Beckens. Der Franzl hielt den Schweif. Er war der kräftigste und übernahm die schwerste Arbeit. Ein Pferd steht immer zuerst mit der Vorderhand, den Vorderbeinen, auf. Es kam jetzt darauf an, Sonnenwind vorne auf die Beine zu bringen und, bevor er sich wieder zusammensacken ließ, die Hinterbeine so zu stützen, daß er auch auf die Hinterbeine kam. Bei einem so geschwächten Pferd keine Kleinigkeit. Eine verdammt schwere Sache. Besonders der Mann am Schweif, der Franzl, mußte mit aller Kraft das Pferd so lange stützen, bis es wieder auf eigenen Beinen stehen konnte.

Ich ermahnte nochmals alle eindringlich, vorsichtig zu sein, vor allem bei einem möglichen Umfallen des Pferdes nicht unter den Hengst zu kommen oder zwischen der Wand und dem Pferd eingeklemmt zu werden. Aber es waren erfahrene Männer. Jeder wußte von dem unkalkulierbaren Risiko eines solchen Unternehmes. Aber jeder stand, trotz aller Bedenken, seinen Mann. Ich rief Sonnenwind ein ermunterndes „Auf“ ins Ohr und gab ihm einen Klaps auf die Vorderbrust. Mit „Hauruck“ kam er vorne auf die Beine. Er zitterte am ganzen Körper. Die drei Männer an der Hinterhand hoben wie die Berserker. Dem Speck Franzl schwollen die Adern auf der Stirn. Dann war

Sonnenwind auch hinten auf den Beinen. Er stand zwar noch nicht. Die Sprunggelenke schienen weich wie Butter. Er war wackelig und schwach wie ein neugeborenes Fohlen, schwankte bedenklich hin und her, und die Beine waren ihm vermutlich „eingeschlafen“. Die fünf Männer aber ließen nicht locker. Sie standen eisern an ihrem Platz und hielten das Elfzentnerpferd aufrecht. Für sie gab es kein Nachlassen. Es waren erfahrene Bauern, die vom Aufheben festliegender Kühe wußten, daß es Minuten dauern kann, bis die Tiere wieder selbst auf den Beinen stehen können, bis die Blutzufuhr so weit reguliert ist, daß wieder Kraft in den Beinen ist.

So war es auch bei Sonnenwind. Nach drei, vier Minuten stand er von alleine. Zitternd zwar und schweißgebadet, aber er stand. Die Männer lockerten ihren Griff. Leicht unruhig, hin- und hertretend fand das Pferd wieder sein Gleichgewicht und konnte die eigenen vier Beine wieder einigermaßen belasten. Den Kopf übergab ich erst einem Helfer, nachdem ich nochmals eingehend Puls, Herz und Atmung überprüft hatte. Im Kellerverlies konnte man kaum noch atmen, es war nahezu unerträglich. Über eine Stunde hatten wir nun gekämpft, um das Pferd wieder zu stabilisieren und auf die Beine zu stellen. Eine kurze Pause war bitter nötig.

Die Oma hatte Kaffee parat. Welche Wohltat eine Tasse Kaffee doch sein kann. Das kann man erst begreifen, wenn man sich völlig verausgabt hat. Die vorher so deprimierte Familie war fast heiter. Alle dachten, das Schlimmste sei bereits geschafft. Schließlich brauchte das Pferd ja nur noch die Kellertreppe hinauf zu marschieren, sich vom Doktor seine Wunden verarzten zu lassen, und alles war wieder in Ordnung. Selbst Lonie schaute mich wieder mit ihren leuchtenden Augen an, als wollte sie sagen: „Siehst du, Liebling, ich wußte doch gleich, daß du fast alles kannst. Auf dich ist eben immer Verlaß.“ Es hätte mich nicht gewundert, wenn sie mich gefragt hätte, wann sie Sonnenwind wieder reiten könne.

Der in meinen Augen naive Optimismus war zwar begrüßenswert, denn er nahm allen Beteiligten die Resignation und versprühte fast grenzenlose Hoffnung, daß bald alles wieder gut sei. Als Tierarzt, als Pferdemann hatte ich jedoch meine Zweifel. Das schwerste Stück Arbeit stand uns noch bevor. Diese Zweifel behielt ich aber für mich.

Ein Schrei vom Franzl riß uns alle in die Wirklichkeit zurück. Der Speck Franzl war als einziger im Keller geblieben und hielt das Pferd am Halfter. Alle anderen Helfer genossen die Pause und die frische Luft. Sie saßen auf Strohballen, und die Schnapsflasche machte die Runde. Auf den Ruf des Franzl stürzten alle zur Kellertreppe. Sonnenwind lag wieder wie zuvor auf dem lehmigen, schmierigen Boden. Das geschwächte Pferd hatte sich einfach nicht auf den Beinen halten können.

Die ganze Prozedur begann wieder von neuem. Mit einer intravenösen Injektion, mit erneuten Infusionen, wurde das Aufstehen zum zweiten Mal vorbereitet. Das gerissene Halfter wurde durch ein stabiles Strickhalfter ersetzt. Die Männer überprüften die Gurte. Das Pferd lag mit der Hinterhand direkt an der Betonwand. Aus dieser Position konnte es nicht den notwendigen Bewegungsschwung zum Aufstehen finden. Es war eine Knochenarbeit, das schwere Pferd in dem engen Betonverlies auf dem schmierigen Lehm- und Schuttboden von der Wand wegzuziehen.

Es war auch eine gefährliche Arbeit. Immer wieder schlug Sonnenwind mit allen vieren um sich, um sich in eine bessere Position zu bringen, und die Männer mußten schnell und geistesgegenwärtig zur Seite springen oder sich flach an die Wand drücken. Für mich als verantwortlichen Tierarzt waren die Anordnungen, die ich den Männern gab, kaum zu verantworten. Wenn wirklich etwas Ernsthaftes passierte, ein Mann schwer verletzt, vielleicht sogar einen dauerhaften Schaden erleiden würde, kein Richter könnte verstehen, daß ich nicht das Pferd als unrettbar aufgegeben und eingeschläfert hatte, anstatt Menschen in große Gefahr zu bringen.

Ich sah Lonies helle Augen, und ihr Blick war schiere Verzweiflung. Das Leuchten, das mir vor kurzem noch sagte, daß ich das Pferd schon gerettet habe, war in die Bodenlosigkeit und Hoffnungslosigkeit abgeglitten. Mir brach fast das Herz. Ich konnte es nicht ertragen. Es gab für mich nur eines: Das Pferd mußte aus dem Keller; die Verletzungen mußten geheilt werden. Lonie und Sonnenwind sollten erfolgreich Turniere reiten. So einfach war das. Ich hatte mir in den Kopf gesetzt, daß wir es schafften.

Als Tierarzt habe ich immer wieder die Erfahrung gemacht, daß man nicht aufgeben darf, wenn man letztlich Erfolg haben will. Wie oft habe ich schon bei einer Schwergeburt, nachts in einem dunklen Stall, hundemüde von einem anstrengenden Praxistag, sagen wollen: „Herrschaften, es geht nicht. Die Geburtswege sind zu eng, das Kalb ist relativ zu groß. Ein Kaiserschnitt lohnt sich bei der Kalbin kaum. Wer weiß, ob sie hinterher auch in die Milch kommt." Dann habe ich es doch nicht getan. Immer habe ich versucht, das Kalb noch zu entwickeln, in die richtige Lage zu bringen; oder wenn es gar nicht ging, doch noch eine Sectio, einen Kaiserschnitt gemacht. Fast immer sind auch die bei weniger Entschlossenheit „aussichtslosen" Fälle gutgegangen, und immer wieder hat der Erfolg und das Bewußtsein, das Letzte gegeben zu haben, die oft unmenschlichen Anstrengungen schnell vergessen lassen. Man war zwar müde und geschafft, aber man war zufrieden mit sich und der Welt. Rundum zufrieden. Was will man mehr.

Bei Sonnenwind war es keine Frage für mich. Er war wie ein Freund. Albert und Hertha hatten ihr Herz an ihn verloren, sie würden ihr Leben für ihn geben. Und Lonie… ich wagte gar nicht daran zu denken.

Sonnenwind lag in der Mitte des Kellers. Die Gurte saßen fest. Franzl war am Schweif, die anderen an ihrem Platz. Für ein Elfzentnerpferd waren eigentlich fünf Mann viel zu wenig, aber mehr hätten sich in dem engen Keller gegenseitig behindert. Gefährlich war es für alle sowieso.

Ich hielt ihn am Kopf und gab einen leichten Stromstoß. Sonnenwind bäumte sich auf. Hart schlug sein Kopf gegen einen der Strohballen, mit denen wir die Ecken des Kellers ausgepolstert hatten. Ich schrie: „Schulter nach links, Gurte anziehen, Schweifrübe unterstützen.“ Alle taten instinktiv das Richtige. Alle packten wie besessen an. Donnerwetter, auf diese Männer konnte man sich wirklich verlassen. Nochmals bäumte sich Sonnenwind auf, wieder schlug sein Kopf gegen einen Strohballen. Dann war es uns erneut gelungen, ihn auf die Brust zu setzen. Der erste Schritt war getan. Alle hatten eine Pause nötig. Die Strohballen an den Wänden wurden neu gestellt. Dann kam der zweite Schritt. Erneut ein leichter Stromstoß in die Glutäusmuskulatur. Mein Kommando war kaum nötig. Jeder packte geschickt und mit allen Kräften zu. Nochmals ein Aufbäumen. Fast sah es aus, als ob uns das Pferd wieder auf die Seite fiele, dann stand es zitternd auf den Beinen. Zum zweitenmal war der erste Schritt geschafft.

Jetzt gab es keine Pause mehr. Es galt, den Hengst medizinisch zu versorgen. Ein weiterer Tropf wurde angelegt. Lonie stand auf der Kellertreppe und hielt das Infusionsgerät. Ihre Augen zeigten wieder etwas Hoffnung. Die Wunden wurden vom ärgsten Schmutz befreit und provisorisch versorgt. Mit den Männern überprüfte ich die Gurte. Der Vordergurt und der Umgang wurden neu fixiert, alles andere saß bestens.

Sonnenwind erholte sich zusehends. Er war ein junger, starker Henst, ein Pferd voller Kraft und Temperament. Aber es war auch Zeit, das Pferd aus dem Keller zu bringen.

Die Treppe hatte 13 Stufen. War es eine Glücks- oder Unglückszahl? Sie war einen Meter breit. Die unteren drei Stufen gingen um die Ecke. Franzl war am Kopf. Vier Männer schoben von hinten. Alle anderen zogen an langen Seilen, die wir am Vorderzeug der Gurte befestigt hatten. Jeder gab sein Bestes. Der achtzigjährige Großvater und Albert legten sich in die Siele wie die Wolgaschiffer. Ihre Köpfe waren vor Anstrengung puterrot.

Es gelang uns nicht, das Pferd dazu zu bringen, die enge Treppe, die es zuvor auf irgendeine schleierhafte Weise hinuntergerutscht war, wieder hinauf zu gehen. Eine Stunde vergeblichen Bemühens ließ uns fast verzweifeln. Die Gurte wurden noch enger angelegt. Die Treppe wurde zuerst mit Stroh, dann mit Lehm belegt. Die Stufen zu einer schrägen Lauffläche ausgeglichen. Über zehn kräftige Männern, die mittlerweile eingetroffen waren, gelang es nicht, das Pferd über die präparierte Treppe nach oben zu schieben oder zu ziehen. Sonnenwind ließ sich entweder voll in den Seilen hängen oder stemmte sich mit aller Macht dagegen. Zweimal bäumte er sich auf, schlug mit allen Vieren um sich und sackte dann wieder querverkeilt zwischen den Treppenaufgang im Keller. Es war einfach zum Verzweifeln.

Ich gab Ermunterungsspritzen, sie halfen nichts. Ich sedierte ihn so, daß er kaum noch auf den Beinen stehen konnte, er ließ sich zum Treppenaufgang führen, dann war es aus. Auch im sedierten Zustand stemmte er sich dagegen, so daß zehn kräftige Männer keine Chance hatten. Schon drei Stunden dauerte diese verdammte Prozedur, diese gottverdammte und gefährliche Schinderei in dem Betonloch von Keller. Alles schien so sinnlos. So ohne jede Hoffnung.

So kamen wir nicht weiter. Ein neuer Entschluß war notwendig. Wir mußten das Problem auf andere Weise lösen.

Ich schickte Albert nochmals zur Feuerwehr, um weiteres Gerät zu holen. Beim Bauunternehmer sollte er gleichzeitig zwei Preßluftbohrer anfordern. Lonie holte mir in der Praxis eine gebrauchsfertige Narkose.

Sonnenwind stand unruhig im Keller. Sein Kreislauf hatte sich stabilisiert. Der Gesamteindruck war den Verhältnissen entsprechend. Die Verletzungen waren nirgends lebensbedrohlich. Er war ein kräftiger, junger Hengst. Wir mußten ihm noch einiges zumuten.

Sonnenwind wurde unruhig. Der Besitzer des Neubaus, dem ich eben meinen Plan erklärt hatte, wie es doch gelingen könnte, den Fuchshengst lebend aus seiner Kellergruft zu holen, auch. Erst als ich ihm schriftlich gab, daß ich alle Schäden, die entstanden waren und noch entstehen würden, voll und ganz ersetzen würde und als auch Onkel Albert ihm das schriftlich gab, konnten wir weitermachen.

Ich stieg erneut in das Kellerverlies und legte Sonnenwind in Narkose. Der Franzl und Lonie halfen dabei.

Lonies Lächeln erstarb schon im Ansatz. Ich weiß nicht, ob sie zu diesem Zeitpunkt noch viel Hoffnung hatte, aber sie hielt sich bemerkenswert tapfer. Sie war einfach ein prächtiges Mädchen.

Die Narkose kam lege artis. Das Pferd sackte auf den Lehm, ohne sich zu verletzen. Dann begannen die Maurer ihr Werk. Fast eine Stunde hämmerten zwei Preßlufthämmer. Wo sonst Hohlblocksteine und Fertigdecken liegen, war blanker Beton. Erstklassige Mischung. Für die Ewigkeit gemünzt. Der Hausbesitzer sah es mit süßsaurer Miene.

Ich war damit beschäftigt, die Narkose aufzufrischen und zu steuern, den Kreislauf zu kontrollieren, die Wunden zu versorgen und mir immer wieder und immer öfter den Staub aus den Augen zu wischen. Ich weiß nicht, wie viele Menschen es gibt, die schon einmal in einem Betonkeller, bei einem edlen Pferd eine Narkose, den Kreislauf sowie den Gesundheitsstatus überwacht haben, während unmittelbar daneben zwei Preßlufthämmer eine Treppe und Teile einer Betondecke zerschlugen. Ich glaube, es dürften nur ganz wenige sein, und ich würde es nicht meinem ärgsten Feind wünschen. Wenn man sein Durchhaltevermögen auf extreme Weisen testen will, „mein" Keller mit den beiden Preßlufthämmern war eine einzigartige Möglichkeit dazu. Immer wieder sagte ich mir: „Das hältst du nicht aus, sieh zu, daß du hier rauskommst. Das Pferd liegt ja in Narkose, was soll schon passieren." Ich sagte mir aber auch: „Wenn du jetzt weggehst, bekommt das Pferd bestimmt einen Narkosezwischenfall, und du kanst dann ein totes Pferd durch die aufgebrochene Decke hieven." Also blieb ich im Keller. Es waren genau 49 Minuten.

Auch das ging vorüber. Sonnenwind schlief den Schlaf des Gerechten. Die Narkose saß prima. Die Kellertreppe war abgebaut, die Decke ausreichend geöffnet. Es war direkt ein erhebendes Gefühl, nach so langer Zeit im dämmrigen Verlies ein paar verlorene Sonnenstrahlen zu sehen. Als ich müde, zerschlagen und völlig taub über die Leiter aus dem Keller stieg, kam ich mir vor wie Florestan in Beethovens Fidelio. Er stieg ebenso schwerfällig und aschgrau aus seinem Kerker. Nur daß mir nicht nach Singen zumute war. Wie lange war ich dort unten gewesen? Waren es Jahre... oder wirklich nur 49 Minuten.

„Mann, wie sehen Sie denn aus?" Der mich das fragte war der Feuerwehrkommandant aus unserer Stadt. Er versicherte mir, daß er persönlich gekommen sei, um hier den Einsatz optimal zu leiten. Schließlich sei er das erste Mal zu einem Pferd gerufen worden, das im Keller lag. Er faselte davon, daß mein Ausharren bei dem kranken Pferd im Keller eine Heldentat sondergleichen sei und er das an geeigneter Stelle zum Ausdruck bringen würde. Es war damals die Zeit der Helden an allen Orten. Was heißt hier Heldenmut? Ich hatte meine Pflicht erfüllt, eher mit einer gewissen Sturheit und Hartnäckigkeit, die mir eigen ist, und mit viel Risikobereitschaft, man kann auch Leichtsinn sagen. Daß es dabei so laut zuging, war eher eine unangenehme Begleiterscheinung. Heldentat, welch großes Wort. Die meisten Helden haben andere, oftmals völlig Unschuldige in den Tod befördert. Das Heldentum in der Geschichte ist fast immer auch eine einzige Metzelei. Der Schützenkönig einer Jagdgesellschaft, der sich als Held feiern läßt, hat nichts getan, als besser schießen zu können, um mehr Rebhühner abzuknallen. Die hehren Griechen haben, nach der Erbauung von Ephesus, alle einheimischen Bewohner der Umgebung umgebracht. Schöne Helden! Ich habe versucht, meine tierärztliche Pflicht zu tun, mehr nicht. Das ist manchmal nicht ganz einfach, aber es bringt Freude und Genugtuung, auch in schweren Fällen, helfen zu können. Nein, mit Heldentum will ich nichts zu tun haben. Das überlaß' ich so Wichtigtuern wie dem Feuerwehrkommandanten und seinesgleichen.

Ich war wirklich zu müde, um ihm zu antworten. Mit Zementstaub übersät, im blutdruchtränkten Kittel, mit lehmverschmierten Gummistiefeln, war ich wirklich kein schöner Anblick.

Bevor es weiterging, bevor ich mich mit dem Feuerwehrhauptmann beschäftigen konnte, brauchte ich eine Erfrischung. Innerlich und äußerlich. Lonie reichte mir einen herrlichen Zitronentee für den Durst. Ich ging in Sonnenwinds Stall, zog Kittel und Hemd aus und hielt Kopf und Oberkörper unter den Wasserhahn. Es schien mir geradezu ein himmlisches Vergnügen. Schöner als alles Heldentum. Wieder kam mir Laotses Spruch in den Sinn, daß der Reiz des Lebens im Kontrast liegt.

Mit der Erfrischung kehrte die Tatkraft zurück. Sonnenwind lag in Narkose, wir durften keine Zeit verlieren. Wieder kostete es viel Kraft, den Hengst in die richtige Lage zu bringen, die Gurte zu überprüfen und teilweise neu zu verzurren. Zusätzlich konstruierten wir mit festen Jutesäcken eine Art Bauchgurt. Franzl machte das aus seiner Erfahrung mit Tieren heraus nahezu perfekt. Der breite Bauchgurt war notwendig, um beim Hochziehen des Pferdes keinen Druck auf die inneren Organe zu verursachen.

Über der aufgebrochenen Kelleröffnung wurden Balken versprießt und ein Flaschenzug installiert. Leo, der Schmied, den ich zwischenzeitlich auch hatte rufen lassen, leistete ganze Arbeit. Es mußte schnell gehen, aber sein Gestell stand wie für die Ewigkeit gedacht. Der Flaschenzug war so fixiert, daß er ein elf Zentner schweres Pferd, das unter Umständen unruhig wird, sich in den Gurten aufbäumt und wie wild um sich schlägt, bedenkenlos trug. Pfuscharbeit durfte es hier nicht geben. Immer noch lag die Verantwortung bei mir. Wenn etwas schief ging, wenn jemand verletzt wurde oder gar das Pferd wieder in den Keller stürzte und dabei zu Tode kam, war es zuerst ganz alleine meine Sache. Nur ich konnte genau abschätzen, welche Kräfte frei wurden, wenn ein an Seilen hängendes Pferd in Panik geriet, wenn seine Gurte verrutschten oder das Tragegestell ins Schwanken kam. Bevor ich wieder in den Keller ging, ließ ich gegenüber dem Feuerwehrkommandanten, der sich jetzt als eine Art Einsatzleiter aufspielte, darüber keinen Zweifel. Er tat etwas gekränkt, war aber dennoch froh, daß ich ihm die Verantwortung abnahm. Schließlich war es sein erstes Pferd im Keller. Für mich allerdings auch, aber das ging niemanden etwas an. „Ja, wenn es ein entflogener Papagei wäre“, kam er wieder ins Schwadronieren, „da wäre ich geradezu Experte. Oder die entflohenen Berberaffen aus dem nahen Tierpark, das war geradezu ein Glanzstück angewandter Tierpsychologie", meinte er.

„Komm, hör auf mit deinen Sprüchen, Gustav!" meldete sich sein Feuerwehrkumpel, der mit ihm gekommen war, zu Wort. „Angewandte Tierpsychologie, wenn ich so was schon höre. Weil die Affen so fürchterlich gefroren haben und wieder in ihr Affenhaus wollten, haben sie sich von dir fangen lassen. Außerdem haben sie gedacht, du seist ihr Oberaff, wie du mit deiner dämlichen Visage die lange Leiter hochgeklettert bist. Weißt du nicht mehr, wie sich das junge Äffchen um deinen Hals geklammert hat; da hat auch der Zoodirektor gesagt: ‚Dich brauchen wir im Affenhaus, dann wären die ewigen Rangkämpfe ein für allemal entschieden.' – Angewandte Tierpsychologie, daß ich nicht lache."

Der Feuerwehrkommandant schwieg pikiert und würdigte seinen Kumpel keines Blickes.

Die bewährten Männer begannen an den Ketten des Flaschenzugs zu ziehen. Das Pferd lag ruhig im Keller, fast wie tot. Ich saß an seinem Kopf und kontrollierte den Puls, das Herz und die Atemfrequenz sowie die Augenreflexe. Langsam, Stück für Stück kam Sonnenwind höher. Zwei Mann waren am Halfter, zwei am Schweif. Sie hielten das Pferd in der richtigen Lage, damit es ohne Verletzungen durch das Betonloch kam. Trotz seiner Breite verrutschte der Bauchgurt bedenklich, schnitt den Hinterleib ein und zurrte sich ständig weiter nach hinten. Zentimeter um Zentimeter hob sich Sonnenwind aus dem Kellerverlies. Es war ein hartes Stück Arbeit. Der Schweiß floß wiederum in Strömen. Zum wievielten Mal heute? Auf halber Strecke hielten wir kurz an. Die Narkose hielt erstaunlich sicher, aber der Kreislauf war hetzend und schwach.

In Sekunden war eine Braunsche Kanüle, die beim Aufziehen abgefallen war, neu angelegt und erneut ein Tropf angeschlossen. Lonie trat wieder als Assistentin in Funktion und hielt das Infusionsgerät. Dann ging es mit Energie weiter. Die Übersetzung des Flaschenzugs war extrem klein. Aber nur so konnten die wenigen Männer das schwere Pferd aus dem Keller ziehen. Es war mühevoll genug, aber dann war es geschafft. Schnell wurde mit den bereitgelegten Gerüstdielen das in den Keller gebrochene Loch abgedeckt und das Pferd ganz sachte auf die Dielen abgelassen. Sonnenwind war aus dem Keller, ob er aus dem Schneider war, das war eine andere Sache.

Fünf Stunden waren mittlerweile vergangen. Wie lange er schon vorher im Keller lag, wußten wir nicht genau. Der Sturz in den Keller, die vergeblichen Aufstehversuche, die zahlreichen Wunden, die Behandlung, das Sedieren, das zweimalige Aufstellen, die Narkose und das Herausziehen waren an ihm nicht spurlos vorübergegangen. Es war deshalb richtig, Sonnenwind erst einmal ausschlafen zu lassen. Auf keinen Fall durfte er medikamentös geweckt werden. Das hätte zu einem Zusammenbruch des Kreislaufs führen können, der wahrscheinlich das Ende bedeutet hätte. Sonnenwind lag flach wie ein Pfannkuchen. Lonie hielt seinen Kopf und streichelte Ohren und Stirn. Ein Auge war ödomatös zugeschwollen, vom Anschlagen an der Betonwand des Kellers.

Ich nutzte die Ruhe der Narkose, um die schlimmsten Wunden zu versorgen. Sie sahen übel aus. Es war eine Wundtoilette im wahrsten Sinne des Wortes. So wie sich eine Frau bei der Morgentoilette hübsch macht, Wimper um Wimper, Pore um Pore, so kam es bei den Wunden von Sonnenwind darauf an, minutiös die Verletzungen zu reinigen und zu desinfizieren. Zerrissene Gewebeteile mußten entfernt werden, Hautlappen begradigt, noch blutende Gefäße abgebunden werden. Drei lange, teilweise tiefe Risse, die zentimetertief in das Unterhautzellgewebe und in die Muskulatur reichten, mußten genäht werden. Stich um Stich, Naht um Naht. Bei der größten Wunde wurde ein Drain eingenäht, um den Sekretabfluß zu gewährleisten. Die Wunden waren so stark verunreinigt, daß es fast undenkbar schien, ohne schwere Wundinfektionen davonzukommen. Bertha übernahm den Kopf von Sonnenwind, und Lonie half mir beim Versorgen der Verletzungen. Bald war auch das geschehen. Das Umdrehen des Pferdes war nochmals ein schweres Stück Arbeit. Gott sei Dank sahen hier die Wunden nur halb so schlimm aus.

Sonnenwind begann tief durchzuatmen, ein Zeichen, daß die Narkose langsam zu Ende ging. Plötzlich hob er den Kopf und wieherte wie ein Fohlen auf der Weide. Die Pupillarreflexe zeigten das Erwachen an. Zwei Männer am Kopf und zwei am Schweif halfen ihm beim Aufstehen. Er stand schnell und ohne Schwierigkeiten, wenn auch ein wenig wackelig, wieder auf seinen vier Beinen – diesmal außerhalb des Betonkellers.

Mir fiel ein Stein vom Herzen. Den anderen ging es ebenso. Bertha stand vor mir, reckte sich auf die Zehenspitzen, schlang ihre Arme um meinen Hals und küßte mich herzlich auf den Mund. „Du bist ein toller Mann, Doktor, wie können wir dir nur danken."

Albert stand etwas verlegen daneben. „Die tollen Männer sind immer die anderen", versuchte ich ihn zu trösten, „der eigene Ehemann bekommt selten dieses Prädikat." Aber Berta war schon bei ihm und nahm ihn ganz herzlich in die Arme.

Lonie faßte Sonnenwind am Halfter und führte ihn in den Stall, den der Großvater frisch mit Stroh eingestreut hatte. Ich untersuchte ihn nochmals gründlich, und er machte eigentlich einen nach dieser Prozedur erstaunlich guten Eindruck. Dann nahmen wir das Halfter ab und schlossen die Boxentür.

Lonie nahm mich ganz zärtlich in die Arme, und ihr inniger Kuß sagte mehr als alle Worte. Tränen standen ihr in den Augen, aber es waren Tränen der Freude und des Glücks. Wir brauchten uns nichts zu sagen, es war alles gesagt.

Draußen machte eine Flasche Schnaps die Runde. Albert hatte frisches Bier besorgt und Berthas Stullen schmeckten köstlich. Der Feuerwehrkommandant fing wieder an, seine Geschichten zu erzählen. Die Männer saßen müde und erschöpft auf den Strohballen. Sie waren alle mit sich zufrieden. Stundenlang hatten sie ihre Arbeit versäumt, hatten ihren Dienst im Betrieb nicht angetreten und hatten sich geschunden und angestrengt wie schon lange nicht mehr. Von dem Risiko und den Gefahren ganz zu schweigen. Und alles wegen eines Pferdes, das so dämlich war, in einen Keller zu fallen.

Aber sie waren alle mit sich zufrieden. Ein außergewöhnlicher Krafteinsatz hatte zum Erfolg geführt. Sie hatten wieder einmal gespürt, was sie doch leisten konnten, wenn sie bis zum letzten gefordert waren.

Das Erlebnis hatte ihnen Selbstvertrauen gegeben und gleichzeitig gezeigt, was sie für Kerle waren, die so schnell nicht aufgaben. Sie hatten die Herausforderung angenommen und das Wagnis bestanden. Das ist es, was ein Mann immer wieder einmal wissen möchte. Daß der Einsatz dabei einem Pferd galt, war dabei ziemlich gleichgültig. Bei einem Menschen unter den Trümmern eines Hauses hätten sie sich genauso eingesetzt. Nur daß es dabei nicht so elementar zugegangen wäre, daß durch den Einsatz des technischen Apparates, die Routine und Perfektion der professionellen Rettungsorganisationen ihre urwüchsige Kraft nicht so gefordert und vielleicht alles anders gelaufen wäre.

Das schwere Pferd im Keller hatte so etwas an die Grundlagen Gehendes, Elementares, einmalig Katastrophales an sich. Hier war nicht Routine gefragt, sondern spontane Kraftentfaltung und ursprüngliche Hilfeleistung. Es war ihnen zumute, als hätten sie eine Bewährungsprobe bestanden – und darauf waren sie stolz, konnten sie stolz sein.

Das Pferd im Keller und seine glückliche Rettung blieben noch lange Gesprächsstoff an den Stammtischen der Stadt. Ich war müde und zufrieden zugleich. Ich hoffte, daß ich bei dieser Geschichte einigermaßen gut wegkam, daß mir meine Risikobereitschaft von den immer alles besser Wissenden, den Paragraphenreitern und Bürokraten nicht zu sehr übelgenommen wurde. Andererseits war mir es ziemlich wurscht, was sie von mir dachten. Beim Feuerwehrkommandanten hatte ich so meine Zweifel: Schließlich hörte es sich so an, als ob er die Papageien und Affen alle alleine von den Bäumen und Dächern geholt hätte. Ich war überzeugt, daß es bei der Befreiung des Pferdes genauso sein würde. Nach dem vierten Viertel Wein gab er sicher zum besten, wie er das schlafende Pferd geschultert und eigenhändig die enge Kellertreppe heraufgetragen hatte. Was soll's. Märchenerzähler gab es zu allen Zeiten. Die Welt wäre ärmer ohne einen Münchhausen – oder auch einen fabulierenden Feuerwehrmann.

Die Bauern waren da reeller. Sie ließen auf ihren Doktor nichts kommen. Ihrem natürlichen Selbstvertrauen tat es keinen Abbruch, mich als den Helden des Tages zu feiern. Nicht umsonst machte in den Gasthäusern der Praxis, in vorgerückter Stimmung, immer wieder die Geschichte eines meiner Vorgänger die Runde. Der als besonders geschickter und einsatzbereiter Tierarzt geschätzte, aber auch wegen seiner herrischen Art respektierte, ja gefürchtete Kollege saß wieder einmal mit seiner Stammtischrunde im „Adler" beim Abendschoppen. Niemand wußte, wieviel Viertele er schon intus hatte, als ein Bauer aufgeregt in das Gasthaus kam und dem kaum noch ansprechbaren Tierarzt zurief: „Herr Doktor, kommen Sie ganz schnell zu meiner besten Kalbin. Das Kalb steckt im Becken, und es geht nimmer vor- und rückwärts." Dieser gab nicht etwa den Rat, seinen Assistenten anzurufen, der an diesem Abend Bereitschaftsdienst hatte. Er stand auf, schwerfällig genug, gab mit einer fahrigen Handbewegung zu erkennen, daß er verstanden habe und unverzüglich komme, und sackte sanft und selig zu Boden. Vier Zecher am Nachbartisch sprangen auf, seine eigene Weinrunde war dazu gar nicht mehr fähig, nahmen den Doktor auf ihre Arme und trugen ihn zu dem kaum zweihundert Meter entfernten Stall. Die frische Luft ließ ihn etwas nüchterner werden, so daß er beim Einzug in den Kuhstall sein bekanntes „Wasser, Seife, Handtuch – sofort und auf der Stell" rief, es war mehr ein Lallen, aber es wurde befolgt. Dann ließ er sich zu der kalbenden Kuh hintragen und mit wenigen geschickten Handgriffen brachte er in kürzester Zeit das Kälbchen auf die Welt. Er wusch sich wie üblich, wobei ihn zwei Träger stützten, stellte dann wie gewohnt erst den rechten, dann den linken Fuß auf den Melkschemel, wo ihm die Bauersfrau, auch wie gewohnt, erst den rechten, dann den linken Schuh von Geburtsschleim und Kuhmist säuberte und dann beide blank rieb.

Die vier „Träger“ vom „Adler“ brachten ihn dann wieder zurück zu seiner Runde, die sich mittlerweile bis auf den Apotheker gelichtet hatte. So hatten die beiden auch keine Lust mehr, weiter zu zechen.

Generös lud der Doktor den ebenfalls leicht schwankenden Apotheker in sein Auto, einen hohen Adler, in dem man den Zylinder auf dem Kopf behalten konnte, ließ den Motor an und fuhr gemächlich nach Hause, nicht ohne seinen Fahrgast bei der Apotheke wohlbehalten abzusetzen.

Die Geschichte bekam ich immer wieder zu hören. „Der alte Doktor, der war ein Kerl. Vier Mann haben ihn zur Geburt tragen müssen, aber das Kalb hat er herausgebracht. Auf unseren alten Tierarzt konnte man sich eben immer verlassen.“ Ein Mann, auf den man sich verlassen kann! Ich wünschte, daß das die Leute auch einmal von mir sagen würden. Mehr kann man vom Leben nicht erwarten.

Ich wusch mich, räumte die Geräte auf, versorgte die Instrumente und Arzneimittel und sagte allen Helfern ein Dankeschön und ade. Der vorletzte Blick galt nochmals Sonnenwind. Er stand ruhig im Stall und fraß gemächlich von dem frischen Stroh, das ihm der Großvater eingestreut hatte. Auf anderes Futter mußte er noch verzichten, bis auch die letzten Nachwirkungen der Narkose und Sedierungen überwunden waren. Mein letzter Blick galt Lonie. Es war ein Blick der Zuversicht und Liebe, wie er nur zwischen zwei Menschen denkbar ist, die auf der gleichen Wellenlänge denken und fühlen und deren Träume gemeinsame Träume sind. Wir dachten beide an unser nächstes Beisammensein, ein Einanderverstehen in Liebe und Erfüllung. Kein Liebestraum der alleserheischenden Götter, nein, ein Ineinanderfließen von Menschen, die die harten Realitäten des Lebens erfahren haben, die sich keinerlei Illusion machen, die sich gefunden haben, um in ihrer Welt zu bestehen. Was kann man mehr erhoffen und wollen. Beide waren wir hart eingespannt. Lonie im Streß des Krankenhausdienstes, ich in meiner Praxis, die mich an diesem Tag noch lange beschäftigen sollte. Alles war liegen geblieben, aufgeschoben, aber nicht aufgehoben. Es gab keine Zeit zu verlieren. Die halbe Nacht mußte sicher geopfert werden. Wie zum Abschied wieherte Sonnenwind im Stall. „Laß gut sein, mein Freund, freu dich deines Lebens, das du heute doch auch ein wenig mir verdankst. Laß gut sein, mein Alter!“

VII. Die Rosen des Mulis

Das vorsichtige Scharren Sonnenwinds mit seinem kranken Bein ließ mich aus einer bleiernen Schläfrigkeit wie aus einer Myriaden entfernten Welt in die brutale Situation meiner momentanen Lage in der dunklen Nacht der Wälder von Augustów zurückpendeln. Das Erwachen war grausam. Es war kalt geworden. Der feine Nieselregen hatte meine Kleider bis auf die Haut zu einem klebrigen, naßkalten Panzer erstarren lassen. Die Wunde in meinem Gesicht brannte wie Feuer, und mein Rücken war durch die beinharte Lage auf dem sandigen Boden und dem hartgegerbten Sattelleder ganz steif geworden. Die Geräusche des Waldes, das Ziehen des Windes und das Knarren der moosbehangenen dürren Äste mischten sich mit den tiefen Atemzügen Sonnenwinds. Er stand mit gesenktem Kopf unter dem weit herabhängenden Geäst einer mächtigen Buche, die Ohren lagen schlaff zur Seite, wie bei einem in der Fron einer Zuckerrohrpresse leidenden Muli, die schweren Lider blinzelten über seinen müden und gar nicht mehr strahlenden Augen, der wärmende Woilach war zu einem nassen Sacktuch verkommen. Armer Sonnenwind, was ist aus uns beiden geworden? Werden wir jemals wieder die Kraft der Sonne erleben und im fliegenden Galopp über Wiesen und Hecken reiten? Werden wir je wieder in das offene, lachende Gesicht von Lonie sehen, und werde ich jemals in ihren lieben Armen alle Glückseligkeit dieser Welt erfahren können? Ach Lonie, mein Traum, meine Sehnsucht, meine Liebe.

Das Erwachen war eine Ewigkeit, es kam aus der Tiefe des Daseins, aus der Seligkeit des Traums der vergangenen schönen Jahre mit Sonnenwind und Lonie, aus der Zeit, als ich mich friedlich der Heilung kranker Tiere hingeben konnte, als die Herausforderung nicht im erbarmungslosen, unsinnigen Kampf um imaginäre Frontabschnitte in einem fremden Land lag, sondern alle Kraft, alles Wissen, aber auch die Hartnäckigkeit der Erfahrung gefordert war, um ein zu groß geratenes Fohlen auf die Welt zu bringen, dem Setter des Försters die zerrissene Lefze wieder anzunähen oder das Muli des Blumenhändlers von seinem riesigen Tumor zu befreien. Wieso ging mir jetzt, in dieser Lage, gerade diese dramatische Operation durch den Sinn. War es die rührende und so gekonnte Hilfestellung von Lonie dabei oder war es die Sehnsucht und einfach die Frage, wann ich ihr wieder einmal Rosen schenken konnte.

Es war am Anfang meiner eigenen Praxis als begeisterter, hoffnungsvoller frisch niedergelassener Tierarzt. Ich war Tag und Nacht unterwegs auf Praxisfahrt, und mancher Arbeitstag hatte sechzehn und mehr Stunden. Lonie stand mir in jeder freien Minute, die ihr ihre Arbeit im Krankenhaus ließ, zur Seite, genauso begeistert wie ich, so voller Hingabe sich als Helfer und Heiler im tierärztlichen Alltag zu bewähren. Meine Freunde, die mich immer seltener bei ihren Unternehmungen sahen, meinten: „Verrückte hat es zu allen Zeiten gegeben, du bist nun auch einer von dieser Kategorie."

Das Muli, das mir zwischen Schlafen und Wachen durch die Gedanken geisterte, war ein starkes Tier, sechs Jahre alt und in bester Verfassung. Stark und eisenhart, unglaublich zäh und die Gutmütigkeit in Person. Sein Besitzer, ein geistreicher und liebenswerter Plauderer, Gärtnermeister von Beruf und ein exzellenter Rosenzüchter, war ganz verzweifelt. Er kam zu mir und schüttete sein Herz aus. Er erzählte von allem und jedem, von der Vertrautheit der ganzen Familie mit Max, dem Muli, und von dem Unglück, das ihn seit einiger Zeit befallen hatte. Vier Tierärzte hatte er schon konsultiert, alle hatten den Max gründlich untersucht und danach weise den Kopf geschüttelt und erklärt, daß sie dem armen Kerl nun wirklich nicht helfen konnten. Die Diagnose war zweifelsfrei: eine Geschwulst zwischen den Hinterbeinen, da wo bei den Stuten das Euter, die Milchdrüse sitzt, „so groß wie ein Backkorb, Herr Doktor, und jeden Tag wird sie größer. Schmerzen scheint der Max keine zu haben, aber er kann kaum noch laufen."

Ich fuhr hin und nahm Lonie, die gerade ihre Freistunden hatte, mit. Die Geschwulst war wirklich riesengroß. Ob sie bösartig war, konnte ich nicht beurteilen, aber auf

Grund der Konsistenz, der Lage, der Beweglichkeit und dem relativ guten Allgemeinbefinden des Mulis war ich mir ziemlich sicher, daß es ein eher „gutartiger Tumor" war. Eines aber stand fest: Wenn das Tier weiterleben sollte, war eine Radikaloperation der einzige Ausweg; und zwar ohne weiteren Zeitverlust. In einem langen Gespräch erklärte ich dem Gärtner und seiner Familie, was ich von dieser Sache hielt, welche Möglichkeiten sich anböten, welche Risiken dabei vorhanden waren und wie die Chancen stünden, den armen Max wieder gesund zu machen. Es stand nicht so sehr der wirtschaftliche Wert des Mulis, der sich in dem Gartenbaubetrieb überall nützlich machte, zur Debatte, es ging um Max, den Liebling der Familie, den Freund der Kinder, der einfach zu ihrem Lebenskreis gehörte und für dessen Rettung eben alles unternommen werden mußte. Ich war so verwegen, mir diese Operation unter Praxisverhältnissen zuzutrauen. Lonie bestärkte mich in meinem Selbstwertgefühl, und die Gärtnerfamilie war vom Erfolg des Unternehmens felsenfest überzeugt. Als junger Tierarzt, mit dem Gefühl noch richtiger Arzt im Äskulapschen Sinn zu sein, in der Überzeugung, daß ein Praktiker nicht nur Internist, Geburtshelfer, Dermatologe, Röntgenologe, Genetiker, Ernährungsphysiologe, Verhaltensfachmann, Fortpflanzungsbiologe, Bakteriologe und was noch alles zum tierärztlichen Beruf dazugehört, sondern eben auch Chirurg, und in diesem Falle Tumorchirurg, zu sein, nahm ich mir ein Herz und vereinbarte für den übernächsten Tag den Operationstermin.

Max bekam nur noch ganz wenig zu fressen, und sein Unterbauch wurde täglich gut mit Kernseife gereinigt. Seine Streu war aus bestem, staubfreiem Stroh und der Stall einer Generalreinigung unterzogen. Die ganze Familie war mit Eifer bei den Vorbereitungen und so vom Erfolg der Operation überzeugt, daß es mir angst und bange wurde.

Der Tag der Operation war gekommen. Lonie und ich fuhren auf die Minute pünktlich hin. Es war ein strahlender Sommertag, der Himmel war klar und kein Lüftchen wehte. Wir beschlossen, den Operationssaal ins Freie zu verlegen; hinters Haus, auf die Wiese, neben die Scheune. Die

Infektionslage ist unter solchen Bedingungen im Freien besser als in jedem Stall. Penible Antisepsis ist bei einer solchen Operation nicht das grundlegende Problem. Unter freiem Himmel habe ich, wie die meisten Tierärzte in der Praxis, schon viele erfolgreiche Eingriffe durchgeführt, und wir wollten es beim Muli Max auch versuchen. Wir bereiteten ein dickes Polster aus frischem Stroh als Operationsmatte und befestigten an der Traufe der Scheune einen starken Haken zum Befestigen eines Flaschenzuges. Ein Muli ist ein schwerer Kerl, und es war notwendig, ihn dauerhaft für die Zeit des Eingriffs in der Rückenlage zu halten, wozu er fest fixiert werden mußte. Ein Küchentisch, sauber abgedeckt, diente als Operations- und Instrumententisch, und auf einer weißgedeckten Bank standen Wasser, Seife, Handtücher und alles, was so benötigt wurde. Die Helfer waren die Gärtnersleute und ein paar Bauern des Dorfes, Männer, die mit Tieren umgehen und auch mal fest zufassen konnten, wenn es nötig war. Es kamen mehr, als mir lieb war. Niemand wollte das Ereignis versäumen.

So ist es vielfach, wenn eine schwere Geburt oder eine größere Operation bei einem Tier durchgeführt wird. Es gibt immer Nachbarn, die helfen. Auf dem Dorf ist auch heute noch die Nachbarschaftshilfe ein geheiligtes Prinzip. Da kennt jeder jeden. Wenn einer Hilfe braucht, ist man da. Zumindest bei Not im Stall. Die Isolation des Operationssaals im Krankenhaus, ja die Anonymität des Sterbezimmers ist in der Großtierpraxis völlig unbekannt. Gott sei Dank, meine ich.

Zu viele Interessenten und Hilfswillige können natürlich auch einmal im Wege stehen. Aber sie geben dem Eingriff so etwas wie den Charakter der Öffentlichkeit. Jeder Schnitt und jede Naht wird fachmännisch beurteilt. Nicht daß die Helfer Fachleute sind, sie sind alles andere als ein eingespieltes, hochtrainiertes Operationsteam, aber sie verstehen etwas von Tieren. Sie leben und arbeiten mit ihnen und kennen sich aus. Sie wissen, wo sie zupacken müssen. Sie spüren auch, ob der Tierarzt seine Sache gut macht. Sie merken, wenn es kritisch wird, und erkennen seine Leistung an, wenn er, trotz aller Probleme, die Sache im Griff hat.

Diese Öffentlichkeit von fachkundigen Laien begleitet das tierärztliche Handeln Tag für Tag. Der Tierarzt ist dabei kein unnahbarer Gott in Weiß. Er ist ein Fachmann, der sich vor ihren Augen bewähren muß. Er steht nicht auf einem Sockel, sondern mitten zwischen den Menschen, die ihn gerufen haben. Alle seine Handlungen werden kritisch beobachtet, bewertet und diskutiert. Er kann kein Schaumschläger sein und kommt mit großen Sprüchen nicht weiter. Er muß vor Ort seinen Mann stehen. Sein Erfolg oder Mißerfolg ist sichtbar, muß mit den Händen zu fassen sein. Das Tier muß wieder gesund werden, wieder unter dem Sattel oder im Geschirr gehen können, wieder eine hohe Milchleistung bringen. Er kann sich auch nicht hinter den Schleier der Wissenschaft zurückziehen, nein, es zählt nur der Erfolg.

Die Tiermedizin ist eine angewandte Wissenschaft. Nicht die Wissenschaft, sondern ihre Anwendung steht zur Disposition. Nur nach ihr wird der Praktiker beurteilt. Sein Geschick, sein Erfolg ist die Latte, an der er gemessen wird. Er muß sich täglich aufs neue bewähren, gleichgültig, ob es Routinefälle sind oder Fälle, die das Letzte fordern. Er darf sich dabei kaum eine Schwäche leisten, denn diese wird sofort erkannt. Er ist wie ein Schauspieler auf der Bühne, nur daß es mit dem Mimen alleine nicht getan ist. Die schwierige Kunst der Diagnose und Therapie steht auf dem Programm, wird in jedem Einzelfall gefordert. Es ist ein elementarer Beruf. Elementar in seiner immensen wissenschaftlichen Breite, elementar in seiner Herausforderung, elementar aber auch in seiner Genugtuung, in seinen Erfolgserlebnissen.

Das Muli wurde sediert. Ich stellte ihn auf das Strohlager und infundierte ihm seine Narkose. Ich war mir darüber klar, daß die Operation lange dauern konnte, und wußte, daß Geschwülste besonders blutreich sind. Es galt Dutzende, vielleicht Hunderte kleiner Gefäße abzubinden und zu versorgen. Damals gab es noch keine Lasertechnik und der Einsatz des Thermokauters war begrenzt, um die vielen kleinen Gefäße zu versorgen und die Blutungen zu stillen. Es war auch nicht möglich, wie bei Operationen am Hufhorn, die blutenden Adern mit dem rotglühenden Eisen abzubrennen. Es blieben nur Schere und Skalpell und der mühsame Weg, Gefäß für Gefäß zu unterbinden.

Die Narkose saß gut und tief. Das Muli ließ sich sachte an der Scheunenwand auf das Strohlager niedergleiten. Es war in Morpheus Armen und lag wie tot auf der Streu. Wir fesselten ihm die Beine und zogen die Vorderextremitäten an dem Flaschenzug nach oben. Es lag voll auf dem Rücken. Das Operationsfeld war hervorragend zugänglich, und die Sonne schien heller als die teuerste Operationslampe. Der rechte Hinterfuß wurde ebenfalls hochgezogen und an dem Haken am Dachfirst angebunden, das linke Bein mit kunstvollen Achterschlingen seitlich am Leib des Mulis fixiert. Alles sehr einfach, aber durchdacht und tausendfach bewährt und bei Operationen am Unterbauch jeder komplizierten Technik in der Klinik ebenbürtig.

Ich überprüfte nochmals die Narkose, den Kreislauf und die Atmung. Dann ging es an die Arbeit. Lonie war meine bewährte Assistentin. Die Gärtnersfrau reichte die Instrumente, der Gärtner selbst saß mit mulmigem Gefühl im Magen am Kopf des Tieres und hielt diesen fest auf dem Strohlager.

Keine Narkose ist so tief, daß nicht plötzlich Reflexbewegungen die Lage des Pferdes verändern können. Die Kraft, die ein Pferd dabei entwickeln kann, wirft den stärksten Helfer zur Seite. Nur wenn der Kopf flach am Boden liegt, ist es halb so schlimm. Ich überprüfte nochmals alles. Die Fesselung und die Ausbindung war bestens. Das Muli konnte sich weder aufbäumen noch überschlagen oder gar aufstehen. Wir mußten beginnen. Der einzige Schwachpunkt waren die Helfer; nicht etwa Lonie mit ihrer Klinikerfahrung, aber die anderen, die oftmals kein Blut sehen konnten und schnell aus den Latschen kippten. Meist sind es die kräftigsten und stabilsten, gestandene Männer, ich hatte da so meine Erfahrungen.

Wie bei jeder Operation mußte auch hier zuerst das Operationsfeld gründlich gereinigt und desinfiziert werden, und da man in der Praxis fast immer der einzige ist, der dies fachmännisch durchführen kann, macht man das selbst. Man ist eben Diagnostiker, Narkotiseur, Chirurg, Veterinärgehilfe und Mädchen für alles. Die Lokalanästhesie saß einwandfrei. Die Operation konnte beginnen.

Die Geschwulst war riesig. Nicht ein Backkorb, sondern zwei reichten für sie kaum aus. Mühsam präparierte ich die äußere Haut von dem Tumor. Ich klappte sie einfach zur Seite. Sie wurde später wieder gebraucht, um die große Wunde abzudecken. Schon bei der Haut waren mehr als ein Dutzend kleiner Arterien zu unterbinden. Ich hatte mir vier Nadelhalter zurechtgelegt und über 100 Katgutfäden auf die notwendige Länge zurechtgeschnitten. Lonie tupfte das Blut von der Wunde und gab mir Nadelhalter und Faden. Es lief, wie es bei einem so gut eingespielten Operationsteam wie Lonie und mir nur laufen konnte.

Dann begann die eigentliche Operation des Tumors. Er war mit der Bauchwand fest verwachsen. Zentimeter um Zentimeter präparierte ich ihn frei, wo es irgendwie ging, operierte ich stumpf. Mit dem Rücken der Schere und mit den Fingern. Die kleinen Gefäße rissen so ab. Sie verschlossen sich dabei vielfach von selbst. Es war eine mühselige Arbeit. Ich ließ mir Zeit und operierte so gründlich wie möglich. Kein blutendes Gefäß ließ ich unversorgt. Es durfte später bei einer so großen Wunde am Unterbauch, wo kein Verband, schon gar kein Druckverband, möglich war, keine Blutung geben. Jede starke Blutung, ein oder zwei Tage nach der Operation, hätte zur Katastrophe geführt. Das Muli wäre unter seiner Haut verblutet. Ich konnte ja auch nicht, wie in der Humanchirurgie, den Patienten auf den Rücken legen und strenge Bettruhe verordnen. Der Max mußte kurz nach der Operation wieder auf seinen vier Beinen stehen und niemand auf der Welt konnte ihm verbieten sich zu bewegen oder gar sich hinzulegen und wieder aufzustehen.

Über eine Stunde dauerte die Operation schon. Bisher lief alles glatt. Die Geschwulst war zur Hälfte lospräpariert. Sie hing wie ein großer Fleischberg nach unten. Es wurde zunehmend schwieriger, sie weiter von der Bauchwand abzutrennen und die Gefäße zu versorgen. Die Narkose war tief und ohne Reflexe. Trotzdem schien es mir an der Zeit, nachzudosieren.

Da passierte das Unvorhergesehene. Immer wieder kommt so etwas vor und immer wieder macht man sich hinterher Vorwürfe. Aber hinterher ist man ja bekanntlich immer klüger.

Einer der Helfer, er hielt die Stricke, mit dem der rechte Hinterfuß an dem Haken fixiert war und nach oben gezogen wurde, fiel lautlos in Ohnmacht. Er war ein großer kräftiger Mann, er wog über zwei Zentner. Er riß die zu einem Drittel noch an der Bauchwand angewachsene Geschwulst völlig ab.

Wir zogen ihn zu Seite. Die Herumstehenden kümmerten sich um ihn, legten ihn flach ins Gras und träufelten ihm einen Schnaps ein. Schnaps war bei den Bauern immer das erste Allheilmittel, gleichgültig ob bei Mensch oder Vieh. Auf Schnaps ließen sie nichts kommen, deshalb war bei solchen Anlässen wie der Tumoroperation bei Max, dem Muli, eine Schnapsflasche unverzichtbares Operationsrequisit. Auch hier wirkte er auf der Stelle. Der schwere Mann schüttelte den Kopf und kam zu sich. Er räkelte sich und trank gleich noch einen hinterher. Die frische Luft besorgte den Rest. Sein Problem war in Minuten gelöst. Mein Problem begann mit der blutenden Wunde. Aus fünfzig und mehr kleinen Arterien sprudelte das Blut. Es war, wie wenn Peter der Große seine Wasserfontainen im Peterhof in Gang setzte. Es fehlte nur die Musik.

Ich griff mir saubere Laken und drückte sie gegen die Operationsfläche. Das Blut quoll in die Laken und durch sie hindurch. Es war wie der aussichtslose Kampf des Sisyphus. Lonie half und preßte die Laken weiter gegen die Wunde. Immer neue saubere Handtücher und Bettlaken wurden gebracht. Er dauerte nur wenige Minuten, dann waren auch sie blutdurchtränkt. Die Gärtnersfrau übernahm den Blutstau. Wir mußten weitermachen. Ich ließ nur einen schmalen Streifen unbedeckt. Lonie tupfte und tupfte und reichte mir die Instrumente und das Nahtmaterial. Jedes Gefäß, das ich erkennen konnte, verschloß ich zuerst mit der Klemme, dann wurde es sofort unterbunden. Arterie um Arterie. Ich hatte das Gefühl, die sprudelnden Gefäße hörten überhaupt nicht mehr auf. Es war ein Wettlauf mit den Blutreserven des Mulis. Meine Hände arbeiteten wie die Finger eines Pianisten beim Allegro molto vivace.

Mir lief der Schweiß von der Stirn und in die Augen. Mein Kreuz schmerzte von der gebückten Haltung und dem Niederknien neben dem Muli. Ich konnte fast nichts mehr sehen. Eine Andeutung genügte, und Lonie tupfte mir den Schweiß von der Stirn und den Augen. Zwischendurch hatte ich das Gefühl, daß ich das nie schaffe, und dachte: Das Muli verblutet mir unter den Händen. Ich blickte in die Runde, die erschreckten Gesichter sagten mir alles. Ich zwang mich, den Gedanken an das Aufgeben zu verdrängen, und redete mir ein, daß ich es einfach schaffen mußte. Meine Hände reagierten fast automatisch. Meine Konzentration war angespannt bis zum Zerbersten. Ich war wie in Trance. Trotzdem zwang mein Wille meine Hände schneller und schneller zu funktionieren. Vier Fünftel der blutenden Fläche hatte ich schon versorgt. Das letzte Fünftel wurde das schwierigste Stück.

Max lag wie tot auf der Streu. Es war nicht notwendig, die Narkose zu vertiefen. Tiefer als er jetzt ohne Bewußtsein war, konnte er nicht mehr sinken. Die Schleimhäute der Augen waren fast so weiß wie Meißner Porzellan. Viel Blut war nicht mehr in seinen Gefäßen. Es war dringend nötig, den Kreislauf aufzufüllen.

In die noch steckende Kanüle hängte Lonie eine Infusion. Ich konnte nicht vom Operationsfeld weg. Die Gärtnersfrau übernahm die Infusionsflasche und Lonie wieder die Aufgabe des Einfädelns der Nadeln mit Katgut. Ich arbeitete wie besessen weiter. Zwischendurch hatte ich Zweifel, ob das Muli noch lebte. Die Blutung ließ plötzlich nach. Aus den Artieren quoll nur noch langsam hellrotes wässriges Blut. „Solange die Blutung nicht ganz aufhört, solange ist er noch am Leben, solange besteht Hoffnung“, sagte ich mir im stillen. Lonie schien meine Gedanken zu ahnen. Eine anerkennende Kopfbewegung und ein vertrauter Blick machten mir Mut.

Dann war es geschafft. Das letzte Gefäß war versorgt. Ich sackte erschöpft zusammen und lag minutenlang neben dem Muli auf der Streu. Es muß ein erhebender Anblick gewesen sein. Der Patient, blutüberströmt und noch mit riesiger offener Wunde, und der Chirurg, blutverspritzt und einem Kollaps nahe; Seite an Seite. Der fast aussichtslose Kampf um sein Leben hatte mir das Muli wie einen Blutsbruder nahegebracht. Es war nicht wie zwischen Arzt und Patient, es war eher wie bei zwei Kameraden, die eine lebensgefährliche Situation gemeinsam überstanden hatten.

Es ist mir in der Praxis immer wieder so gegangen. Bei Fällen, die den letzten Einsatz forderten, wo es wirklich darauf ankam, alles zu geben und nicht aufzugeben, identifiziert man sich dann mit dem Patienten wie mit sich selbst. Es spielt dabei keine Rolle, daß man selbst ein Mensch und der Patient nur ein Tier ist. Ja, gerade weil die Tiere von uns abhängig sind, weil wir sie zu unmündigen Partnern gemacht haben, weil sie auf unsere Hilfe und unseren Schutz angewiesen sind, entsteht eine so enge Beziehung. Mensch und Tier sind Lebewesen, beide sind Geschöpfe Gottes. Das Tier eher mehr als der Mensch, denke ich manchmal, wenn mich das Elend dieser Welt überkommt.

Die Erholungspause dauerte nicht lange. Noch war die große Wunde zu vernähen. Auch beim Aufstehen und Niederlegen des Mulis mußten die Nähte unlösbar halten. Es war nochmals fast eine Stunde Arbeit. Drei Stunden hatte die ganze Operation gedauert. Drei Stunden in einer Konzentration, wie man sie selten erfährt. Dann war auch das geschafft. Auch ich brauchte nun erst einmal einen Schnaps. Müde, zerschlagen, aber doch auch mit dem Gefühl äußerster Befriedigung, ja Glück, verließ ich das Operationsfeld. Schlachtfeld will ich nicht sagen, wenn es mir zwischendurch auch manchmal wie eine Schlacht vorkam. So blutig habe ich als Tierarzt selten gewirkt.

Das Muli lag friedlich auf seinem Lager. Wir hatten es mit allem versorgt. Lonie hatte ihm eine warme Decke übergelegt, die ihm und seinem ausgedünnten Kreislauf guttat. Jetzt sollte es erst einmal ausschlafen.

Wir saßen gemütlich beim Kaffee. Selten habe ich Kaffee und Kuchen so genossen. Nach einer solchen Tortur war es ein Hochgenuß. Ich war nur noch glücklich. So einfach kann Glück sein, und so relativ. Es sind nicht die großen Dinge, sondern einfache, menschliche, alltägliche Begebenheiten, die einen glücklich machen. Eine so schwere und doch gelungene Operation wie heute gehört für den Tierarzt dazu. Ich war glücklich und sah in Lonies Augen, die mich strahlend anlächelten, daß auch sie mit mir glücklich war. Ihr schelmisches Blinzeln in den Augenwinkeln schien mir zu signalisieren, daß sie noch mehr vorhatte, um unser Glück zu vollenden. Alle waren wir entspannt und fröhlicher Dinge. Die Gärtnersleute glaubten, daß schon alles überstanden sei. Sie kannten nicht das Risiko, das die starke Blutung noch nach sich ziehen konnte. Sie übersahen auch die schwierige Heilung der riesigen Naht und die immer noch mögliche Gefahr einer Nachblutung. Sie waren felsenfest davon überzeugt, daß schon alles vorbei war und es keine Probleme mehr gab. Sie sahen sich schon wieder mit ihrem Max auf den Markt fahren; mit einem Wagen voller Blumen.

Plötzlich kam der Nachbar, der bei dem Muli Wache geschoben hatte, in die gute Stube gerannt.

„Schnell, kommt schnell, das Muli ist aufgestanden!" rief er außer Atem. Ich sprang auf und eilte hinaus. Alle anderen ebenso. Mir schwante nichts Gutes.

Max stand leicht schwankend auf seinen vier Beinen. Er schnupperte schon wieder am Gras auf der Wiese und zupfte hier und da ein paar Halme. Er tat so, als wäre nichts geschehen, was seine Welt in Aufruhr versetzen könnte. Ich tätschelte ihm den Kopf, sprach ein paar beruhigende Worte, wie „Max, mein Alter, alles klar mit dir", und schaute unter den Bauch nach seiner Wunde, wobei ich mich ganz tief hinunterbeugen mußte, um sie genau übersehen zu können. Kein Bluterguß, keine Schwellung, keine geplatzten Hefte, kein Riß in der Naht. Es war geradezu phantastisch. Ich mochte dem Frieden kaum trauen, holte mein Stethoskop und untersuchte ihn gründlich. Das Herz, der Kreislauf, die Lunge, die Darmgeräusche, alles war nahezu normal. Es war wie ein Wunder. Sollte man da nicht glücklich sein?

Wir stellten das Muli in seinen Stall. Alles war picobello gerichtet. „Er darf heute auf keinen Fall fressen. Morgen bekommt er nur ganz wenig. Wenn irgend etwas Besonderes ist, rufen Sie mich sofort!“ gab ich den Gärtnersleuten noch Anweisungen. Dann packte ich meine Sachen zusammen und ging mit Lonie zum Auto. Der Gärtnermeister kam uns mit einem riesigen roten Rosenstrauß in die Quere. Er überreichte ihn Lonie und küßte ihr galant die Hand. „Vielen, vielen Dank für Ihren Einsatz und Ihre Mühe“, sagte er beim Abschied zu mir. „Ich werde es nicht vergessen.“

Wir fuhren los. Ich konnte dem Frieden noch immer nicht trauen. Die lange, schwere Operation, die dreistündige Narkose, der enorme Blutverlust gingen mir nicht aus dem Sinn.

Meine Sorge war unbegründet. Das Muli erholte sich prächtig. Es fraß, als wäre nichts gewesen; vom ersten Tag an. Die riesige Wunde heilte per primam, ohne jedwede Zwischenfälle. Am zwölften Tag zog ich die Fäden. Max blieb stehen, ohne sich zu regen. Er war eben ein echtes Muli, ein steinharter Bursche mit einem sanften Gemüt. Die Operationsnarbe hätte nicht besser aussehen können.

Auch Lonie war glücklich. Nicht nur wegen der erfolgreichen Operation, auch wegen der schönen Rosen. Sie hatte sie sich redlich verdient. Sie hatte sich prächtig eingesetzt, immer die Ruhe behalten und mir den Rücken gestärkt und die Sicherheit gegeben, daß ich es schaffte. Rote Rosen gab es nicht jeden Tag bei uns. Ich war genauso wie die meisten Männer. Plötzlich wurde mir klar, daß ich mit Blumen bisher nicht allzu spendabel gewesen war. Das sollte sich von Stund an ändern. Nicht weil ich in mich ging und von nun an jeden Tag Blumen mitbrachte, das Muli war es, das dafür sorgte, das heißt sein dankbarer Besitzer.

Drei Wochen nach der Operation war wieder Markt in der Stadt. Der Gärtner kam wie eh und je zum Markt, mit Max, seinem Muli. Er war gesünder wie je zuvor. Die lästige Geschwulst, die übrigens einen halben Zentner gewogen hatte, störte ihn nicht mehr beim Gehen. Er schritt aus, als ob es darum ginge, eine Meisterschaft zu gewinnen. Er marschierte am Morgen zum Markt und am Nachmittag wieder zurück. Er hatte kein nasses Haar und begann auch kein bißchen schneller zu schnaufen. Er war einfach ein Prachtkerl, der Max, der eigentlich ein Neutrum war und als Maultier sächlich angeredet werden müßte. Aber er war halt der Max, und alle Welt sprach nur so von ihm. Und an jedem Markttag hielt er vor unserer Tür, und der Gärtnermeister gab einen großen Strauß roter Rosen ab. Natürlich für Lonie.

Es war wie ein Märchen. Welcher Liebhaber schenkt seiner Geliebten so lange und so regelmäßig rote Rosen. Nach dem Ehemann, der so galant wäre, braucht man gar nicht erst zu fragen. Das Muli Max und seine Gärtnersleute taten es. Sie ließen sich nicht beirren. Bis Max eines Tages durch einen stinkenden Diesel ersetzt wurde. Aber auch dann ließen sich die Gärtnersleute nicht lumpen. An einem schönen Herbsttag kamen sie beide und pflanzten in unserem Garten zehn wunderschöne Rosenstöcke, die heute noch immer wunderschön blühen. Eine solche Dankbarkeit ist zwar selten, aber sie kommt doch ab und zu vor. Ich glaubte, es wäre nur meinetwegen, weil ich das Muli so erfolgreich operiert hatte; bis mir der charmante Gärtnermeister eines Tages auf dem Markt einen wunderschönen Blumenstrauß mitgab: „Für Ihre bezaubernde Lonie, die es mir vom ersten Augenblick an angetan hatte", sagte er verschmitzt. Ich konnte ihn gut verstehen und gab das Kompliment am Abend an Lonie weiter. Was war das für eine schöne Zeit.

Naß und kalt, steif und mutlos, lag ich neben meinem Pferd und wartete, bis die eingeleitete Behandlung seines kranken Beines zur Stabilisation des Defektes geführt hatte, bis er wieder auftreten und wir unseren Marsch durch die Nacht, mit bangem Herzen und ungewissem Ausgang, wieder aufnehmen konnten. Wir waren aufeinander angewiesen, wir waren Schicksalsgefährten. Ich konnte ihn auf keinen Fall zurücklassen und alleine versuchen, das rettende Lager zu erreichen. Er wäre auch niemals zurückgeblieben, auch wenn er mir auf drei Beinen hätte nachhumpeln müssen. Die Bindung zwischen uns, zwischen Reiter und Pferd kannte keine andere Wahl. Ich hatte uns, Sonnenwind und mich, in diese verflixte Situation hineingeritten. Ich mußte sie nun auch zusammen mit ihm ausbaden. Die Kälte, die Nässe, das Dunkel der Nacht und die fast undurchdringlichen Wälder waren die Realitäten, mit denen wir gemeinsam fertigwerden mußten. Sonnenwind war ein Kämpfer. Er war hart und zäh im Nehmen. In den langen Jahren unseres Zusammenseins hatte er noch nie schlapp gemacht, noch nie aufgegeben. Irgendwie waren wir verwandte Seelen. Wenn's drauf ankam, ließ sich keiner von uns an Sturheit überbieten. Das Malheur mit seinem Bein war Pech; aber ich war davon überzeugt, daß sein Stehvermögen und meine Erfahrung mit solchen Defekten in Kürze seine alte Leistungsfähigkeit wiederhergestellt haben würden. Nur gemeinsam kamen wir aus diesem Schlamassel und nur, wenn wir den Kopf klar und hoch hielten, nicht in Kleinmütigkeit verfielen und an der Überzeugung, daß wir es gemeinsam schaffen würden, nicht zweifelten.

VIII. In der Sonne von Khouribga

Wir mußten etwas gegen die Nässe und Kälte tun. Ich räkelte mich und begann die Arme zu schlagen, bis mir fast die Luft ausging. Langsam wurde es mir wärmer, und ich hatte das Gefühl, daß auch die feuchten, kalten Klamotten nicht mehr ganz so frostig waren. Dann holte ich aus einer meiner Satteltaschen einen Striegel, nahm Sonnenwind den Woilach ab und begann ihn vom Kopf bis zum Schweif gründlich abzubürsten. Er legte in alter Vertrautheit seine weichen Lippen auf meine Schulter, wie wenn er sagen wollte: „Das machst du aber gut, mein Alter.“ Nicht nur ihm, sondern auch mir tat es gut. Die aufkommende Wärme legte sich uns beiden aufs Gemüt und gab uns wieder Hoffnung und Zuversicht. Es wäre ja gelacht, wenn wir zusammen diese Lage nicht in den Griff bekämen. Nach meiner Erfahrung schätzte ich es auf etwa ein bis zwei Stunden, bis die Therapie an Sonnenwinds Bein die erste Wirkung zeigen würde. Ich hoffte, daß sein Bein wieder soweit belastbar wurde, daß wir, beide zu Fuß, unseren Marsch fortsetzen konnten.

Das Striegeln und die aufkommende Erwärmung, das Rascheln des Windes in den Blättern und die Unwägbarkeiten dieser besonderen Nacht ließen mich erneut ins Träumen kommen. Die Sehnsucht nach Wärme und Licht ließ eine märchenhafte Episode in der verzauberten Welt Marokkos meine Gedankenwelt erfüllen.

Es war eine einmalige Reise für Lonie und mich und sie hatte auch einen nahezu phantastischen Anlaß. Lonie hatte gerade Sonnenwind gestriegelt und gebürstet, ihm die Mähne verzogen und eingeflochten, die Hufe gefettet und seidenglänzende Karrees auf der Kruppe schattiert. Ich hatte den Hänger angespannt, alles Nötige eingeladen, und wir wollten gerade zum nahen Reitturnier fahren, wo Lonie für eine M-Dressur gemeldet hatte. Sonnenwind war damals eines der seltenen Pferde, das in schweren Springen und in M-Dressurqualifikationen einsetzbar war, und wir waren immer im Zweifel, ob er nun ein Superspringpferd oder Dressurpferd für die höchste Klasse werden sollte. Ich hatte frei und wir alle drei, Lonie, Sonnenwind und ich, fieberten dem Turnier entgegen.

Da läutete das Telefon Sturm. Lonie schaute mich ärgerlich an. „Geh nicht hin“, knurrte sie, „wir sind schon weg, schon auf der Fahrt zum Reitturnier.“

Ich sah ihre blitzenden Augen, aber ich konnte dem Läuten des Telefons einfach nicht wiederstehen. Man mag es Pflicht nennen, man mag der Meinung sein, daß es einfach Dußligkeit ist, sich so in die Abhängigkeit der Praxis zu begeben. Sei es, wie es ist, ich hob den Hörer ab. „Herr Doktor, Sie werden dringend gebraucht. Kommen Sie so schnell es nur geht.“ Es war der Polizeichef der nahen Kreisstadt, ein sympathischer Reiterkamerad, der sicher am Sonntagmittag nicht anrufen würde, wenn es nicht wirklich dringend wäre.

„Auf unserem Güterbahnhofsplatz stehen zwei mächtige Pferdetransporter mit dem königlichen Wappen von Marokko. Eine Stute, es soll sich um ein besonders wertvolles Rennpferd handeln, hat eine schwere Kolik. Es ist ganz schlimm. Ich glaube kaum, daß noch etwas zu machen ist.“

„Ich komme sofort.“

Ich ging zu Lonie und erklärte ihr den dringenden Fall. Sie war sehr traurig, hatte aber Einsicht.

„Du mußt sofort hin“, sagte sie und stellte Sonnenwind in den Stall. „Ich komme mit.“

Wir koppelten den Hänger ab. Ich holte noch einige Arzneimittel aus meiner Apotheke, dann stiegen wir ein und fuhren los. Auf der Fahrt wurde kein Wort gesprochen. Was in Lonie vorging, ich wußte es. Aber so ist nun einmal die Tierarztpraxis. C’est la vie. Warum war sie auch nur auf die fixe Idee gekommen, daß ich der einzige Mann für sie sei. Was sie zu erwarten hatte, war ihr zumindest bewußt. Daß es dann aber immer wieder einmal so hart kam, war ihr sicher nicht ganz klar gewesen.

Die Pferdetransporter waren für die damalige Zeit phänomenal. Das königliche Wappen war nicht zu übersehen. Die drei Pferde, die in den Boxen standen, waren vom

Feinsten. Spitzenklasse. Sie gehörten dem damaligen Kronprinzen Hassan. Es war die Zeit der großen Rennen, und sie waren auf Europatournee. Fünf Pfleger, ein Stallmeister und ein Tierarzt waren die Begleiter. Der Tierarzt war am Ende seines Lateins. Er wollte und konnte die Verantwortung nicht mehr länger alleine übernehmen. Ob nun gerade ich die richtige Unterstützung war, daran hatte ich meine Zweifel. Die behielt ich aber für mich. Immerhin war ich in meiner Assistentenzeit beim alten Oppermann in Hannover mit Hunderten von schweren Kolikern konfrontiert worden. Ich glaubte schon ein wenig in dem vorliegenden Fall mithelfen zu können.

Der Patient war Fatima, eine dreijährige Stute, ein Bild von einem Vollblutpferd, eine Wunderstute, die später einmal das Arc de Triomphe gewann. Hochgezüchtet, ein Pedigree wie aus dem Gotha für Pferde, mit einmaliger Veranlagung für Flachrennen über große Distanzen. Ein Kämpferherz und ein Pferd zum Verlieben.

Jetzt wälzte sie sich in der Streu. Sprang auf und warf sich wieder zu Boden. Schlug mit dem Kopf und den Beinen wild um sich. War schaumbedeckt, mit großen, angstverzerrten dunklen Augen. Es war ein Jammer, das edle Pferd in seinen schmerzhaften Krämpfen leiden zu sehen.

Die Box war weit und geräumig. Sie war mit Leder ausgepolstert. Die Trennwände, die den Pferden während der Fahrt Schutz und Halt gaben, waren entfernt worden. Es war nicht leicht, an das wild um sich schlagende Pferd heranzukommen. Aber schließlich hatte man das ja gelernt, vielfach geübt und in der Praxis erprobt. Zuerst war einmal eine allgemeine Beruhigung nötig. Erst dann gelang es, die systematische Untersuchung zu beginnen. Der marokkanische Kollege war eine bemerkenswerte Persönlichkeit, aber er war kein Praktiker, wie es jetzt not tat. Er überließ Lonie und mir das Feld und den Berbern, die fest mit zupackten. Der Stallmeister war sich dazu zu schade. Er hielt Distanz und beobachtete erstaunt die fast leidenschaftliche Hingabe, mit der ich den Kampf mit der Kolik aufnahm. Es sah alles nach einer Darmkolik aus, eine besonders schmerzhafte und, wenn es zur Darmverschlingung, zum Volvolus, kommt, gefährliche, fast aussichtslose Erkrankung.

Pferde sind anfällig gegen bestimmte schwere, qualvolle Erkrankungen wie zum Beispiel Darmkoliken. Der 25 Meter lange Darm kann sich verstopfen oder verschlingen, und das Malheur ist passiert. Die Natur hat diesen langen Darm den Pferden für ihre besondere Futterbasis mitgegeben, aber, wie immer, hat auch der Mensch fest dabei mitgeholfen. Das kleine, kaum 120 Zentimeter große Wildpferd wurde zum 180 Zentimeter hohen Holsteiner gezüchtet. Der ursprüngliche Weidegang zur rationellen Fütterung umfunktioniert. Das Reiten und Fahren, das ausgefeilte Spezialtraining, die zeitweisen hohen Anforderungen haben das natürliche Bewegungsrepertoire grundlegend geändert. Die inneren Organe, auch der Darm, sind größer und länger geworden. Das Wildpferd in der Tundra, das Zebra in der Serengeti kennt kaum einmal eine Darmkolik. Es ist nicht die Natur, es ist der Mensch, der unsere Pferde damit beglückt hat.

Der Kolikverlauf war dramatisch, führte aber dann doch zum guten Ende. Zwei Stunden lang wurden alle physikalischen, physiologischen und medikamentösen Möglichkeiten sensibel variiert. Die Stute war jung, hochtrainiert, belastbar und aus hochwertiger Zuchtabstammung. Sie hielt durch und war bald wieder kerngesund und erfolgreich. Der Stallmeister und der marokkanische Veterinär dramatisierten den Ablauf nicht unerheblich, so daß bei Kronprinz Hassan der Eindruck entstand, ich hätte ein Wunder vollbracht. Der Dank blieb nicht aus. Kaum drei Wochen später flatterte über das Auswärtige Amt ein Schreiben von Kronprinz Hassan ins Haus mit einem persönlichen Dankschreiben und einer Einladung nach Marokko. Lonie und ich sollten Gelegenheit haben, die Einrichtungen der Pferdezucht in Marokko zu besuchen. Drei Wochen sollten wir uns Zeit nehmen, und alles wäre bestens vorbereitet. Es war wirklich ein Traum aus Tausendundeinernacht. Wir waren restlos glücklich und tranken als erstes eine der guten Flaschen Wein von Albert und Bertha. Dann fielen wir uns in die Arme. Wir waren wirklich vom Glück verwöhnt.

Die Vorbereitungen liefen auf Hochtouren. Vor allem mußte ein Vertreter für die Praxis verpflichtet, dann Sonnenwind in gute Hände und einfühlsamen Beritt gegeben werden. Alle Termine waren vereinbart. Heute sollte die Maschine nach Casablanca starten. Es war der 10. Juni. In der Praxis war Hochbetrieb. Der Assistent hatte sich wenige Tage zuvor den Arm gebrochen und fiel weitgehend aus. Wir saßen wie auf glühenden Kohlen. Um 14.50 Uhr ging die Maschine, und wir hatten noch eine lange Anfahrt. Der Urlaubsvertreter hatte versprochen, pünktlich zu sein. Er war nirgends in Sicht. Ich mußte ihn noch einweisen, ihm die wichtigsten Dinge der Praxis erklären und alles, was in der Praxis während der Vertretung von Wichtigkeit ist, erläutern.

Wie es immer ist: In letzter Minute kam noch eine verunglückte Katze. Sie hatte schwere Frakturen. Früher war es ganz selten, daß sich einmal eine Katze die Knochen brach. Ihre außerordentliche Geschmeidigkeit, ihr blitzschnelles Reaktionsvermögen und ihr angeborener Gleichgewichtssinn können ihr auch in der gefährlichsten Situation helfen. Es hat Katzen gegeben, die aus dem vierten Stock eines Wohnhauses gefallen sind, ohne sich ernsthaft zu verletzen.

Die Katze, die jetzt, in letzter Minute vor unserer Abreise, in die Sprechstunde kam, hatte es auf der Straße erwischt. So wie wir es in unserer technischen Zivilisation beinahe als selbstverständlich hinnehmen, daß weltweit Hunderttausende von Menschen sich gegenseitig mit dem Auto umbringen, nehmen wir es noch gelassener hin, daß Millionen Tiere Opfer des Straßenverkehrs werden. Die Mieze, die jetzt auf meinem Untersuchungstisch lag, war eine von ihnen. Sie hatte nochmal Glück im Unglück gehabt. Sie kam mit ein paar Frakturen davon und hatte die echte Chance, das Malheur zu überleben und bald wieder gesund zu sein. Es war eine blitzschöne Khmerkatze, eine Langhaarkatze mit Siamfärbung und tiefblauen Augen. Ihr Haarkleid war ein heller Pelz mit dunkler Maske, Pfoten, Ohren und Schwanz. Sie war unheimlich zäh. Trotz der schweren Verletzungen waren Atmung und Puls fast normal. Den Unfallschock hatte sie schnell überwunden. Ich legte sie in Narkose und versorgte ihre Frakturen. Wenn alles glatt ging, war sie in vier Wochen wieder gesund. Ich war gerade dabei, unter dem Röntgenschirm die Bruchenden zu kontrollieren, als der Urlaubsvertreter eintraf. Jetzt ging alles ganz schnell. Die Praxis wurde übergeben, und Lonie und ich rasten zum Flughafen, unserem Traum entgegen.

Wir hatten alles gelesen, was wir in der kurzen Zeit über Marokko bekommen konnten. Wir wollten die Königsstädte besuchen, durch die engen Gassen von Fes bummeln, die Küste der Silber- und Kupferschmiede bewundern, die handwerkliche Geschicklichkeit der Schreier, Gerber und Lederverarbeiter hautnah erfahren. Lonie schwärmte von den Kemenaten des Palais Jamais in Fes und dem Sultanspalast in Taroudant. Sie hatte alles gelesen, und in ihrer Phantasie sah sie alles bildhaft vor sich. Sie sprach davon, wie wir in Essaouria den Fischern beim Einholen der Netze zusehen wollten. Sie schwärmte davon, wie wir uns in der Straße der Kasbi in die Sahara verlieren und durch die kargen Täler des hohen Atlas streifen würden. Ihre Sehnsucht galt den bunten Märkten und dem Erlebnis einer unvergleichlichen tausendjährigen Kultur mit dem Zauber des Orients.

Ich fuhr so schnell es ging dem Flughafen entgegen und hörte ihre Fata Morgana aus dem Land ihrer Sehnsucht, aus Marokko. Ihre Wiedergabe der Bücher, Zeitschriten und Erzählungen, die sie seit unserer Einladung in das gelobte Land gelesen hatte, war so plastisch, daß ich mir nicht verkneifen konnte zu sagen: „Vielleicht brauchen wir die Reise gar nicht zu machen, wenn du alles schon so gut kennst. Vielleicht sind wir nur enttäuscht, wenn wir die reale Wirklichkeit erleben." Sie meinte nur, daß ich einfach ein Kulturbanause sei und wahrscheinlich immer bleiben werde.

Aber es war alles, wie Lonie es sich erträumte, nur noch unglaublich schöner. Es wurde eine Fahrt ins Glück.

Die Reise war bestens vorbereitet. In den schönsten Hotels war Quartier gemacht. Ein ganzer Stoß Prospektmaterial wurde uns überreicht, und ein Adjudant von Kronprinz Hassan übergab uns ein Zertifikat, das sich, wie sich später herausstellte, als ein Sesam-öffne-dich erwies. Speis und Trank war überall kostenlos und in Museen, Baudenkmälern und Moscheen waren wir geachtete Gäste. Es war wie im Schlaraffenland. Ein neuer Citroën wurde uns übergeben, mit Chauffeur natürlich, und es brauchte alle unsere Überredungskünste, bis wir dem Adjudanten, der ein so hartes, arabisches Französisch sprach, daß wir ihn kaum verstehen konnten, klar gemacht hatten, daß wir doch lieber alleine unsere Entdeckungsfahrt durch sein wunderschönes Land machen wollten. Nach mehrmaliger Rückfrage in Rabat war auch das geregelt, und wir konnten unsere Reise beginnen. So ganz alleingelassen waren wir allerdings doch nicht, denn, wie sich später herausstellte, waren alle Hotels, die wir anfuhren, angewiesen, unsere jeweilige Position und unser Befinden lückenlos nach Rabat zu melden.

Unser erstes Ziel war der königliche Marstall bei Meknes. Wir erreichten es auf großen Umwegen, denn wir wollten den großen Zedernwald in Azrou durchstreifen, wir fuhren nach Moulay Idriss, die uralte, heilige Wallfahrtsstadt des Islam, und streiften die gewaltigen Schluchten des Todrha. Dann kamen wir im Dunst des Morgennebels bei dem berühmten Gestüt an, dem auch Fatima, die wir von ihrer Kolik gerettet hatten, entstammte. Die ersten Sonnenstrahlen schienen wie leichte Streifen durch die feuchte Luft. Vor dem Horizont stand ein edles Tier, mit dem kurzen Rücken, der schönen Schulter, dem Fohlenmaul und den zierlichen Hufen, wie mir einst Sonnenwind auf der Koppel von Alfreds und Berthas Heidehaus erschienen war. Er äugte zu uns herüber, als wollte er sagen: „Erkennt ihr mich nicht, ich bin doch Sonnenwind, euer Sonnenwind.“ Selbst Lonie, die ihre Gefühle immer auf dem Boden der Tatsachen hatte, war überrascht und hingerissen. „Es ist kaum zu glauben“, war ihr einziger Kommentar.

Unser „Ebenbild“ blieb nicht lange alleine. Eine heranbrausende Herde von Hengsten, mit den schönen plastischen Köpfen, den weichen Konturen, den festen, elastischen Leibern und den stolz getragenen Schweifen hüllte das herrliche Bild in den Dunst des aufwirbelnden Staubes. Ein azurblauer Himmel überwölbte die einmalige Szene und die hellgelbe Sonne überstrahle alles mit ihrer Kraft und Herrlichkeit.

Die Tage auf dem königlichen Gestüt vergingen wie im Flug. Sie waren einfach herrlich. Aber auch unsere Zeit flog dahin. Wir mußten weiter. Unser Weg führte uns zu dem Pferdemarkt nach Khouribga. Der große Platz war umsäumt von den Zelten der Nomaden. Überall standen die edlen Berberpferde angepflockt. Sie waren der ganze Stolz der Menschen, das Zuchtprodukt von vielen Generationen, oft ihre einzige wertvolle Habe.

Die Nomaden lebten in den kargen Tälern des Atlas. Sie zogen mit ihren Schafen und Ziegen die Flüsse hinauf und hinunter, immer der Futtergrundlage nach. Wenn der Regen ausblieb und die Täler abgeweidet waren, überquerten sie die Pässe. Sie waren frei und lebten im Rhythmus der grandiosen Natur. In ihren schwarzen Zelten widerstanden sie der Kälte der Nacht, dem Regen, dem Schnee im Winter und dem ständig brausenden Wind. Es waren prachtvolle Menschen, großzügig gegenüber Freunden und Fremden, unerbittlich gegen ihre Feinde und unersättlich in ihrem Freiheitsdrang. Ihre Pferde waren ihr wertvollster Besitz.

Die gastfreien Berber auf dem Markt von Khouribga spürten sehr schnell, daß Lonie und ich etwas von Pferden verstanden, daß wir ihre Art begriffen. Sie empfanden auch, daß wir Pferde liebten. Als sie hörten, daß ich Tierarzt bin, baten sie mich, ihre Pferde zu beurteilen. Sie luden uns in ihre Zelte und reichten uns süßen Minztee. Mit Händen und Füßen und im Kauderwelsch eines afrikanischen Französisch vergaßen wir uns beim endlosen Palaver über die Kunst der Züchtung von edlen, harten und windschnellen Pferden. Wir wurden schnell Freunde in der Fremde. Erst als sie unsere Empfehlungsschreiben von Kronprinz

Hassan sahen, gingen sie mehr auf Distanz, verloren ihre Unbekümmertheit, und die bisher heitere Gastfreundschaft geriet etwas zu einer achtungsvollen Beklommenheit. Es war, als hätte man unserer Begegnung die Unschuld gestohlen.

Da erscholl ein tumultartiges Geraune vor den Zelten. Ein schwerer Reisebus mit amerikanischen Touristen fuhr, laut hupend, direkt durch das wilde Getümmel des Marktes. Sie waren in Eile. Sie wollten alles sehen und nichts erleben. Time is money, war die Devise. Nur nicht anhalten und den Fuß auf den staubigen Boden des Marktes setzen. Das Erlebnis der lebendigen, unvergeßlichen Begegnung mit einer fremden Kultur, wie sie nirgends eindrucksvoller als auf den afrikanischen Märkten geschieht, wurde vom Bus aus absolviert. Wie die Affen saßen sie hinter den Scheiben, schwitzend, in bunten Blusen und Hemden, mit großen Texashüten bei Mann und Frau, knipsten, daß die Kameras rauchten und rümpften die Nasen über den Staub und Schmutz des riesigen Marktes. Sie waren dagewesen. Zu Hause konnten sie schwarz auf weiß dokumentieren, daß sie Marokko life erlebt hatten. Sie konnten berichten, welchen Gefahren sie sich ausgesetzt hatten und welche Abenteuer sie bestehen mußten. „Afrika life, das soll uns erst einmal einer nachmachen!“

Die Pferde des Marktes wurden unruhig. Sie rissen an ihren Pflöcken. Der hupende Bus und die ungehaltene Menge erregte die nervigen Tiere aufs höchste. Der edle Hengst unserer Gastgeber riß sich los und stürmte gegen die Barriere des Vorführrings. Die Barriere zerbrach, und er rammte sich einen meterlangen Pfahl in den Bauch. Es war schrecklich; die Schmerzensschreie des Pferdes übertönten den Markt. Der Schrei eines Pferdes geht einem durch Mark und Bein. Nur wenige haben ihn je vernommen, denn Pferde leiden fast immer stumm. Diesen Schrei aus Schmerzen, Wut und Wildheit wird keiner der hier Anwesenden je vergessen. Lonie und ich sprangen von unseren Sitzkissen auf. Zusammen mit den Berbern fingen wir den Hengst ein. Ich untersuchte den Grad seiner Verletzung. Der Pfahl steckte in der Bauchhöhle, wie weit, war nicht zu sagen, und schaute fast einen halben Meter heraus. Wenn der Hengst, der seit den frühen Morgenstunden nicht mehr gefressen hatte, ganz großes Glück hatte, hatte der relativ stumpfe Pfahl den nachgiebigen Darm unverletzt gelassen. Es bestand eine winzige Chance, ihn zu retten.

Der Regierungstierarzt, der den Markt der Pferde beaufsichtigte, war Beamter. Er hatte keinerlei kurative Erfahrung und weder Medikamente noch Instrumente bei sich. Er stand diesem Unglück nahezu hilflos gegenüber. Ich stellte mich ihm als Kollege vor. Unser Zertifikat ließ ihn in Ehrfurcht erstarren. Er sah in mir einen Hoffnungsschimmer und fragte mich, ob ich eine Möglichkeit sehe, dem Pferd zu helfen. Ich zuckte die Schultern und sagte: „Ich will es versuchen.“ Ernst fügte ich hinzu: „ Die Chancen liegen unter zehn Prozent, aber wir wollen es versuchen.“ Irgendwie ritt mich der Teufel. Eigentlich ging mich die ganze Sache nichts an. Lonie und ich waren Touristen, mehr nicht. Wir hatten weder Verantwortung noch Kompetenz. Wir hatten, wenn man es streng juristisch sah, nicht einmal das Recht, tiermedizinisch tätig zu werden. Trotzdem, es gab für mich überhaupt keinen Zweifel, daß ich hier gefordert, in die Pflicht genommen war. Immer habe ich mich darüber aufgeregt, daß es Menschen gibt, die einfach wegsehen, wenn neben ihnen jemand in Gefahr ist oder ein Unrecht geschieht. Recht hin, Recht her. Es ist einfach Menschenpflicht zu helfen, wenn man helfen kann. Hier konnte ich helfen. Hier war ich in die Pflicht genommen. Hier gab es für mich gar keine andere Wahl. Nichts Schlimmeres als kneifen, sich aus dem Staube machen und sich dann auch noch mit juristischen Spitzfindigkeiten zu rechtfertigen. Nur mit Bekennermut und Zivilcourage kann unsere Gesellschaft auf dem schmalen Pfad der Humanität und Kultur überleben. Also an die Arbeit!

Wir rasten zum nahegelegenen Krankenhaus. In der Apotheke fand ich genügend Medikamente für die Wundbehandlung. Morphine gaben sie erst heraus, als ich ihnen das Zertifikat von Kronprinz Hassan unter die Nase hielt. Dann waren sie die Hilfsbereitschaft in Person. Der leitende Chirurg bot sich an mitzukommen. Ich sagte nicht nein. Jeder fachkundige Helfer war ein Gewinn. Er holte die notwendigen Instrumente und das Nahtmaterial sowie ausreichend Desinfektionsmittel. Wir nahmen noch Tetanusserum und infektionshemmende Mittel mit. Dann rasten wir zurück. Das Pferd war schweißgebadet und kaum noch zu halten. Wir hatten zwar Beruhigungsmittel, aber keine Narkose. Doch wir konnten variieren und versuchten mit Erfolg, das Pferd wenigstens einigermaßen ruhigzustellen. Der Chirurg war ein ausgezeichneter und einfühlsamer Helfer. Auch er empfand diese Notoperation an einem temperamtenvollen Hengst als eine besondere Herausforderung in seiner Laufbahn als Arzt.

Wir schnürten es nieder, wie die alten Ägypter ihre Pferde niederschürten, wenn sie ihnen die Zeichen des Sonnengottes einbrannten. Die Berber waren Leute, die mit Pferden umgehen konnten. Sie lebten mit Pferden und standen mit ihnen auf du und du. Es gelang uns, das immer noch vor Schmerzen um sich schlagende Pferd so zu fesseln, daß wir es in die Rückenlage bringen konnten. Die Beine banden wir an einem schnell aus Holzstangen gefertigten Gerüst nach oben. Sein Besitzer hatte den Kopf des Pferdes fest an sein Gesicht gedrückt. Er sprach mit ihm in den gutturalen Lauten der berberischen Sprache seines Stammes. Die großen, angstverzerrten dunklen Augen des Hengstes schienen sich unter der Nähe seines Herrn zu beruhigen.

Ich heftete um die Wundränder der Verletzung zwei Dutzend Fäden bis tief in die Muskelschicht und die äußere Haut. Wir nahmen das Nahtmaterial drei- bis vierfach, um dem Zerreißen vorzubeugen. Ich mußte die Möglicheit haben, die Öffnung der Bauchhöhle unmittelbar nach, ja gleichzeitig mit dem Herausziehen des Pfahles zu schließen. Es durfte auf keinen Fall passieren, daß das Pferd seinen Darm durch die Wundöffnung herauspreßte. Bei einem temperamenvollen Pferd ohne Narkose und mit nur ungenügender Ruhigstellung bestand nicht die geringste Chance, die Schlingen des bis zu 25 Meter langen Darms wieder in die Bauchhöhle zu bringen. Ein solcher

Vorfall wäre das absolute Todesurteil. Nach dieser Vorbereitung ließ ich langsam den Pfahl aus der Bauchhöhle ziehen. Der Hengst rüttelte mit wilder Gewalt an seinen Fesseln. Einen Moment dachte ich, daß das Gerüst, an dem er hing, ins Schwanken kam und umstürzte. Doch die starken Berber hielten die Stangen mit aller Kraft aufrecht.

Der Pfahl steckte fast dreißig Zentimeter im Bauch des Hengstes. Er war 20 Zentimeter hinter dem Brustknorpel eingedrungen. Wie durch ein Wunder schienen der Darm und die anderen inneren Organe unverletzt. Wenn die Leber, die Milz oder die Blase auch nur eine leichte Ruptur gehabt hätten, wäre die Chance gleich null gewesen.

Im Moment des Herausziehens verschloß ich mit den angelegten Heften die Wunde. Sie war absolut dicht, und die kräftigen Nähte hielten die Wundränder fest zusammen. Das Pferd wurde auf der Stelle ruhiger. Es hin in dem Gestell wie in einer tiefen Narkose. Die Wunde selbst war nur etwa 25 Zentimeter lang. Ich vernähte sie nochmals mit einer kräftigen Matratzennaht und legte eine Entspannungsnaht in die äußere Haut. Ich konnte einfach nichts riskieren.

Wir versorgten das Pferd mit infektionshemmenden Medikamenten und Tetanusserum und lösten die Fesseln. Es glitt langsam zur Seite, begann zu wiehern und hob den Kopf. Mit einem mächtigen Satz stand es auf den Beinen. Es schüttelte sich. Jetzt konnten wir nur noch beten. Beten, daß keine inneren Verletzungen entstanden waren. Beten, daß keine nachträgliche Blutung eintrat. Beten, daß keine Bauchfellentzündung, gegen die Pferde bei Verletzungen der Bauchhöhle besonders empfindlich sind, unsere Bemühungen vergebens werden ließ.

Im Beten waren die Berber groß. Sie lebten nicht nur mit ihren Pferden, sie lebten auch mit Allah, ihrem Gott, auf du und du.

Meine Arbeit war getan. Es war eine der wundersamen Fügungen, daß ich gerade im Augenblick dieses einmaligen Unglücks an Ort und Stelle gewesen war. Nicht weil ich etwa ein besonderer Tierarzt gewesen wäre. Ich war ein ganz normaler Praktiker, ein besonders junger noch dazu, wie es Zehntausende gibt, aber ich hatte zupacken gelernt und vor allem zu improvisieren. Darauf kam es bei diesem Fall entscheidend an. Das hatte ich noch beim alten Henkels in Hannover gelernt, und das entsprach auch meinem Naturell. Und ich hatte einfach Glück; das Glück, das mich mein ganzes bisheriges Tierarztleben begleitet hat, war mir auch auf dem Pferdemarkt in Khouribga treu geblieben. Ich dankte dem Schicksal dafür.

Noch drei Tage und Nächte blieben wir im Zelt des Berbers. Wir waren die Ehrengäste, wir wurden mit Hochachtung behandelt, ja, wir waren Freunde geworden. Die überschwengliche arabische Gastfreundschaft kam wie ein Füllhorn über uns. Der Berber konnte uns nicht genug danken. Er bot uns an, was er besaß. Es war einfach überwältigend. Es war die Gastfreundschaft der Beduinen, die auf dieser Erde nicht ihresgleichen hat. Für Lonie und mich ein einmaliges Erlebnis.

Der Hengst des Berbers erholte sich prächtig. Nach dem dritten Tag war keine Gefahr mehr. Er war ohne Fieber, hatte keine Anzeichen einer Bauchfellentzündung, was schon ein kleines Wunder war, und sein Allgemeinzustand konnte kaum besser sein. Ich gab ihm nochmals entzündungshemmende Injektionen und erklärte dem Berber, wie er die Fäden ziehen sollte. Er war ein erfahrener Mann und konnte mit Pferden umgehen. Ich war sicher, daß er das Fädenziehen ganz ausgezeichnet durchführen konnte.

Die Abschiedsstunde war gekommen. Wir umarmten und lange und herzlich. Er wünschte uns den Segen Allahs. Für ihn war ich zum Freund geworden. Für mich war es wie ein Rausch der Bewährung. Der Traum, Tierarzt zu sein, überkam mich wie eine Offenbarung.

Wir fuhren gegen die blauen Berge des Atlas, in Richtung der Straße der Kasbas. Die Berber mit ihren Pferden verloren sich in der Ferne. Wir hielten an und schauten zurück. In der Ebene stieg ein wolkiges Band zum flimmernden Horizont. Der lichte Himmel wölbte sich wie eine gläserne Kuppel über das fruchtbare Land an den Hängen des Atlas. Der Duft der Akazien und Pinien, gelöst von der Kälte der Nacht, verstob im aufsteigenden Morgen. Gelber

Ginster säumte den Weg in die Berge. Die Zikaden zirpten ihr Lied der heißen Sonne entgegen. In den Eukalyptuswäldern zwitscherten stahlblaue Stare. Ohne Flügelschlag zog ein einsamer Adler majestätisch seine Kreise.

Wir nahmen uns in die Arme und waren glücklich. Wir hätten die ganze Welt umarmen können. Unsere Lippen fanden sich zu einem innigen und leidenschaftlichen Kuß. Wir lösten uns voneinander und blickten träumend in die endlose Ferne des Landes. Mein Mund sprach leise die Worte von George Bernard Shaw in den Wind:

„Einige Menschen sehen die Dinge so, wie sie sind und fragen, warum? Ich träume nie dagewesene Träume und frage, warum nicht?"

Es sind Träume, die am Ufer des Lebens erwachen. Des Lebens, unseres Leben, im Zeichen der Schlange des Äskulap.

Durch die rostbraunen Schatten einer felsigen Schlucht führte uns der steinige Weg steil in die klare Höhe eines weiten Hochtals im Atlas. Die hektische Betriebsamkeit der Praxis, das deprimierende Elend in den Slums von Casablanca, die intensive menschliche Begegnung im Trubel des Pferdemarktes von Khouribga... sie verloren sich in der Ferne, wie sich die Schleier der Küste in den Augen des Seefahrers verlieren, der sein Schiff zu neuen Ufern steuert. Die Frische der Luft und das Glitzern des Wassers in den Maaren des Tales, die gleißende Sonne und der herabfallende kühle Wind, der von den schneebedeckten Gipfeln des Atlas einströmte, öffneten unser Herz für die Herrlichkeit der Schöpfung. Auf dem kargen Boden blühte der Thymian. Zwischen ziegelroten und fahlgelben Felsgiganten weideten Schafe und zottelige schwarzbraune Ziegen. In der Ferne, am Rande eines Hains aus knorrigen Kiefern, standen die schwarzen Zelte der Berber. Lachende Kinder trieben die Esel, die mit ihren Fußfesseln bockige Sprünge machten, zum Lagerplatz. Andere waren hochbeladen mit Holz für das Feuer in der Kälte der Nacht. Wir kamen näher, und die Berber luden uns zum süßen Minztee in die Runde. Neugierig blickten die anmutigen Frauen mit ihren glutvollen dunklen Augen herüber. Die Hunde bellten die endlose Herde zusammen. Der Wind trug zitternd die Antwort eines Schakals ins Tal.

Die Hirtennomaden, die Erde und Bäche, die gewaltigen Berge und die Sprache des Windes, der Geruch der Pflanzen und der Duft des Thymians, die Frische der Luft und das Glitzern des Wassers, die alles erwärmende Sonne und die Tiere, die Esel und Schafe und Ziegen... sie waren Brüder und Schwestern, sie waren eins in der Allmacht der grandiosen Natur.

Uns kam die Rede des Häuptlings Seattle der Duwamish-Indianer in den Sinn, die er im Jahre 1855 vor dem 14. Präsidenten der Vereinigten Staaten gehalten hatte. Den Präsidenten Franklin Pierce kennen nur noch die Historiker. Die Rede des Häuptling Seattle ist heute, nach über 100 Jahren, aktueller denn je.

Als Tierarzt lebte man von der Hoffnung; der Hoffnung, daß auch der schwierigste Fall noch zum Guten gewendet und das Leben der kranken Tiere gerettet werden kann. Diese Hoffnung, die mir gerade jetzt in meiner verzweifelten Lage, fest verkettet mit dem Schicksal von Sonnenwind, wie eine Fata Morgana vor Augen stand, möchte ich, wenn uns der Weg aus dem Dunkel gelingt, weitergeben an alle, die die Situation ihres Lebens bedenken, an alle, die ihr Herz den Worten des großen Häuptlings Seattle öffnen wollen; denn „was die Erde befällt, befällt auch die Söhne der Erde – und... was ist der Mensch ohne Tiere? Wären alle Tiere fort, so stürbe der Mensch an großer Einsamkeit des Geistes. Was den Tieren geschieht – geschieht auch bald den Menschen. Alle Dinge sind miteinander verbunden."

Es war irgendwie bezeichnend für meine Lage, daß mir jetzt gerade dieses sonnendurchflutete Erlebnis mit Lonie im fernen Marokko durch den Kopf ging. Ich lehnte, in naßkalter Kluft, todmüde an der Schulter meines Pferdes. Es hatte, ebenso durchnäßt und kalt geworden, seinen Kopf auf meine andere Schulter gelegt und sein wärmender Atem streichelte mein Gesicht. Wir waren irgendwie eins geworden, in der Zeit, in der wir bei dem verhängnisvollen Marsch durch das Dunkel der Nacht zusammen waren, in der wir warteten, bis der malade Fuß von Sonnenwind sich so weit stabilisiert hatte, daß wir unseren Marsch fortsetzen konnten. Häuptling Seattle hatte recht, ich habe nie so hautnah erkannt, daß Menschen und Tiere Brüder in der Schöpfung sind. Sonnenwind war mein Kamerad, mein Bruder. Wir waren in unserer verzweifelten Lage eins geworden, wie Lonie und ich, trotz der Weite, die uns trennte, eins waren. Herz und Verstand, und vor allem die Liebe waren die Klammer, die uns zusammenhielt. Die Liebe währet ewiglich, sagt die Bibel. Nie war mir das so klar geworden wie damals. Wir werden uns wiedersehen, Lonie, dessen war ich mir noch nie so sicher, wie in diesem hoffnungslosen Augenblick. Die Liebe wird leben für uns beide. Sonnenwind atmete abgrundtief durch, als wollte er meinen Träumen zustimmen.

IX. Der verlorene Haufen

Es hatte zu regnen begonnen. Kälte und Feuchtigkeit hielten mich wie ein Krake umklammert. Sonnenwind stand ruhig, fraß an den Blättern und leckte die Regentropfen ab. Er hatte sicher Durst. Ich hatte ihn zwar vor unserem Abritt nochmals kräftig getränkt, aber mittlerweile waren Stunden, war die halbe Nacht vergangen. Ich rieb mich ein wenig warm, schlug mit den Händen und versuchte, meine nassen Klamotten zu lockern. Dann schaute ich mir beim letzten Funkeln meiner Taschenlampe das Bein von Sonnenwind an. Es sah nicht schlecht aus. Ich hob das rechte Vorderbein hoch, um zu sehen, ob und wie stark er den kranken Fuß belasten konnte. Es ging erstaunlich gut. „Sonnenwind, du machst dich", rief ich ihm zu und tätschelte seinen Hals. Mit einem heftigen Nicken des Kopfes gab er mir Antwort. Ich entschloß mich weiterzuziehen, legte Sonnenwind den Sattel auf und hängte ihm die schweren Satteltaschen über die Kruppe. Auf das wertvolle Veterinärgerät, das mein Handwerkszeug war und das ich Tag für Tag dringend brauchte, wollte ich nicht verzichten. Ich hoffte, daß Sonnenwinds Bein sich so weit stabilisiert hatte, daß er durch die Taschen nicht zu sehr belastet wurde. Dann zogen wir los. Sonnenwind ging voraus, denn er hatte den Instinkt, den Riecher für den richtigen Weg. Ich hielt mich an seinem Schweif und wankte hinterher. Meine Knochen waren steif geworden, mein Körper naß und verfroren. Nach ein paar Schritten wurde es langsam besser. Es war immer noch dunkel, aber wir kamen gut voran. Noch lag eine weite Strecke vor uns, doch ich hatte die Hoffnung, daß wir es irgendwie schaffen würden. Manchmal haderte ich noch mit dem Schicksal und nannte mich einen Idioten, daß ich das Angebot des Popen Alexis, bei ihm im Lager zu übernachten, ausgeschlagen hatte. Ich hatte am nächsten Tag wichtige Untersuchungen zu machen und wollte sie keinesfalls verschieben.

Dabei war es bei den „Kosaken", wie wir sie nannten, gerade so schön, so gemütlich geworden. Sie waren arme

Schweine. Sie träumten von einem freien Weißrußland und hatten schon bald die Fronten gewechselt, sie hatten den Teufel gegen den Beelzebub ausgetauscht. Ihre Freiheit war weiter entfernt denn je. Sie kampierten in den endlosen Wäldern und hielten uns die Partisanen vom Leib. Längst wußten sie nicht mehr, für wen und für was sie kämpften, und ihre Seele war zerrissener denn je. Sie wurden von uns versorgt, und ich war als Veterinär für ihre Pferde zuständig. Das heißt nicht, daß ich ständig nach den Pferden schaute, wie ich es bei unseren eigenen Schwadronen tat. Sie waren alle mit Pferden groß geworden, hatten mit Pferden gelebt. Sie kannten sich aus, und ich konnte viel von ihnen lernen. Aber ab und zu führte mich doch mein Weg in ihre Lager. Es gab Dinge, die konnten sie nicht selbst tun. Untersuchungen, Impfungen, chirurgische Eingriffe und dergleichen waren immer einmal fällig. Das war dann mein Metier. Sie kannten mich gut, und wenn wir uns angesagt hatten und ich mit meiner Kavalkade, mit Sonnenwind, der ihr Pferdeherz höher schlagen ließ, mit Jonathan, dem Handpferd, Alex, dem Muli und Materna, dem großen Hannoveraner Wallach, mit Florian, ach Florian, ich konnte gar nicht an ihn denken, ohne daß mir fast das Herz brach, und Igor bei ihnen ankam, war es für sie fast wie ein Fest. Wir kamen immer zu Pferde, da ihre Lager meist in unwegsamem Gelände waren. Wir konnten uns so auch schneller bei Gefahr in die Büsche schlagen, wenn wir einmal auf Partisanen, die eigentlichen Herren des Landes, in dem wir uns breit gemacht hatten, stoßen sollten. Wir waren so etwas wie ein Friedenshäuflein, ein Trupp im Dienste der Humanität, zum Helfen und Heilen für die geplagte Kreatur, für die Pferde, die auch niemand gefragt hatte, ob sie bei diesem schrecklichen Abenteuer mitmachen wollten. Wir waren irgendwie auch ein Zeichen der Hoffnung. Die „Kosaken" mochten uns gern. Der Pope Alexis liebte mich wie einen Sohn. „Du bist Sohn, Enkel und alle meine Freunde in einer Person", rief er mir immer wieder in seinem gutturalen Russisch-Deutsch zu. Besonders wenn der Samogonkabecher schon mehrmals die Runde gemacht hatte. Er liebte mich wirklich, und ich war über die Zuneigung des alten Herrn richtig gerührt. Einen solchen Freund zu haben, war mir fast wie eine Offenbarung, ein Glück.

Den ganzen Nachmittag hatten wir Pferde behandelt. Die wilden Panjepferdchen waren ausgelassen wie Kinder. Es war immer eine tierärztliche Herausforderung für mich, mit ihnen zurechtzukommen und saubere Arbeit zu leisten. Manchmal war es fast wie eine Gaudi, ein Drunter und Drüber. Die Behandlungsnachmittage waren immer ein bißchen wie ein Fest der Verbrüderung, der Völkergemeinschaft, der gegenseitigen Achtung und Freundschaft. So etwas gab es damals auch. Auch dieses Mal konnte ich mich kaum trennen. Ich hatte Igor mit, Alex, das Muli, und den feschen Jonathan und Materna am späten Nachmittag nach Hause geschickt. Zehn Kosaken gaben ihnen mit ihren schnellen, kleinen Pferden das Geleit. Sie waren sicher schon lange in unserem Biwak angekommen und machten sich vielleicht Sorgen um mich und Sonnenwind. Auch in dieser gewalttätigen Zeit, wo der einzelne Mensch nicht viel galt, wo er nur eine Nummer war im grausamen Schachspiel der verblendeten, menschenverachtenden „Großen" der Welt und aller, die sich als ihre Handlanger nützlich machten, gab es Sorgen und Angst um die Menschen, die uns liebgeworden waren. Die Millionen Mütter, wie unsere Mamischka mit ihrem Kühlein eine war, die um ihre Männer und Söhne hofften und bangten, die Bäche von Tränen vergossen und die einsamen Nächte zitternd vor Angst ihren Gott anflehten, er möge ihren, wenigstens nur ihren Geliebten beschützen. Ich glaubte schon, daß sie sich um mich sorgten. Wir waren eine kleine, fest verschworene Gemeinschaft, wir waren aufeinander angewiesen, wir waren ein Team, das eingespielt war, wir waren Kameraden. Wir und unsere Pferde: Sonnenwind, Materna, der große Hannoveraner Wallach, Jonathan, das Handpferd und Alex, das Muli. Es war wie eine kleine Familie. Es war ein schönes, befreiendes Gefühl, in dieser Zeit eine solche Familie zu haben. Sie gab einem Stütze und Hoffnung, und ich, so jung ich auch war, war wie ihr Vater. Ich gab ihnen Halt und ließ sie erkennen, daß ihre Situation doch nicht ganz hoffnungslos war. Sie machten sich sicher Sorgen um mich.

Andererseits war ich davon überzeugt, daß sie glaubten, ich wäre über Nacht bei den „Kosaken“ geblieben. Als sie mit der kleinen Kavalkade abzogen, ging es im Lager hoch her. Es wurde getrunken, gesungen, gelacht und getanzt und immer wieder geweint. Die Tränen standen ihnen leicht in den Augen. Bei aller Härte und Grausamkeit ihres „Geschäfts“ war ihnen die Sehnsucht nach Liebe und Glück, nach Frieden und Hoffnung und vor allem nach Heimat niemals entschwunden. Die Heimat war der Traum und das Ziel. Ihretwegen hatten sie sich aufgemacht, revoltiert, sich dem Teufel verschrieben und sich uns angeschlossen. Die ersten Hoffnungen waren bald in alle Winde zerstoben, im Chaos der Ereignisse, der Verhältnisse untergegangen und dem völkerverachtenden Verrat geopfert worden. Sie saßen zwischen allen Stühlen. Von ihren eigenen Landsleuten wurden sie verachtet, ja verflucht. Sie hatten die Heimat, ihre Hoffnung, ihr Herz und ihre Seele verloren. Ihre Sehnsucht ertränkten sie in wilden Kämpfen und in Strömen von Alkohol. Nie hatte ich zerrissenere Leute kennengelernt, die, ohne jede Perspektive, ein Dasein ohne jeden Sinn ertragen mußten. Wir hatten das Gefühl, daß unsere Besuche, unsere Hilfe für ihre Pferde, unser Verständnis für ihre Lage ihnen wie ein Schimmer der Hoffnung in ihrer düsteren Welt leuchtete. Drum liebten sie mich und ehrten mich wie einen Gast aus alten Zeiten. Darum war ich für Alexis, den Popen, diesen schon über siebzigjährigen, mächtigen, fast zwei Meter großen Patriarchen, der mit seinem langen, wallenden weißen Bart wie ein Heiliger der alten russischen Kirche aussah, „der Sohn, der Enkel und alle seine Freunde zugleich.“ Er hatte mich wirklich ins Herz geschlossen und war wie ein Vater für mich. Ohne ihn hätten die anderen niemals durchgehalten. Ohne ihn hätte sich die Verzweiflung wie eine Sturmflut über ihr Dasein gelegt. Er gab ihnen Halt. Er hielt sie am Leben; ohne ihn hätten sie es weggeworfen, wie eine hohle Frucht ohne Nutzen. Aber auch er war verzweifelt. Auch seiner Stärke standen die

Tränen der Hoffnungslosigkeit näher als der gütige, warme, liebenswürdige Blick je erahnen ließ.

Alexis wollte mich mit aller Gewalt zurückhalten. „Du kannst in dieser dunklen Nacht nicht den Weg zurück wagen“, hat er immer wieder gesagt. Ich blieb stur. Ich hatte zuviel getrunken und überhaupt keine Bedenken. Entschieden lehnte ich jede Begleitung durch seine „Kosaken“ ab und ritt allein mit Sonnenwind in die aufkommende Dämmerung. Ich war ein Idiot. Sie standen vor ihren Hütten und winkten mir nach.

X. Florian, der unvergessene Kamerad

Und nun zog ich schon die halbe Nacht, diese kühle, feuchte Nacht mit Sonnenwind durch die dunklen Wälder. Ich ging hinter ihm her und sprach mit ihm wie mit einem Bruder. Er spitzte die Ohren und bahnte den Weg. Ich hatte volles Vertrauen zu ihm und zweifelte nicht, daß er die richtige Spur nicht verfehlte, daß er mich bis zum Morgen wohlbehalten und müde in unser Quartier zurückführen würde. Ich hatte erlebt, wie sicher die Pferde, wenn sie einmal im Gelände verlorengingen, ihren Reiter abgesetzt hatten, den direkten Weg zu ihrem Stall fanden. Ohne je einmal zu zögern oder einen Haken zu schlagen. Einmal wurde ich als Tierarzt zu einem schweren Unfall auf der Autobahn gerufen, wo ein Pferdetransporter umgekippt war und die teilweise verletzten Pferde in ihrer Panik in alle Winde zerstoben. Nur die Hälfte der Pferde konnte wieder eingefangen werden, die anderen waren verschwunden. Nach drei Tagen fanden sie sich wieder alle in ihrem über 100 Kilometer entfernten Stall ein, als ob nichts gewesen wäre. Ich war mir absolut sicher, daß Sonnenwind uns zurück zu den anderen brachte. Schon einmal war ich, zusammen mit Florian, in den Sümpfen des Pripjet in einer ähnlichen Situation. Auch damals fanden unsere Pferde sicher den Weg.

Ach, Florian. Was war er doch für ein sonniger Kamerad. Immer mußte ich an ihn denken.

Wir waren mit unseren Handpferden einen Tag und eine Nacht unterwegs. Sonnenwind, der so starke und übermütige Hengst, ließ die Flügel hängen. Sein Schritt war schleppend, und er stolperte an den kleinsten Steinen des ausgefahrenen Weges, der mehr eine Piste als eine Straße war, obwohl in der Karte übergroß markiert. Er ließ den Kopf hängen und alle Energie schien ihn verlassen zu haben. Den anderen Pferden, besonders den Packpferden, ging es ebenso. Nur unsere kanadischen Mulis, die die Lasten trugen, die hart wie Eisen und zäh wie Leder waren, die scheinbar nichts erschüttern konnte, waren noch frisch wie in der ersten Stunde. Hier zeigte sich, was ihre Väter, die nubischen Eselhengste, für unverwüstliche Burschen waren. Ihnen machte weder Regen und Kälte noch die Hitze etwas aus und so manchen zweitägigen Marsch stecken sie wie eine kleine Promenade, einen Spaziergang weg. Es war für mich immer wieder ein Wunder, diese Kraft und Ausdauer zu beobachten.

Im Morgengrauen hatte ich in einem kleinen Dorf an einer Kreuzung des Weges absitzen lassen. Die Pferde mußten gefüttert und getränkt werden. Die Männer brauchten wenigstens ein, zwei Stunden Ruhe. In den armseligen Hütten trieben wir noch etwas Heu und Stroh auf, und wir hatten noch einen Wagen mit Hafer. Es war fast nichts für die ausgemergelten Pferde, aber es war besser als gar nichts. Wir sattelten nicht ab, sondern schnallten nur das Gebiß aus der Kandare und ließen die Pferde fressen. Neben dem Wegrain wuchsen noch spärliche Grasbüschel. In den Feldern gab es noch vertrocknete Maishalme. Das war alles.

Drei Monate waren wir jetzt schon auf dem Trip. Fast zweitausend Kilometer hatten wir hinter uns gebracht. Kaum einmal gab es einen Tag Pause oder gar Ruhe. Ein Quartier, ein Dach über dem Kopf oder gar ein Bett hatten wir schon lange nicht mehr gesehen. Wir konnten auch nicht davon träumen. In den wenigen Stunden der Rast sanken wir, nachdem unsere Pferde versorgt waren, wie tot nieder. Wir schliefen, wo wir gerade waren, auf dem freien Felde, im Straßengraben oder auf der Wiese. Es war ein Schlaf der Erschöpfung, aber auch ein Schlaf, der uns immer wieder neue Kraft gab. Ein Schlaf mit bleierner Schwere. An Träumen war gar nicht zu denken.

Unseren Pferden ging es genauso. Sie schliefen auch in der kürzesten Marschpause. Sie standen unter dem Sattel und im Geschirr, schilderten und ließen die Köpfe hängen. Manchmal hatte ich das Gefühl, sie schliefen auch während des Marsches. Die ersten Wochen hatten sie prächtig durchgehalten, jetzt waren auch sie am Ende ihrer Kräfte. Das Futter war immer schwieriger aufzutreiben. Alleine Sonnenwind, der stärkste und kräftigste von allen, war noch einigermaßen fit, ja ließ sein helles Wiehern hören und seine Muskeln spielen. Wenn doch einmal eine Stute unter den müden Pferden rossig wurde, spannte sich sein mächtiger Körper und zeigte die Wildheit seines Geschlechts. Doch jetzt war auch er am Ende seiner Kraft. Sehr lange durfte es so nicht weitergehen. Die Männer kamen fast stupide ihren Pflichten nach. Es war nur noch der Wille zu Überleben, nicht auf diese Weise unterzugehen, der sie in Bewegung hielt. Nur Florian, der Sonnyboy, ließ sich nicht unterkriegen. Er war immer zu einem Späßchen bereit, und sein helles Jungenlachen gab der Trostlosigkeit unserer momentanen Situation immer wieder den Hauch einer Hoffnung.

Ich hatte die Pferde inspiziert, die Verletzten behandelt und ein paar Verbandswechsel gemacht. Es kostete mich meine letzte Kraft, dann sank ich wortlos nieder. Schlaf, wenigstens zwei Stunden Schlaf, war mein einziger Gedanke.

Wie aus weiter Ferne hörte ich Florians helle Stimme.

„Aufstehen, Doktor, aufstehen!" rief er mir ins Ohr und rüttelte mich an der Schulter. Ich hatte nur ein paar Minuten geschlafen und kam zu mir wie aus einer anderen Welt. Verschlafen rieb ich mir die Augen, vor mir stand ein beleibter Major. Er war der personifizierte Etappenhengst. Sein dicker Bauch und sein rotes Gesicht trennten Welten von unseren grauen Gesichtern und ausgemergelten Gestalten. Aber auch ihn hatte die Apokalypse erreicht. Er hatte Befehl, eine Auffanglinie für die wankenden Fronten aufzubauen. Dieser Herausforderung war er ziemlich hilflos ausgeliefert, aber er sah in meinem müden Haufen seine Chance, den Befehl zu verwirklichen. Eine geradezu absurde Idee. Ich rappelte mich auf und erklärte ihm unsere Situation. Die Männer waren am Ende. Ein Mann hatte sechs Pferde zu führen und zu versorgen. Die anderen waren Schmiede und Handwerker, Sanitäter und Köche. Außerdem schleppten wir noch ein paar Leichtverwundete und Kranke mit uns. Wir waren wirklich am Ende.

Der Major ließ sich durch nichts erweichen. Wie ein Komödiant in einem Schmierentheater zog er seine Pistole. Er gab uns die Stellung an, die wir gegen jeden Angriff halten sollten, bis zum letzten Blutstropfen. Das Grauen hatte auch uns, auch mich eingeholt.

Wir lagerten in einem flachen Hügel vor dem Dorf. Ihn sollten wir bis zum letzten Mann verteidigen. Das sei der direkte Befehl des menschenverachtenden Paranoikers in Berlin, der sich anmaßte, die Welt zu verändern. Der Major fuchtelte immer noch mit der Pistole herum. Wenn es nicht so bodenlos traurig gewesen wäre, hätte man fast lachen können. Die Felder waren nicht bestellt und die Äcker schon lange nicht mehr gepflügt. Stachlige Disteln, leuchtende Kornblumen, Spitzwegerich und roter Mohn gaben dem Hügel ein lebendiges Gesicht. Ein Hügel wie viele. Ein Hügel, der in seiner bunten Pracht das Herz jedes friedlichen Wanderers erfreut hätte. Wir waren auch Wanderer, Wanderer zwischen den Welten. Wanderer, die eine unbegreifliche Perversität der Macht an diesen stillen Hügel geführt hatte. Ihn sollten wir verteidigen, bis zum letzten Blutstropfen. Ich sammelte vierzig Männer, die noch einigermaßen in Form waren. Ob sie noch mit ihren Gewehren umgehen konnten, wußte ich nicht. Ich war da skeptisch. Zu lange hatten ihre harten Hände die Zügel und Leinen der Pferde, die Striegel und Bürsten bedient. Es waren alles rechtschaffende Männer, freundlich und willig, hilfsbereit und treu. Mit ihnen sollte ich diesen entscheidenden, blumenübersäten Hügel bis zum letzten Blutstropfen verteidigen.

Müde schleppten wir uns den Hügel hinauf und gingen in Stellung. Unser Blick reichte weit übers Land. Es war das fruchtbare Bauernland östlich des Bug. Rechts und links war das Tal von bewaldeten Hügeln umsäumt. Der Tag war ruhig und friedlich, über den Wiesen dräute der Nebel. Es war so friedlich, wie es in Gottes Natur nur sein konnte.

Wir lagen auf dem Hügel in den blumigen Feldern. Die Sonne begann uns wohlig zu wärmen, und ich mußte eingeschlafen sein. Plötzlich peitschten die Salven eines MGs über unsere Köpfe hinweg. Wir lagen wie auf dem Präsentierteller und mußten uns ducken wie die Hasen bei der

Treibjagd. Im Dorf hörte ich den Wagen des Majors abfahren. Er konnte melden, daß er seinen Auftrag erfüllt hatte. Mit vierzig ausgemergelten Männern lag ich auf dem Hügel. Wir hatten ihn fest im Besitz. Wir konnten weder den Kopf heben, noch uns zurückziehen. Es blieb uns gar nichts anderes übrig, als in dieser Stellung auszuharren, bis die Dunkelheit kam und uns den Rückzug ermöglichte. Ich betete zu Gott, daß die Männer auf der anderen Seite, sicher auch rechtschaffene, freundschaftliche, willige, hilfsbereite und treue Männer wie wir, keine Verstärkung und keine schweren Waffen bekamen. Mit ihrem MG konnten sie uns nicht viel anhaben, solange wir flach auf dem Boden blieben.

Der Tag wollte nicht enden. Immer wieder strichen die Salven über uns hinweg. Mit unserer strategischen Stellung war es nicht sehr weit her. Wir lagen wie angewurzelt und rührten uns nicht von der Stelle. Ich war todmüde und kämpfte mit aller Macht gegen das Einschlafen. Zwei Tage und eine Nacht hatte ich kein Auge mehr zugetan bis auf die wenigen Minuten, bevor der Major kam. Florian lag neben mir und schlief wie ein unschuldiges Kind. Ich hatte ihn als Melder mitgenommen. Das einzig Positive an unserer Lage war die Sonne. Sie wärmte uns auf, so wie sie zu allen Zeiten ihre Strahlen und ihre Wärme denen gespendet hat, die im Staube lagen. Im übertragenen Sinne gehörten wir auch dazu. Sie wärmte uns, als wollte sie sagen: „Ihr seid noch nicht ganz vergessen. Ihr seit unter meinem Licht.“ Unter ihrem Schutz waren wir nicht. Solange sie schien, war für uns die Gefahr noch nicht gebannt; konnten wir uns nicht zurückziehen. Nachdem wir nicht die geringste Illusion hatten, den „strategischen“ Hügel glorreich zu verteidigen, war unsere einzige Hoffnung der geordnete Rückzug im Dunkel der Nacht. In meinem Kradmantel wurde es mir bald zu warm. Ich fing an zu schwitzen, aber ich wagte nicht, ihn auszuziehen, mich auch nur einen Millimeter aus der Deckung zu erheben. Dann muß ich eingeschlafen sein.

Das MG begann wieder seine Geschoßgarben über unsere Köpfe zu jagen. Alle Männer waren wach, blieben aber eisern in Deckung. Da, plötzlich, hörten wir den dumpfen Abschuß und das Schwirren eines Granatwerfers. Seine ersten Granaten lagen alle zu kurz. Danach zielten sie besser. Eine Granate schlug direkt neben uns ein. Florian schrie wie ein verängstigtes Kind. Ein Splitter hatte ihm den Bauch aufgerissen. Seine Därme quollen in die Tasche meines Kradmantels. Ich gab den Befehl zum sofortigen Rückzug. Das MG schoß über unsere Köpfe, dann blieb es stumm. Entweder hatten sie Ladehemmung oder die Munition war ihnen ausgegangen. Die Dämmerung senkte sich schnell über den Hügel. Das Bunt der Blumen tauchte in ein diffuses Licht.

Ich riß meine Flavabinden aus der Tasche und versuchte Florians Bauch zu verbinden. Es war schrecklich, einfach schrecklich. Wir legten ihn auf meinen Kradmantel und trugen ihn zu viert ins Dorf. Er lag im tiefen Koma. So gut ich konnte, reinigte ich seine Wunde. Ich versorgte chirurgisch den perforierten Darm, schloß mit großen Nähten die zerrissene Bauchdeckenwunde und machte ihm einen festen Verband.

Danach gab ich ihm ein Kreislaufmittel und infektionshemmende Medikamente. Wir packten ihn warm ein und betteten ihn auf eine breite Ofenbank in einem der Holzhäuschen. Wir hatten keinerlei Ahnung, wo der nächste Verbandsplatz lag. Er wäre auch nicht transportfähig gewesen. Ich saß neben ihm und hielt seine Hand. Nur einmal wachte er auf und sah mich mit seinen großen hellen Augen an. Es war, als huschte ein Lächeln über sein Gesicht. Vielleicht war es auch das helle, das gleißende Licht, von dem die vom Tod Zurückgeholten erzählen, das seine Züge erhellte, das seinem so schmal gewordenen kleinen Gesicht die Wärme des Lebens überspiegelte. Das Lächeln aber kam von weit her. Es war, als hätte er den Rubikon schon überschritten und drehte sich nochmals nach seinen Kameraden um.

„Wenn je einer in den Himmel kommt, dann muß es einer wie Florian sein“, dachte ich. Er war jetzt ganz ruhig und hatte einen Ausdruck vollkommener Unschuld. Die bitteren Anstrengungen des Rückzugs waren wie weggewischt. Er wurde immer blasser. Die Augen fielen tief in ihre Höhlen zurück, sein Atem war kaum noch zu spüren. Sein junges Leben schlich wie ein flüchtiger Traum von dannen. Ich hielt seine Hand und fühlte, wie es mit ihm zu Ende ging. Er hatte es überstanden.

Wir waren alle jung, aber die Zeit hatte uns hart gemacht. Wir hatten schon viele sterben sehen, aber der Tod unseres Florian berührte uns tief. Keiner konnte seine Tränen zurückhalten.

„Er starb auf dem Felde der Ehre den Heldentod", stand in der vorgedruckten Mitteilung an seine Mutter. Den gleichen Schrieb hatte sie schon einmal, für Florians Vater, bekommen. Die neue Schreckensbotschaft brach ihr fast das Herz, nahm ihr fast das Leben. Vater und Sohn waren beide keine Helden und wollten auch keine sein. Sie waren fleißige, rechtschaffene Leute, die ihre Pflicht und Arbeit taten und ein bißchen Glück auf dieser Welt suchten. Sie fielen nicht auf dem Felde der Ehre. Sie starben einen schrecklichen, grausamen, sinnlosen Tod. Nichts, aber auch gar nichts war an ihrem Sterben glorreich oder gar heldenhaft. Sie waren dem Verbrechen zum Opfer gefallen, das diejenigen, die es anzetteln, heldenhaft oder gar heilig nennen. Der heilige Krieg, was für eine Phrase, was für eine ewige Verirrung der Menschheit.

Ich saß auf der Ofenbank und hielt neben ihm die Totenwache. Ich gab mir die Schuld an seinem Tode. Ich hätte ihn im Dorf bei den Pferden lassen sollen. Ich hätte den sinnlosen Einsatz verweigern müssen. Notfalls mit Befehlsverweigerung gegenüber dem dicken Major... Ich hätte... ich hätte... ich hätte! Ich habe es nicht getan. Ich gestand mir ein, daß ich in der Stunde der Bewährung versagt hatte. Und Florian, unser Florian hatte es mit seinem jungen Leben bezahlt. Wir begruben Florian noch in der Nacht auf dem kleinen Friedhof des verlassenen Dorfes. Aus zwei Zaunlatten nagelten wir ein Kreuz. Mit dem Skalpell schnitzte ich seinen Namen in das rissige Holz. Mit jedem Buchstaben kam er mir näher. An einem Ast schnitt ich mir in den Finger. Es war nicht schlimm, aber das Blut rann auf Florians Kreuz. Es war, als bäte ich ihn mit meinem Blut um Vergebung.

XI. Der schnarchende Löwe

Das Gehen hinter dem Pferd hatte mich müde gemacht. Der Boden des Weges war uneben, zerfurcht und mit trockenen Zweigen übersät. Ab und zu schlug mir ein umgebogener Zweig wie eine Peitsche ins Gesicht. Ich hatte das Gefühl, als ob Sonnenwind eher unsicher seine Bahn durch den dunklen Wald zog, als ob auch er nicht sicher war, auf der richtigen Spur zu sein. Immer noch war es stockdunkle Nacht. Kein Schimmer von Licht, kein Mondschein erhellte das Dunkel. Der Regen hatte sich zu einem gleichmäßigen Nieseln entwickelt und drang langsam bis auf die Haut. Es war eine mehr als unbequeme Situation. Ich zupfte Sonnenwind am Schweif und rief: „Haalt, mein Alter." Er blieb augenblicklich stehen und schüttelte sich wie ein Hund. Der Sattel und die schweren Satteltaschen verursachten ein klapperndes, dumpfes Geräusch. Ich ging an ihm vorbei, tätschtelte seine nasse Kruppe und seinen Hals und sagte: „Es hat keinen Zweck, mir müssen rasten, mein Alter." Es hatte wirklich keinen Zweck, in dem dunklen, unwirtlichen Wald weiterzumarschieren. Wir mußten einfach warten, bis die Dämmerung heraufkam, bis uns wenigstens ein bißchen Licht den Marsch erleichterte. Ich nahm Sonnenwind die schweren Satteltaschen und den Sattel ab. Dann deckte ich ihm den wollenen Woilach über und versuchte, mir neben seinen Vorderbeinen ein Lager zu machen. Vorher sah ich nochmals nach seinem kranken linken Bein. Beim letzten Marsch hatte es sich prima gehalten. Er fußte fast normal auf, und ich hoffte, daß der Rest unseres Weges für ihn kein Problem wurde. Für mich war es das um so mehr. Ich war naß und durchgefroren, hundemüde, hatte Hunger und Durst und war kaum noch in der Lage, mich aufrecht zu halten. Es war schon eine verdammte Idiotie, ohne ortskundige Begleiter in finsterer Nacht allein den Weg zu unserem Quartier anzutreten. Wie viele Male hatte ich mir das in dieser Nacht schon gesagt. Es half aber nichts, die Sache mußte durchgestanden werden; komme was da wolle.

Ich legte mich auf den Sattel und konnte vor Nässe und Kälte nicht einschlafen. Wie ein Film lief mein Leben mit Lonie und Sonnenwind vor meinem inneren Auge ab. Es war eine Nacht der Gedanken, eine Nacht der Rechtfertigung, eine Nacht der Erinnerung an gute und schlechte Zeiten, an unseren Weg durch die Wirrnisse dieser Zeit.

Was waren es doch für glückliche Stunden, wenn Lonie und ich, müde und abgespannt von unserer Arbeit, im Dämmerlicht auf unserer Terrasse lagen und in den Sternenhimmel aufschauend, Pläne für die Zukunft schmiedeten. Was wollten wir nicht alles aufbauen und vollbringen. Wie schön sollte die Zukunft ihre Bahn durch unser Leben ziehen. Was gibt es Schöneres für junge, verliebte Menschen, als Pläne zu schmieden und die Hoffnung zu hegen, daß alles einmal Wirklichkeit wird. Wir tranken unseren geliebten Wein, den uns Bertha immer wieder zukommen ließ, und nahmen uns an der Hand, um in das Glück der Liebe einzutauchen.

Das Schrillen des Telefons machte wieder einmal einen Strich durch die Aufwallungen unserer Gefühle. Es war zum Verrücktwerden, einfach zum Verzweifeln. Wie viele schöne Stunden, wie viele zärtliche Nächte hatte uns dieses Martergerät schon zerstört. Es half nichts; ich nahm den Hörer ab. Ich war müde, aber die Freuden der Pflicht sind für einen Tierarzt eben von ganz besonderer Art. Nur gut, daß man sich langsam daran gewöhnt und es für ganz selbstverständlich hält, ja, wenn das Telefon einmal nicht klingelt, schon im geheimen denkt, die Praxis ginge ein. Wir sprachen einmal, bei einem Besuch, mit Onkel Albert und Bertha darüber. Aber die meinten, ihnen sei es früher ganz genauso gegangen. Wenn die Ladenglocke nicht den ganzen Tag gebimmelt hatte, war Albert direkt unglücklich. Nur, daß für ihn am Abend Feierabend war und man am Sonntag ruhig ins Grüne fahren konnte, ohne schlechtes Gewissen. Beim Tierarzt geht das eben nicht. Das muß man sich schon sehr bald abschminken. Der Dienst geht rund um die Uhr. Wenn der Laden läuft, 365 Tage und Nächte im Jahr; und das kann manchmal schon ganz schön hart sein.

Die Stimme war zart, mit einem französischen Akzent. Sie war melodisch, und ich spürte einen Hauch von Erotik. Sie war aber auch verängstigt und eindringlich bittend zugleich. Sie flehte um Hilfe. Man konnte den Ernst ihrer Lage erahnen. Meine wohlige Müdigkeit, meine Gedanken, die schon bei der Umarmung meiner Lonie waren, waren wie weggeblasen. Ich war hellwach und spürte, daß man mich brauchte. Als Tierarzt ist man da sensibilisiert. Nicht nur aus den Worten, aus der Stimme hört man, wenn Gefahr im Verzug ist. Man weiß instinktiv: Jetzt wirst du gebraucht, jetzt ist Eile geboten.

„Monsieur le docteur. . . mein Leo ist ganz schrecklisch malade. Sein Schmerz ist terrible."

„Wer ist der Leo?"

„Monsieur le docteur, bitte, s'il vous plaît, Sie kommen sofort, bitte!"

„Was fehlt ihm denn, dem Leo, was ist ihm passiert? Ich muß es genau wissen. Ich kann nur kommen, wenn ich es weiß."

„Isch weiß nischt! Sie bitte kommen, tout de suite, tout de suite!"

Auf meine erneute Frage, wer Leo sei und wo ich ihn fände: „Pardon, Monsieur le docteur, mon ami, meine Leo c'est eine Lion. Wir sind im Kabarett Colibri, vis à vis de la gare. Bitte, Monsieur le docteur, bitte, Sie kommen sofort! Bitte Sie kommen, tout de suite!"

Ein Löwe also. . . nur ein ganz gewöhnlicher Löwe. Der hatte mir in meiner heutigen Sammlung gerade noch gefehlt. Wo ich doch auch so viel Erfahrung mit kranken Löwen hatte!

Wenn der Tag schon so aufregend mit einer kranken Schlange begonnen hatte, warum sollte er dann nicht auch verrückt enden. Mit einem Löwen! Ich war hellwach. Die Eindringlichkeit des Hilferufes in der zarten, erotischen Stimme hatte mich aufgerüttelt. Ich witterte die Gefahr, aber auch die Schwierigkeit meiner neuen tierärztlichen Aufgabe.

Die Intuition, die mich nie verlassen hat und sich in den Jahren der Praxis noch verstärkt hatte, begann sich wie ein

Radarsystem auf den Leo einzustellen. Eines war mir sofort klar: Auf den langen Tag folgt eine lange Nacht. Hans Thomas Lebensphilosophie: „Wenn es schön gewesen, war es Arbeit und Mühsal gewesen“, kam mir in den Sinn. Mühsal, das war das richtige Wort. Der Tag war lange, mühselig, aber auch schön gewesen. Er sollte noch eine ganze Weile so bleiben. Eine lange, mühselige Nacht stand mir bevor.

Der Transportwagen stand auf dem Parkplatz neben dem „Colibri“, vis à vis de la gare. Er war gelb angestrichen und mit roter Schrift stand „Danielle's Lion-Show“ an den Seiten. Das „Colibri“ war ein Kabarett, das einzige Etablissement seiner Art hier am Platze. Eigentlich war es ein altes Gasthaus. Früher hatten hier die Marktfrauen, wenn sie ihre Eier, die Hühner und ihr Gemüse auf dem Wochenmarkt verkauft hatten, auf den Zug zurück in ihr Dorf gewartet. Sie hatten, wenn sie mit dem Geschäft zufrieden waren, auch einmal ein Viertele getrunken und von den Dampfnudeln gegessen, die der Wirt immer in Körben auf den Tischen stehen hatte. Es war ein gastliches Haus, und man erzählte sich, daß es nach dem Viehmarkt im Frühjahr und im Herbst immer heiß hergegangen war. Auch wenn die Bauern die Zichorie zur Darre brachten oder die Rüben für die Zuckerfabrik verluden, fand der Tag kein Ende, und mancher Rausch wurde in dem Schuppen hinter dem Hof ausgeschlafen. Das war aber immer die Ausnahme. Auch wenn der Bauer oder der Knecht voll geladen hatte, die Pferde kannten ihren Stall und fanden auch ohne das Hü und Hott ihren Weg nach Hause. So wie ich auch hoffte, daß Sonnenwind unseren Weg nach Hause, in unser Quartier, ohne meine Hilfe finden würde.

Heute, der alte Wirt war längst nicht mehr, hieß das Gasthaus „Colibri“. Als Kabarett, als Kleinkunstbühne, war es eine Attraktion für die ganze Umgebung. Aber wie die Menschen so sind, sind sie mit dem, was geboten wird, nie so auf Dauer zufrieden. Mit den Jahren wurde die Kunst immer kleiner. Das gleiche galt auch für die Kostüme der Künstlerinnen. Deren Kunst bestand bald nur noch darin, das wenige, was sie noch anhatten, so gekonnt auszuziehen, daß die zahlreichen Gäste das „Colibri“ weiterhin für eine Attraktion hielten und die Sitte, die immer wieder einmal hereinschaute, um nach dem Rechten zu sehen, die Staatsanwaltschaft nicht zu bemühen brauchte. Es war eine ständige Gratwanderung, nicht nur der sich produzierenden Damen, Tänzerinnen wie sie sich nannten, sondern vor allem auch der Direktion, wie sich diese großspurig hieß, um hinter den Künstlerinnen nicht zurückzustehen. Um den Nimbus des Kabaretts und Musentempels dabei nicht ganz zu verlieren, engagierte sie dann von Zeit zu Zeit wirkliche Künstler, und so war „Danielle's Lion-Show“ im „Colibri“ gelandet.

Der Löwe lag in seinem Käfig im Transportwagen. Sein Leib war stark aufgegast. Er war unruhig und hatte starke Schmerzen. Seine Augen waren halb geschlossen. Die schlitzförmig zusammengezogenen Pupillen blickten mißtrauisch zu mir herüber. Er machte nicht den Eindruck, als ob er sich ohne weiteres von mir untersuchen oder gar behandeln ließe.

Die Betreiberin von „Danielle's Lion-Show“ war klein und stämmig. Sie hieß tatsächlich Danielle. Sie war wie die Frauen aus dem Süden Frankreichs, in der Gegend der Rhône oder des Massif Central. Aus ihren großen grünen Augen rannen die Tränen. Man sah, wie sie mit ihrem Löwen litt. Sein Schmerz war auch ihr Schmerz. Sie saß bei ihm im Käfig und streichelte seine Stirn. Fragend schaute sie mich an und versuchte zu lächeln. Es gelang ihr nur schwer.

„Bonjour, monsieur le docteur, merci, daß Sie so vite gekommen sind. Merci, beaucoup merci!“

„Bonjour Madame Danielle, ce sont mes devoirs“, sagte ich und war vom ersten Augenblick von ihr fasziniert. So sind eben die Männer. Vor wenigen Minuten sehnte ich mich noch nach der Umarmung durch Lonie. Jetzt faszinierte mich eine kleine Löwenbändigerin aus Frankreich.

„C'est la vie! Diesem Mädchen mußt du helfen, koste was es wolle. Ihr Leo muß wieder gesund werden“, waren so meine Gedanken.

Nun, ich habe schon viele Pferde, Kühe, Rinder, Kälber und Schweine behandelt. Ebenso viele Hunde, Katzen und andere Haus- und Heimtiere. Mit Löwen waren aber meine Erfahrungen mehr als dürftig. Eigentlich gleich null. Da waren im Grunde nur einige Löwenbabys, junge, ganz junge Tiere, wie sie immer wieder von Tierhändlern angeboten werden und dann Käufer finden, die nie so recht wissen, was auf sie zukommt. Ein Löwenbaby ist ja ganz niedlich. Eine Zeitlang kann man so ein Tier auch im Garten großziehen. Es freundet sich schnell mit dem Hund oder der Katze an und macht dann auch kaum mehr Umstände als andere Haustiere. So weit gehen die Gedanken dieser obskuren Tierfreunde; weiter denken sie meistens nicht.

Daß ein Löwe ziemlich schnell wächst, daß er ausgewachsen alles andere als ein Haustier ist, daß er eine Menge Platz und Futter benötigt und wegen seiner Kraft einen stabilen Zwinger und daß ein Löwe, nicht wie der Hund seit Jahrtausenden domestiziert, eben ein echtes Wildtier bleibt, bemerken diese Leute spätestens, wenn er ein anderes Tier gerissen oder gar einen Menschen angefallen hat. Nur Menschen, die sich intensiv mit einem Löwen befassen, die auf ihn eingehen, mit ihm „arbeiten" und alle anderen Voraussetzungen dafür haben, können einen Löwen aufziehen und auch einige Zeit halten. Einen Sinn macht aber eine solche Sache niemals. Und, wenn er dann geschlechtsreif wird, ist es sowieso fast immer aussichtslos, und kaum ein Tierpark oder ein Zirkus nimmt ihn dann ab. Alleine aufgewachsene Löwen werden zu Einzelgängern, die sich fast nie wieder in ein Rudel einordnen können oder dort geduldet werden. Das ist auch der Grund für meine mangelhafte Erfahrung mit Löwen. Mit ausgewachsenen Tieren, wie Leo einer war, hatte ich gar keine.

Und Leo war ein Löwe . . . und was für einer. Ein ausgewachsener, kräftiger Berberlöwe, wie sie noch vereinzelt in den felsigen Tälern des Hohen Atlas vorkommen. Sechs Jahre war er alt und über sechs Zentner schwer. Er war das Ebenbild des Prachtlöwen im Vorspann der Metro-Goldwyn-Mayer-Filme, nur daß ihn die elendigen Schmerzen, die er jetzt hatte, nicht so majestätisch erscheinen ließen. Er faszinierte mich vom ersten Augenblick an.

Es gibt auch für einen Tierarzt immer wieder Tiere, deren fast bildhafter Monumentalität er sich einfach nicht entziehen kann:

So ging es mir in Kenia, wo ich bei einer morgendlichen Pirsch durch den Busch urplötzlich einem aufgebrachten Elefantenbullen gegenüberstand. Mit seinem hochgereckten Rüssel und den ausgestellten Ohren erschien er mir wie ein kolossales Mammut der Eiszeit. Ein Glück, daß er mich anscheinend nicht für voll nahm und sich wieder in den Busch zurücktrollte.

Ähnlich ging es mir beim Besuch eines Freundes in einem süddeutschen Wasserschlößchen. Zwei gescheckte Deutsche Doggen, so groß wie sechsmonatige Fohlen, eskortierten den kauzigen Baron, daß der große und schlankgewachsene Mann wie ein schmächtiger Jüngling wirkte.

Die gewaltigen, über dreißig Zentner schweren Charolaisbullen auf dem Viehmarkt in Pretoria akzeptierte ich dann in ihrer imponierenden Masse schon eher. Sie passen irgendwie zu diesem Land, in dem außer der bigotten, kleinmütigen, unchristlichen Rassenpolitik fast alles groß ist.

Auch die riesige Boa constrictor, die sich in der Kassamence im südlichen Senegal über die Sandpiste schlängelte, werde ich niemals vergessen.

Tiere in dieser beeindruckenden Faszination erinnern mich an das unendliche Füllhorn der Schöpfung. Sie erinnern mich aber auch daran, mit welcher vordergründigen Überheblichkeit wir Menschen dabei sind, diese Schöpfung zu zerstören. Viereinhalb Milliarden Jahre ist unser Planet, die Erde, schon alt. Die sogenannte intelligente Phase, seitdem der Mensch sich auf die Hinterbeine gestellte hat und sich anschickt, sich diese Erde untertan zu machen, ist nur ein Augenblick, eine Minute im All. Von Propheten und Dichtern als Gottes Geschöpf apostrophiert und verherrlicht, scheint der Mensch nunmehr endgültig dabei zu sein, der Erde den Garaus zu machen. Ich habe wenig Hoffnung, daß dieser Planet die nächste Minute der intelligenten Phase, den nächsten kosmischen Augenblick überleben wird. Mit Lonie, Albert und Bertha haben wir, wenn wir bei ihnen auf Besuch waren und in der nach Heide duftenden Abendstimmung bei einem Glas Wein vor ihrem Haus auf der Holzbank saßen, immer wieder darüber gesprochen. Wenn dann der hochgewachsene und in seinen Formen fast ebenmäßig erscheinende Sonnenwind auf der Weide seine Kapriolen schlug, wurde uns die Faszination dieser Schöpfung so richtig vor Augen geführt, und wir waren traurig darüber, wie wir Menschen durch unseren Unverstand und unsere Gier damit umgingen.

Jetzt war aber keine Zeit zum Philosophieren. Ich war bei Leo als Tierarzt gefragt. Bei ihm ging es darum, daß er die nächsten Stunden, den nächsten Tag, ja, daß er überhaupt überlebte. Seine Schmerzen waren schrecklich. Man konnte es kaum mitansehen, wie sich das mächtige Tier in dem engen Käfig krümmte, wie es immer wieder mit seinem mächtigen, gewaltigen Kopf gegen die Gitterstäbe schlug. Der Löwe bäumte sich auf, stemmte die Hintertatzen an den Käfig und ließ sich unter schmerzhaftem Geknurre fallen wie ein Sack. Seine hellgelbe bis braunrote Mähne, von imponierender Fülle, war zersaust. Das sandfarbige, fahlgelbe Fell, das die Landschaft widerspiegelte, wie sie an der Straße der Kasbi sich in der endlosen Sahara verliert, war mit Sägemehl verschmutzt und an den Seiten schweißnaß.

Danielle saß in seinem Käfig. Sie streichelte seinen Kopf. Wenn die Schmerzintervalle kamen, legte sie sich auf ihn und versuchte, ihn am Boden zu halten, damit sein Kopf nicht so schrecklich gegen das Eisen schlug. Oder sie nahm eine Vorderpranke, preßte sie gegen ihre Brust, um ihm zu zeigen, daß sie bei ihm war und ihm in seiner Not zur Seite stand.

Der gewaltige Löwe und das kleine Persönchen! Ich bewunderte ihren Mut, aber auch die Kraft, mit der sie sich gegen Leos Aufbäumen stemmte. Sie hatte keine Angst, verletzt zu werden, schon gar nicht, daß der Löwe sie anfiel oder gar biß. Schließlich wußte er in seinem Schmerz nicht, was er tat. Eine unbedachte Reaktion mit seinen mächtigen Pranken konnte der kleinen Frau das Kreuz brechen. Ein Stoßen mit dem Kopf sie gegen die Gitterstäbe schleudern. Ich hatte aber eher den Eindruck, daß er trotz Schmerz und Panik ganz vorsichtig mit ihr umging, daß er fühlte, daß sie sein einziger Halt in dieser Stunde der Angst war, daß seine Wildheit sich an ihrem zarten Körper brach und sie nichts zu befürchten hatte.

Er war Leo, ihr Leo, ihr Kind. Sie war seine einzige Bezugsperson auf dieser Welt. Er kannte nur sie und hatte nur sie. Sie fütterte ihn, versorgte ihn, striegelte ihn. Sie sprach mit ihm und arbeitete mit ihm. Sie saß bei ihm, wenn es ihm nicht gut ging. Sie nahm ihm seine Einsamkeit und erzählte ihm von der Sonne ihrer Heimat. Sie weinte bei ihm, wenn sie traurig und verzweifelt war und die große Enttäuschung der Welt über sie kam. Aber sie lachte auch mit ihm, wenn es in ihrem einsamen Leben etwas zum Lachen gab. An Weihnachten saß sie bei ihm im Käfig und sang ihm das Krippenlied ihrer Heimat vor, das sie als Kind vor dem Altar ihrer Dorfkirche gesungen hatte. Ihre Stimme war tief und melodisch. Leo stellte die Ohren und hörte aufmerksam zu. Danielle und der Löwe waren wie eine Familie, sie hatten nur sich. Nur zusammen konnten sie diese Welt ertragen.

Jetzt war er krank und bäumte sich unter Schmerzen. Danielle war verzweifelt. Ihre Welt schwankte und drohte zusammenzubrechen. Ich war ihre letzte Hoffnung.

Ich war Tierarzt, Praktiker, Allgemeintierarzt. Ich war nicht auf einzelne Tiere spezialisiert, ich behandelte alle. In vielem war ich Autodidakt, war ich noch in der Lehre. Die tierärztliche Wissenschaft ist zu umfangreich, um alles zu wissen. Die Tierspezies sind zu zahlreich, um überall ein Wissender, ein Könner zu sein. Es ist ein Beruf, der die Berufung erfordert, aber auch ein Beruf, in dem man nie auslernt, der einen ein Leben lang immer wieder fordert. Das wichtigste ist, daß man dabei tierärztlich denken und handeln lernt. Ich habe das gute Gefühl, daß ich auf dem richtigen Weg bin.

„Du kannst nicht alles lernen und wissen, aber du mußt einen Tierarztverstand haben“, hatte mein Doktorvater zu mir gesagt, als ich mich von der Hochschule verabschiedete. Ich glaube, ich bin auf dem Weg, ihn zu bekommen. Es ist ein langer Weg, mit vielen Klippen und Schwierigkeiten. Auch Fehler bleiben dabei nicht aus, doch aus ihnen konnte ich am meisten lernen.

Mit der Zeit entwickelte sich tatsächlich ein Tierarztverstand. Lonie sah mich manchmal ungläubig an, wenn wir in einer blauen, besinnlichen Stunde über Probleme und Vorfälle in meiner Praxis sprachen. „Denkst du so wirklich, mein Schatz?“ Ein krankes Tier war nicht nur ein Tier, ein Pferd oder auch ein Wellensittich, mit einer Krankheit, die ich heilen sollte, sondern ein Lebewesen, das ich nahezu bildhaft vor mir sah. Nicht mit Röntgenaugen oder Lasertechnik. Nein bildhaft, aus Fleisch und Blut, mit allen Gefäßen, Muskeln und Nerven. Das kann nur die Erfahrung bringen. Vor allem aber auch die Tatsache, daß der Tierarzt auch Fleischbeschau durchführt. Sowohl bei gesunden wie bei den kranken Tieren und vor allen bei denen, die er nicht retten konnte. Er sieht in seinem Leben Tausende von Lungen, Nieren und Lebern. Gesunde und in allen Stadien der Erkrankung. Er sieht die Sehnen, das Gewebe, die Schleimhäute, die Organe so, wie sie sind, und so, wie sie sich durch Krankheit verändert haben. Der Körper, der Organismus des Tieres wird zu seinem zweiten Gesicht. Er hört die Lungenentzündung nicht nur mit dem Stethoskop, sondern sieht die Erkrankung mit ihren verschleimten Bronchien und Lungenalveolen, mit den petechialen Blutungen und Schleimhautödemen fast photographisch bildhaft vor seinem inneren Auge.

Ein Arzt ist da geradezu armselig dran. Wenn er nicht Chirurg oder Pathologe ist, sieht er fast nie in den Körper hinein. Seine Vorstellung vom Organismus wird von vertrockneten Formalinpräparaten oder hochgradig veränderten Sektionsbefunden geprägt. Den inneren Blick eines Tierarztes erhält er selten oder nie, bestimmt nicht so unzählige Mal wie sein „vierbeiniger“ Kollege. Auch Hochglanzabbildungen in Lehrbüchern können dies nur sehr unzulänglich ausgleichen. Mit seiner Diagnose tut er sich, ohne die vielen medizinischen Hilfsmittel, deshalb unendlich schwerer. Und wenn die Diagnose falsch war? In den wenigsten Fällen wird das festgestellt und registriert. Der Patient wird entweder gesund, dann ist es eigentlich gleichgültig, ob die Diagnose richtig oder falsch war; die Gesundheit war das Ziel. Stirbt aber der Mensch, deckt ihn der grüne Rasen zu. Nur relativ selten und in besonderen Fällen wird durch eine Sektion die Diagnose gesichert.

Beim Tierarzt ist das ganz anders. Ihm stirbt kein Tier, ohne daß er es hinterher eingehend untersucht. Er hat fast immer eine Kontrolle, weiß fast immer, ob er richtig diagnostiziert und behandelt hat. Er sieht seine Fehler in Fleisch und Blut... und je öfter er sie sieht, je größer seine Erfahrung wird, desto seltener wird dann ein Irrtum.

Ich möchte den Ärzten nicht weh tun und sie nicht als Diagnostiker in Frage stellen. Sie widmen sich diesem Problem mit außerordentlichem Ernst, und zahlreiche Hilfsmittel, meist technischer Art, unterstützten sie dabei. Aber eine so bildhafte Diagnose, wie sie für den erfahrenen Tierarzt nahezu selbstverständlich ist, gelingt dem Arzt sehr viel schwerer. Und die kritische Kontrolle seiner Diagnose, wie sie beim Tierarzt fast die Norm ist, hat er eigentlich nie. Daran ändert auch die Tatsache nichts, daß der Arzt einen Patienten fragen kann, was ihm fehlt oder wo es ihm weh tut.

Was weiß der Patient schon von den komplizierten physiologischen oder gar pathologischen Vorgängen in seinem Körper? Wie schwer tut er sich als Laie, krankhafte Veränderungen richtig zu deuten. Der Tierarzt muß die Ursache der Schmerzen, der Erkrankung ergründen. Sein Patient gibt ihm keinerlei Antworten, seien es richtige oder falsche. Mit seinem Tierarztverstand und mit dem inneren Bild des Organismus vor Augen tastet er sich methodisch zur Krankheitsursache vor. Diese Methodik, die sich nur an den Symptomen orientiert und nicht durch vage oder gar falsche Angaben irritieren läßt, ist es, was den Tierarzt erst zum sicheren Diagnostiker werden läßt.

Das Wissen, das er sich dabei erwerben muß, kann sich ein Außenstehender kaum vorstellen. Schließlich gibt es nicht nur unzählige Krankheiten bei den Tieren, sondern es gibt die verschiedensten Arten, die in meine Praxis kommen. Lonie, die durch ihren harten Krankenhausdienst einige Erfahrungen mitbrachte, war immer wieder über die Bandbreite der Anforderungen, die an mich als Tierarzt gestellt wurden, überrascht. „Wie kannst du das alles nur begreifen, das alles in deinem Kopf haben", war immer wieder ihr Kommentar.

Die ungeheuere Vielfalt führt letztlich auch dazu, daß sich immer mehr Tierärzte spezialisieren. Nicht so wie in der Humanmedizin, wo sich Ärzte speziell nur noch mit den Augen, Ohren, Nasen oder anderen Körperöffnungen befassen. Der tierärztliche Spezialist für Kleintiere muß auch über Hautkrankheiten Bescheid wissen, eine innere Diagnose stellen, eine Knochenfraktur nageln können, er ist auch Narkotiseur, Röntgendiagnostiker, Diätiker und Geburtshelfer und vieles andere mehr. Wobei es dann auch selbstverständlich ist, das er im Notfall auch einen Kaiserschnitt lege artis und mit Erfolg durchführen kann.

Sicher wird er nicht so hoch spezialisiert wie ein Neurochirurg sein, aber seine Osteosynthese darf in der Knochenchirurgie der Humanmedizin keineswegs nachstehen, wenn er Erfolg haben soll. Und das muß sie eben.

Hier führt ein Fehler in der Technik oder eine Nachlässigkeit bei der Asepsis genauso zum Fiasko wie bei einer menschlichen Frakturbehandlung. Der biologische Unterschied zwischen Mensch und Tier als Patient ist nicht groß. Das Infektionsgeschehen, der Krankheitsablauf, die Folgen traumatischer Verletzungen, die Stoffwechselstörungen und der Heilungsablauf sind bei Mensch und Tier nahezu identisch. Die Funktion einer Leber, einer Niere oder der Lunge oder die Funktion der innersekretorischen Drüsen ist nahezu die gleiche. Der Laie ist kaum in der Lage, die Niere eines Menschen von der eines Schweines zu unterscheiden, und das Herz eines Schimpansens kann auch in der Brust eines Menschen schlagen. Gleich sind auch die kurativen Anwendungen und Methoden der

Behandlung. Die gleiche Infektion bei Mensch und Tier wird mit dem gleichen Wirkstoff, dem gleichen Medikament behandelt, wobei sogar bei der Dosierung, die immer auch vom Alter und Gewicht abhängt, relativ wenig Unterschiede bestehen.

Es gibt deshalb im Grunde nur eine Medizin. Human- und Tiermedizin sind wie zwei Schwestern, die sich gegenseitig ergänzen und befruchten und die dem gleichen Ziele dienen, der Erhaltung der Gesundheit und der Heilung von Krankheit.

Mensch und Tier sind beide Geschöpfe Gottes, nur daß mir, je erfahrener ich werde, die Tiere immer näher kommen. Nicht weil ich Tierarzt bin und mit deren Not und Krankheit mein Geld verdiene. Nein, ich bin immer überzeugter davon, daß ich mithelfen muß, sie in ihrer Natürlichkeit, in ihrer Wildheit oder Sanftheit, in ihrem Adel, wie bei Sonnenwind, und in ihrer Schönheit zu erhalten. Die Menschen mit ihrer zivilisatorischen Selbstgerechtigkeit, mit ihrem Haß und ihrer Gier nach Wohlstand und Macht werden mir immer suspekter. Der Fortschritt der Technik, der die Mensch immer mehr in seine Fron nimmt, auch die Supertechnik in der Medizin, die den Arzt vergessen läßt, daß man auch mit bewährten, alterprobten Mitteln eine gute Diagnose stellen kann, verschafft mir Alpträume. Vielleicht bin ich ein altmodischer Mensch, so wie Albert und Bertha, denen die Heimeligkeit ihres Heidehofes hundertmal wertvoller war als der größte Kulturbetrieb der Großstadt. Die fortschrittsgläubigen Politiker, die der Oma einreden wollen, auf die letzte ihr verbliebene Kommunikation beim Besuch des Marktes zu verzichten und ihre Butter und die paar Eier per Bildschirm abzurufen, halte ich geradezu für die Totengräber der Menschlichkeit. Aber vielleicht bin ich auch da ein bißchen altmodisch und nicht ganz up to date.

Jetzt war aber keine Zeit zum Philosophieren und für hochtrabende Gedanken. Realität war der schmerzgekrümmte Löwe und die verzweifelte Danielle. Mein Problem war: Wie kann ich ihn untersuchen, wie komme ich an ihn ran? Ohne genaue Untersuchung war keine Diagnose möglich, vor allem brauchte ich Gewißheit über die Ursache der grausamen Schmerzen. Der geblähte Leib konnte die Ursache eines Ileus sein – dann gute Nacht, dann war die Hoffnung gleich null. In diesem Fall gab es nur die Möglichkeit, in die nächste Uniklinik zu fahren, diese war jedoch über dreihundert Kilometer entfernt und Danielles Fahrzeug gehörte nicht zu den schnellsten. Für eine Darmresektion war es dann sicher viel zu spät, wenn Leo überhaupt lebend dort ankam. Arme Danielle. Wie hoffnungsvoll schaute sie mich an, wie den Retter in der Not. Ich konnte ihrem Blick nur schwer standhalten.

Müde und abgespannt, wie ich war, stand ich vor einem fast unlösbaren Problem. Einen Augenblick dachte ich wirklich daran, Danielle mit ihrem Löwen in die nächste Uniklinik nach Gießen oder Hannover zu schickten. Dann lag die Verantwortung nicht mehr bei mir. Meine Erfahrung sagte mir aber auch, daß eine solche Flucht vor der Verantwortung mit fast an Sicherheit grenzender Wahrscheinlichkeit, schon wegen des Zeitfaktors, das Ende von Leo bedeuten würde. Die stundenlange Fahrt mit dem schweren Transporter durch die Nacht war eine zusätzliche Belastung für den kranken Löwen. Ich mußte zuerst einmal wissen, welche Ursache die schmerzhafte Erkrankung hatte und was dahinter steckte. Das war das Primäre. Es war eine meiner größten Herausforderungen, seit ich Praxis machte. Nach Überdenken allen Für und Widers nahm ich die Herausforderung an. Danielle schien erleichtert. Wie stark die Zweifel in mir selbst waren, ahnte sie nicht.

Ein Löwe ist eine Katze, eine große Katze zwar – Leo war ein besonders mächtiges Exemplar –, aber eben nur eine Katze. Mit Katzen kannte ich mich so gut aus wie mit Pferden. Meine tierärztliche Intuition begann sich auf die Katze Leo einzustellen. Das Bild von Fleisch und Blut mit den Bauchorganen und Eingeweiden der Katze erschien vor meinem geistigen Auge. Wie oft hatte ich Katzen in Narkose gelegt oder sediert. Wie oft hatte ich ihnen die Bauchhöhle geöffnet, sie sterilisiert oder kastriert, ihnen Fremdkörper entfernt, einen Darmverschluß beseitigt oder die Jungen per Kaiserschnitt zur Welt gebracht. Notfalls konnte ich auch in dem engen Transportwagen eine Laparatomie wagen. Danielle war sicher eine zuverlässige Assistentin. Die Chancen an Ort und Stelle waren vielleicht besser als nach einem langen Transport in der Uniklinik. Dort waren zwar die Verhältnisse unvergleichlich besser, aber dort wurde eben auch nur mit Wasser gekocht. Und über die Technik war ich mir klar. Ich hatte sie vielmals bei Katzen praktiziert, mit Erfolg praktiziert, bei Leo war nur alles in einer anderen Dimension – aber er war schließlich nur eine Katze.

Der Gedanke, notfalls auch eine Bauchoperation zu wagen, war zwar verwegen, aber er gab mir Selbstvertrauen. Jetzt mußte ich an den Löwen ran. Ich mußte ihn sedieren, soweit beruhigen, daß er sich von mir untersuchen ließ. Die Mittel hierfür waren die gleichen wie bei der Katze, an die Dosierung mußte ich mich herantasten. Ich hatte keine Ahnung, was so ein großer Löwe verträgt.

Es war erstaunlich wenig. Schon nach der zweiten Injektion wurde er ruhig. Er legte sich flach auf die Seite und begann tief zu schlafen. Die Schmerzen schienen wie weggeblasen, aber der aufgegaste Bauch sah in der Seitenlage noch bedenklicher aus als zuvor. Jetzt galt es keine Zeit mehr zu verlieren. Ich mußte in den Käfig des Löwen. Die Injektionen zur Beruhigung hatte ich noch durch die Gitterstäbe, von außen machen können, Danielle hielt ihn dabei am Kopf und lenkte ihn ab. Die Untersuchung war aber nur innerhalb des großen Käfigs, der den halben Wagen ausfüllte, möglich. Mein Bammel davor war doch gewaltig. Schließlich war ich für ihn völlig fremd. Vielleicht dachte er auch, er müßte Danielle vor mir schützen. Gebe Gott, daß die Wirkung der Injektionen stabil blieb und er weiter schlief.

Ich kroch durch das Gittertor. Es war erstaunlich eng. Die Eisentür ließ ich weit offen. Es war meine einzige Fluchtmöglichkeit. Bei einem Kampf mit dem Löwen wäre ich nur ein Floh, eine lächerliche Gestalt. Dazu durfte es auf keinen Fall kommen. Danielle spürte meine Angst. Sie machte mir Mut, und ich überwand meinen inneren Schweinehund. Wie leichtfertig ein gestandener Mann doch von einer charmanten Frau dazu gebracht werden kann, seine Grenzen zu sprengen, ja sich als Held aufzuspielen. Es ist geradezu irrational, aber es ist immer wieder das gleiche.

Wie ein Held kam ich mir wahrhaftig nicht vor. Es sind schon zwei ganz verschiedene Dinge, einen Löwen von außerhalb des Käfigs zu betrachten, ihm auch eine Spritze durch die Gitterstäbe zu geben, oder an ihm in einem engen Käfig zu hantieren. Der Käfig, der vorher so groß aussah, wurde immer kleiner und enger. In seinem Schlaf sah Leo ganz friedlich aus. Aber das waren die Löwen im Ngorongorokrater in Tansania auch, sie würdigten den Landrover der Safari-Reisenden kaum eines Blickes und lagen faul und schläfrig im Sand. Bis eine alberne Engländerin auf die verrückte Idee kam, hinten aus dem Wagen zu steigen, um einen jungen Löwen zu streicheln. Der afrikanische Wildhüter konnte sie im letzten Augenblick noch in den Wagen zurückreißen. Der blitzschnelle Biß der Löwin riß ihr eine beachtliche Wunde in die rechte Wade. Ihr hysterisches Geschrei tönt mir noch heute in den Ohren.

Ich wollte und konnte nichts riskieren. Vorsichtshalber dosierte ich nochmals nach. Beim Einstich zuckte Leo leicht und brummte vernehmlich. Seine Haut war zäh wie gegerbtes Leder. Ich hatte alle Mühe, mit der dünnen Kanüle die Haut zu durchstechen. Danielle hielt Leos Kopf. Ich begann ihn zu untersuchen. Die Herztöne waren besser, als ich erwartet hatte. Der Lungenbefund ebenso. Die Untersuchung des Bauches bereitete ihm Schmerzen. Bei der Palpation der Leber bäumte er sich auf. „Sage, brav, mon ami, sage“, redete Danielle auf ihn ein und drückte seinen mächtigen Kopf wieder nach unten. „Mon Leo ist ganz sage, mon cher docteur, Sie brauchen nicht haben peur“, sagte Danielle. „Er ist mein enfant, wenn ich dabei, ist meine Leo comme eine agneau.“ Das Lamm nahm ich ihr nicht so ohne weiteres ab, aber daß sie „cher docteur“ zu mir sagte, ließ mich weiter den Helden spielen. Männer haben bei solchen außergewöhnlichen Gelegenheiten so etwas vordergründig Chevalereskes gegenüber

Frauen. Wie konnte ich sie enttäuschen? Ein „mon cher docteur", der vor seinem eigenen Patienten Angst hat?

Ich untersuchte weiter. Die Untersuchung war im Grunde ermutigend. Die Temperatur, das Herz, der Kreislauf, der Puls waren besser, als der erste Eindruck erwarten ließ und ich zu hoffen gewagt hatte. Es war wichtig, daß ich jetzt an Ort und Stelle eine Hämatokritbestimmung durchführte. Von ihr erhoffte ich mir endgültige Klarheit über das Vorliegen einer Darmverschlingung. Die physiologischen Werte der bisherigen Untersuchungen sprachen nicht dafür. Die Hämatokritbestimmung konnte den Verdacht überhaupt entkräften. Ich suchte nach einer Vene zur Blutabnahme. Die zähledrige Haut machte es schwierig. Die Venen am Innenohr waren klein und ungerade. Dazu war mir das Ohr doch ein wenig zu nah am gewaltigen Rachen und Gebiß des Löwen. Was machte ich, wenn er plötzlich aufwacht, um nach dem lästigen Pikser zu schnappen? Die Schwanzvene war eine Möglichkeit. Aus ihr ließ sich problemlos das Hämatokritröhrchen Blut entnehmen. Nur, zwischen der Schwanzvene und meinem Fluchtweg, der Käfigtür, lag der ganze riesige Löwe. Was ist, wenn er wirklich aufwacht und sich mir entgegenstellt? Auf einen „Kampf" konnte ich es auch mit einem sedierten, halbschlafenden Löwen nicht ankommen lassen. So „sage", wie Danielle ihn bezeichnete, war er für mich noch lange nicht.

Ein Lächeln Danielles gab den Ausschlag. Als ihr „cher docteur" konnte ich doch jetzt nicht kneifen.

Das Hämatokrit war wichtig. Es gab Auskunft über die Schwere der Erkrankung und über die Chance, ihn zu retten. Ich spielte weiter den Helden und kroch nach hinten, um aus der Schwanzvene das notwendige Blut abzuzapfen. Es ging ohne alle Probleme. Ich nahm gleichzeitig noch eine Kotprobe zur Untersuchung im Labor.

Langsam wurde mir der Löwe vertraut. Die Angst, die ich hatte, verlor sich ein wenig. Angst ist eine schlechte Grundlage für die Behandlung und Untersuchung an einem Tier. Sie stört das notwendige Vertrauen und erzeugt bei beiden, dem Tier und dem Tierarzt, ein Klima, das denkbar ungeeignet ist. Das Hämatokrit hatte fast normale Werte. Ein Ileus, wie ich zuerst befürchtet hatte, konnte es danach auf keinen Fall sein. Ich hatte die Blutanalayse schnell im Transportwagen zentrifugiert und ausgewertet. Als Tierarzt mit großer Pferdepraxis schleppt man eine ganze Ausrüstung mit, wie Röntgengerät, Bronchoskop, Zahnbehandlungsgerät, Infusionseinrichtungen, komplettes steriles Operationsbesteck und vieles andere mehr. Die halbe Apotheke hatte ich auch dabei, und das aus gutem Grund. Ich kann eine Lahmheit bei einem Pferd unter Umständen nur mit einer Röntgenaufnahme genau diagnostizieren, also muß dieses Gerät dabei sein. Der chronische Husten einer Stute kann vielleicht unheilbar sein. Ohne Bronchoskopie ist die Diagnose nur schwer abzusichern, aber gerade davon hängt die Prognose und die weitere Behandlung ab. Frißt ein Pferd schlecht, kann es an den Zähnen liegen. Die Zähne des Pferdes wachsen ständig nach und mahlen sich gegenseitig ab. Ist ein Gebiß unregelmäßig, hat es Haken oder ist es ein Scherengebiß, ist eine Treppe in der Kaufläche oder sonst eine Anomalie, dann brauche ich das Zahnbehandlungsgerät. Mit ihm kann ich, wie beim Zahnarzt, die Zähne abschleifen und regulieren.

Liegt eine Kuh fest oder ein Pferd wie Sonnenwind im Betonkeller, muß eine Infusion durchgeführt werden. Kommt ein Kalb nicht normal, ist unter Umständen ein Kaiserschnitt notwendig; deshalb das Infusionsgerät und das sterile Operationsbesteck. Ich kann den Tierhalter nicht in die nächste Apotheke schicken und warten, bis er mit dem Medikament zurückkommt, um einem kranken Kalb eine Injektion oder eine Arznei zu verabreichen. Erstens habe ich nicht die Zeit, um so lange zu warten, und zweitens kann es dann unter Umständen für den Patienten zu spät sein. Darum schleppe ich als Tierarzt kistenweise Sera und Impfstoffe, Instrumente und alle möglichen Arzneien mit mir herum.

Auch bei Leo war das so. Die guten Untersuchungswerte machten auch Danielle wieder froher. „Isch bin in guter espérance, wie sagt man, in guter Hoffnung, mon cher docteur. J'ai de la chance, daß isch nischt muß mit Leo aller in Klinik."

Ein Glück, daß ich die beiden nicht auf den beschwerlichen Weg durch die Nacht zur nächsten Uniklinik geschickt hatte. Ich war voller Hoffnung, daß mein Patient über die Runden kam und gerettet werden konnte und dankte Gott, daß ich die Verantwortung nicht abgewälzt und selber die Herausforderung angenommen hatte.

Leo war erstaunlich brav. Es war fast, als spürte er im Halbschlaf, daß wir ihm helfen wollten. Er ließ sich ohne zu zucken Medikamente spritzen, die die Darmbewegung anregen und die Spannung im Leib lindern sollten. Ich kroch wieder nach hinten und infundierte in die Schwanzvene. Er zuckte nicht einmal. Er ließ sich auch ohne Probleme von Danielle Einläufe machen und schied fast unmittelbar darauf fürchterlich stinkenden Kot aus.

„Irgendwie hat er etwas gefressen, was nicht koscher war." – „Was heißt nischt koscher, mon cher docteur?" „Irgendeine Nahrung, die verdorben war." Danielle konnte es sich nicht erklären.

Sein Magen und Dünndarm waren noch immer stark aufgegast, wenn auch die Spannung nicht mehr so groß und der Leib nicht mehr wie eine Trommel gespannt war. Es war unbedingt notwendig, daß ich ihn von dem Gas befreite. Ein Darmstich war mir zu riskant. Ich versuchte es mit einer Magensonde. Beim Pferd war die Nasenschlundsonde eine Alltagsroutine für mich, fast das tägliche Brot in der Praxis. Bei einem Löwen eine Magensonde einzuführen, in diese Verlegenheit war ich noch nie gekommen. Ich suchte nach einer passenden Sonde und glaubte mit einer Kälbersonde, die ich immer wieder bei diesen Tieren in Fällen von akuter Tympanie brauchte, zurechtzukommen.

Die Frage war nur wie?

Schon bei einem Hund ist es oft sehr schwierig, einen Schlauch in den Magen einzuführen. Bei einer sedierten Katze kann es unter Umständen ein unlösbares Problem sein, meist geht es nur in Vollnarkose. Bei einem Löwen wagte ich es zum ersten Mal. An eine langanhaltende, steuerbare Narkose wagte ich mich aber im jetzigen Stadium von Leo nicht so recht. Schließlich war es auch mein erster Fall mit einer so großen Katze.

Aber Leo schlief den Schlaf des Gerechten. In diesem Zustand war er mir direkt vertraut. Ich ertappte mich bei dem Gedanken, daß er ja im Grunde ganz harmlos war. Er hatte die Augen halb offen, ohne mit seinem verschleierten Blick etwas wahrzunehmen, und schnaufte nur manchmal abgrundtief durch. Er war geradezu ein friedlicher Anblick, und Danielle beteuerte immer wieder, wie „sage“, wie friedlich, er sei. Wenn ich auch nicht mehr so einen Bammel wie am Anfang hatte, mutig oder gar tapfer, „courageux“, wie Danielle mich nannte, war ich sicher nicht. Bei jeder unerwarteten Bewegung des Löwen sank mir in dem engen Käfig das Herz in die Hose, und ich war gespannt wie eine Feder, um zum rettenden Käfigausgang zu fliegen. Es kostete mich schon große Überwindung, mir meine Angst nicht anmerken zu lassen.

Trotz aller Mühe wollte es mir nicht gelingen, den Magenschlauch einzuführen. Drei-, viermal hatte ich es vergebens versucht. Ich hatte ihm als Maulsperre ein Maulholz, wie ich es in der Rinder- und Kälberpraxis immer brauchte, quer durch das blaßrosa Maul gelegt. Bei dieser Gelegenheit war mir erst so richtig klar geworden, was für ein mächtiges Gebiß ein so großer Löwe doch hat. Auf einen „Kampf“ konnte ich es hier wirklich nicht ankommen lassen. Danielle lag auf dem Hals und hielt ihn am Kopf. Bei jedem neuen Versuch wurde er unruhiger. Zwischen den tiefer werdenden Atemzügen ließ er ein leichtes Knurren hören. Ich war gewarnt. „Versuchen Sie es encore une fois, mon cher docteur!“

Was blieb mir als „mon cher docteur“ anderes übrig. Ich versuchte es nochmals, ein letztes Mal, wie ich mir fest vorgenommen hatte.

Dabei mußte ich ihm beim Einführen der Sonde am Kehlkopf weh getan haben. Blitzschnell war der schlafende Löwe auf den Vorderbeinen. Danielle hing noch an seiner Mähne, er spürte sie kaum. Ich fuhr erschreckt zurück an die Gitterstäbe, und das mächtige Haupt des Berberlöwen war nur wenige Zentimeter vor meinem Gesicht. Der Schreck ging mir durch Mark und Bein. Ich dachte: Jetzt reißt er den Rachen auf und verschlingt dich mit Haut und Haaren. Mir blieb fast das Herz stehen. Ich war wie gelähmt, wie das Kaninchen vor der Schlange. Langsam riß er den Rachen tatsächlich auf und zeigte mir aus nächster Nähe sein martialisches Gebiß. Dann rülpste er, daß der schwere Wagen zitterte, und sackte in sich zusammen. Ruhig, als ob nichts gewesen wäre, schlief er weiter. Sein Rülpsen brachte eine abscheulich stinkende Gaswolke aus dem geblähten Magen. Mir wurde fast schlecht. Ich hing wie ein ausgeknockter Boxer in den Ringen, nur daß diese die Stäbe eines Löwenkäfigs waren. Danielle versuchte mich wieder aufzurichten. Langsam kamen meine Lebensgeister zurück. Ich hatte nur ein Interesse: raus, schnell raus aus dem verdammten Löwenkäfig. Draußen trank ich erst einmal einen Schnaps. „Es war terrible, mon cher docteur.“ Aber es ist noch einmal gut gegangen, dachte ich. Und es war erfolgreich; vom tierärztlichen Standpunkt meine ich. Der urgewaltige Rülpser hatte einen großen Teil der Gärung, die Leo die Schmerzen bereitet hatte, freigesetzt. Der Blähbauch war um zwei Drittel zurückgegangen, und mir schien, daß die Krise überstanden und die Kolik im Abklingen war. Wenn er jetzt noch eine Weile schlafen, sich gewissermaßen gesund schlafen würde, war er sicher wieder o.k.

Langsam begann der Löwe aufzuwachen. Ich fragte mich, ob ich ihm nochmals eine Dosierung spritzen sollte, damit er weiterschlief. Andererseits konnte ich so nicht feststellen, ob er noch Schmerzen hatte, ob die Kolik abgeklungen oder vorbei war. Ob noch eine andere Ursache als der Gasbauch zu seiner Krankheit geführt hatte. Besser war, erst einmal abzuwarten, bis er wach wurde. Ab und zu atmete er tief durch und brummte wie ein Bär vor sich hin. Aber er lag ruhig. Schmerzen schien er nicht mehr zu haben; wenigstens solange nicht, wie die Sedierung anhielt. Daß er plötzlich wach geworden war, sich aufgerichtet und mich fast verschlungen hatte, war ihm sicher gar nicht bewußt geworden. Mir steckte es um so mehr in den Knochen.

Eines war mir felsenfest klar: So schnell war ich nicht mehr bereit, zu einem ausgewachsenen Löwen in den engen Käfig zu gehen und wenn noch so schöne Mädchenaugen lockten. Mir wurde auch klar, daß das Einführen eines Magenschlauches bei einem Löwen, einem Patienten, der nicht nur gefährlich war, sondern bei dem ich auch keinerlei Erfahrung hatte, schon ein wenig an Schwachsinn grenzte. Und dabei hatte ich mir ernsthaft überlegt, mit den mir zu Verfügung stehenden wenigen Hilfsmitteln bei Leo, dieser übergroßen Katze, eine langwährende Narkose zu fahren und eventuell eine große, riskante Darmoperation durchzuführen. Jeder Kliniker würde auch dazu einfach Schwachsinn sagen. Andererseits bringt die Praxis immer wieder ungeheuere Herausforderungen mit sich, die auf Grund der gegebenen Umstände einfach angenommen werden müssen. So habe ich schon zweimal einen Kaiserschnitt bei gebärenden Stuten in der Box durchführen müssen, wo jeder von vornherein die Chancen gleich null angesehen hatte. In beiden Fällen ging es gut und gab es eine Heilung per primam. In einem renommierten Vollblutgestüt ist mir einmal ein großer perforierter Nabelbruch untergekommen. Ein beträchtlicher Teil des Dünndarms hing im Freien. Völlig aussichtsloser Fall, würde jeder Fachmann sagen. Es war eine Heidenarbeit; ein Kampf mit dem Problem und der Zeit. So unglaubwürdig es klingt: Es gelang, den Darm zu reponieren, den Nabelbruch fachgerecht zu verschließen, und der teure Jährling konnte gerettet werden. Er hat später gut im Renngeschäft mitgewirkt und ist überdurchschnittlich ins Geld gelaufen. Die tierärztliche Praxis ist eben vielfach auch eine Herausforderung. Sie hat streckenweise etwas Elementares. Man muß schnell schwere Entscheidungen treffen, und dann auch den Mumm haben, sein Talent, alle seine Fähigkeiten und vor allem seine Erfahrung und sein Wissen wie mit einem Brennglas auf diese Aufgabe zu bündeln. Man ist dann immer wieder erstaunt, wieviel Erfolg man dabei hat. Wo in der Humanmedizin die Rückversicherung fast zum zweiten medizinischen Part geworden ist, gehört in der Tiermedizin eine medizinisch plausible Risikobereitschaft zum Erfolg.

Beim Menschen wäre es auch kein Problem gewesen, den Schlauch, die Magensonde abzuschlucken. Es ist zwar unangenehm, oft mit Brechreiz verbunden, aber wenn der Patient ein bißchen mithilft, funktioniert es ohne Probleme. Tiere müssen zum Schlucken des Schlauches überlistet werden, durch leichtes Tasten am Zäpfchen, das wie ein schwenkbares Ventil den Schlund und die Luftröhre wechselseitig verschließen kann, je nachdem, ob das Tier gerade einatmet oder einen Bissen abschluckt. Will man den Schlauch in den Schlund und weiter in den Magen schieben, muß man dem Zäpfchen den Impuls geben, daß kein Schlauch, sondern ein Stück Nahrung seinen Weg durch den Schlund in den Magen nehmen will. Das Zäpfchen ist allerdings ein sehr empfindliches Organ, sensibel und voll peripherer Nerven. Die spontane Reaktion, das abrupte Aufwachen aus dem Tiefschlaf bei Leo machte mir diese Empfindlichkeit wieder einmal überdeutlich. Ich hatte meine Lektion weg. So schnell werde ich bei einem ausgewachsenen Löwen einen solchen Versuch nicht mehr unternehmen.

Das Erlebnis hat mich aber auch wieder einmal deutlich spüren lassen, wie „sage", wie brav Wildtiere als Patienten einzuschätzen sind. Auch wenn sich Leo gegenüber Danielle, die von jung auf seine Bezugsperson war, wie ein verschmustes Kätzchen verhielt, ein Wildtier blieb er doch allemal. Ein Löwe hat nicht die Jahrtausende der Domestikation, der Haustierwerdung, hinter sich. Ihm wurden Eigenschaften wie Wildheit und Unabhängigkeit nicht weggezüchtet. Sein Instinkt ist der alte geblieben. Seine Reaktionen sind die gleichen wie in den felsigen Tälern des Atlas. Sie sind zwar durch sein Leben vielleicht hie und da etwas weniger ausgeprägt; verkümmert sind sie nicht. Auch wenn Danielle der Meinung war, daß Leo jedes Wort verstand – in französisch natürlich –, ein Haustier war er nie. Die Leichtfertigkeit, mit der ich ihn in seinem Käfig untersucht und behandelt hatte, ließ mir, je mehr ich darüber nachdachte, die Haare zu Berge stehen. Ich wußte weder, wie intensiv die Sedierung wirkte, noch wie seine Reaktion gegenüber der Untersuchung, dem Palpieren, den Injektionen, ist. Besonders die Blutentnahme aus der Schwanzvene, im hinteren Teil seines Käfigs, war eigentlich nicht zu verantworten. Als Danielles „lieber Doktor“ hatte ich bedenkenlos an dem Löwen herumhantiert, als ob er wirklich nur ein alter, fetter Hauskater sei. Was wäre geschehen, wenn der Löwe wach geworden wäre, mich als fremden Eindringling in seinem Käfig, in seiner Wohnhöhle betrachtet hätte. Ich hätte nicht die geringste Chance gehabt. Der Fluchtweg zum Gittertürchen war eine Farce. Er hätte mich wie eine Laus zerquetschen können.

Ich kam mir vor wie der Reiter überm Bodensee. Ich mußte diese blöden und sinnlosen Gedanken loswerden. Der Löwe schlief ruhig in seinem Käfig, Danielle hatte ihn mit einer Decke zugedeckt. Wir saßen auf Klappstühlen neben Leos Käfig und tranken schwarzen Kaffee, den sie aufgebrüht hatte. Es war ein gemütlicher Wagen. Er war ihr Zuhause.

Wie alle echten Zirkusleute wohnte sie nie im Hotel. Der alte Wagen, den sie einem Pleite gegangenen Zirkusunternehmen für ein paar Francs abgekauft hatte, war ihre Heimat, ihr Haus geworden. Sie war immer da, schließlich mußte sie ja auch täglich ihren Leo versorgen. Sie konnte ihn nicht wie einen Schoßhund einmal schnell in einer Tierpension abgeben. Der Wagen war aus stabilem Teak. Nur die Vollgummireifen hatte sie durch moderne kugelgelagerte Räder ersetzen lassen. Alles atmete die gediegene Atmosphäre von fahrenden Leuten, die es zu etwas gebracht haben. Die kleine Küche, die Schlafkoje, das gemütliche Wohnzimmerchen und das Abteil mit dem Käfig für den Löwen. Alles war stabil, massiv, wie für die Ewigkeit gemacht.

Es war sicher nicht immer leicht für sie, mit diesem schweren Gefährt über Land zu fahren. Daß sie sich von dem alten Wagen nicht trennen wollte und daß sie überall mit ihm hinkam, sprach für sie. Sie war ein tüchtiges, prachtvolles Mädchen. Mit einem gewinnenden Charme, der es auch mir augenblicklich angetan hatte.

Langsam stieg die Müdigkeit in mir hoch. Ich trank meinen Kaffee und legte die Beine auf den Schemel. Der Löwe schlief friedlich in seinem Käfig. Danielle saß mir gegenüber und schaute mich an. „Mon cher docteur est fatigué. Komm!“ sagte sie und nahm meine Hand. Sie führte mich wie ein Kind ins schnuckelige Wohnzimmer. Die Biedermeiercouch lag voller gestickter Kissen. Sie räumte sie beiseite, und ich legte mich lang. Ich mußte noch warten, bis Leo aufgewacht war. Danielle wollte noch unbedingt „ce soir“ mit ihm auftreten. „C'est meine profession“, sagte sie wie selbstverständlich. Die Leute vom Zirkus sind hart. Sie kennen ihre Pflicht und halten sie ein, wenn es nur irgendwie geht. Danielle gehörte noch zur alten Schule.

Ich war müde, hundemüde. Nach vierzehn Stunden harter Praxis, Arbeit, die an die Grenzen meiner Leistungsfähigkeit gegangen war; Schwerarbeit, wie sie auch in der tierärztlichen Praxis nicht immer üblich ist, und dem sicher nicht alltäglichen Abenteuer mit Leo war ich geschafft. Man hält so etwas nur durch, wenn man gut trainiert und in einer Bombenkondition ist. Ich dachte über meinen Beruf und über mein derzeitiges Leben nach. Ich hatte wie immer meine Zweifel, fand es aber wie immer wunderbar.

Danielle setzte sich neben mich und nahm meine Hand. Ich spürte, wie nahe wir uns waren. Nicht nur im räumlichen Sinne. Sie hatte Vertrauen zu mir gefaßt. Sie begann, mir ihre Geschichte zu erzählen:

Immer um Pfingsten feierte man in Apt, dem römischen Apta Julia, ein großes Fest. Seit mehr als zweitausend Jahren war Apt der Kreuzungspunkt im Herzen der Provence, der einzigen Provinz, wo die Römer sich so wohl fühlten wie in Apulien oder an der dalmatinischen Küste. Die Leute, Weinbauern und Händler, kleine Viehzüchter, Ziegenhirten und Pächter aus den Dörfern rund um den Luberon, wanderten auf den mit Zedern und Platanen bestandenen Straßen in die Unterpräfekturstadt. Es war damals noch so, wie es die Bauern und Pächter seit den Zeiten der Provincia Gallica des Augustus getan hatten. Einmal im Jahr wollten sie das Elend und die Kargheit ihres harten Daseins vergessen und sich des Lebens freuen. Und immer ging es hoch her, in dem sonnendurchfluteten, dem Himmel so nahen, blühenden Land. Wenn in den heißen Nächten sich der erotisierende Duft der Akazien, des Jasmins und Lavendels mit dem Duft des Wacholders und der Pinien vermischte, vermischte sich auch das fahrende Volk, die Händler und Schausteller, Marktschreier und Gaukler mit den schwerfälligen und zugleich heiteren Provençalen.

Eine solche Nacht war auch der Ursprung Danielles. Die schwerblütige Leidenschaft ihrer erdverbundenen Mutter war dem luftigen Blut ihres Vaters, eines Burschen aus dem Völkchen der fahrenden Gaukler, erlegen. Für die Mutter war es eine Nacht der langersehnten Hingabe und Erfüllung. Es war aber auch eine Nacht des traurigen Erwachens – der Vater hatte sich beim Morgengrauen aus dem Staube gemacht. Lange hatte ihn die Mutter, als sie die Gewißheit verspürte, daß ihre Liebe nicht ohne Folgen blieb, noch gesucht. Sie besuchte die Märkte und Flecken. Überall, wo sich Händler und Schausteller einfanden, war sie da und forschte nach ihm. Er war wie vom Erdboden verschwunden. Eines Tages gab sie es auf. Sie wurde einsam und verbittert. Als alle Welt sah, daß sie ein Kind unterm Herzen trug, wurde sie von jedermann geschnitten. Es war schwer, mit der Schande in dem engen Kreis ihres Dorfes zu leben. Sie zog nach Apt, wo sie als Magd eines Bauern Arbeit fand. Dort kam auch Danielle zur Welt. Ein gesundes, dunkelhäutiges Mädchen, mit den hellen, grünbraunen Augen einer Katze.

Danielle wuchs prachtvoll heran. Je älter sie wurde, desto fremder ward sie der Mutter, die sah, wie immer stärker der Vater die Züge des Mädchens prägte. Sein leichtes Blut prägte ihr Lachen, und die Burschen der Stadt wurden immer verrückter nach ihr. Es war schwer für die Mutter in ihrer verhärmten Strenge, dem Mädchen die Tugend zu bewahren. Sie suchte einen ruhigen, ernsthaften, aber auch viel älteren Mann für sie aus, um ihr das Schicksal ihres gebeutelten Lebens zu ersparen. Danielle lachte die Mutter nur aus und flirtete weiter mit den Burschen der halben

Stadt. Aber auch die waren in ihrer provençalischen Schwerfälligkeit gefangen. Danielle genoß ihre leidenschaftliche Werbung, aber wenn es ernst wurde, entzog sie sich und flatterte wie eine muntere Schwalbe davon.

Inzwischen war sie sechzehn geworden. Klein und stämmig, aber auch anmutig und zart, wie die Frauen dort sind und mit der lebendigen Gewandtheit einer Katze. Ihr dunkler Teint, die langen, wallenden schwarzen Haare und die großen grünbraunen Augen ließen die Männer unruhig werden, wenn sie sich nur von weitem zeigte. Ihr lachendes Temperament und ihre heitere Natürlichkeit provozierten ihre Begehrlichkeit und befruchteten ihre Phantasie und die Träume.

Wieder war Pfingsten und wieder war Charly in der Stadt. Er hatte schon manchem Mädchen den Kopf verdreht. Er war ein Beau, ein Bild von einem Mann, mit seinem lachenden Mund und den feurigen Augen unter dem lockigen Römerkopf. Alle Mädchen drehten sich nach ihm um. Diesmal war es Danielle, deren Herz er entflammte. Sie war vom ersten Augenblick an leidenschaftlich in ihn verliebt.

Er war ein Nichtsnutz, ein Tausendsassa, ein Tunichtgut. Nach ein paar Jahren in der Fremdenlegion, in Indochina und Algerien, trieb er sich beim Zirkus und mit dem fahrenden Volk herum. Er war großspurig und hatte immer Geld in der Tasche. Wenigstens schien es so. Seine Geschichten von der großen weiten Welt, vom Geld, das überall auf der Straße liegt und das man nur einzusammeln braucht, von der Starnummer als Raubtierdompteur in den großen Zirkussen der Erde, eröffneten Danielle eine Welt, von der sie schon lange träumte. Wenn auch alles erlogen und erfunden, alles nur Phantasie war; Danielle glaubte ihm jedes Wort. Sie hing an seinen Lippen und Blicken. Sie gab sich ihm ganz. Mit all ihrer Leidenschaft und der großen Liebe ihres Herzens. Der Entschluß, der Enge der Heimat und der ewig nörgelnden Mutter zu entfliehen, kam fast von selbst. Charly ließ nur einmal diesen Gedanken in seine Geschichten einfließen; Danielle war sofort davon besessen. Das war das Leben, von dem sie immer geträumt hatte. Charly war der Mann, den sie in ihrer Phantasie schon immer ersehnt hatte. Was hielt sie in Apt, was in der kargen Behausung der Mutter? Lag ihr bei Charly nicht die Welt zu Füßen?

Der Mutter schrieb sie einen langen Abschiedsbrief. Sie dankte ihr für alles, was sie für sie getan hatte. Es war ihr nicht möglich, mit ihr über ihren Weggang, über ihre Flucht zu sprechen. Sie wußte, die Mutter konnte sie nicht verstehen. Sie war überzeugt, ihren Weg als Artistin zu finden. Sie schrieb der Mutter auch, daß sie sie aus ihrem Elend erlösen würde, sobald der Erfolg, an den sie felsenfest glaubte, da sein würde. Sie war stark, aber der Abschied von der Mutter brachte sie zum Weinen. Heimlich packte sie ihre Habseligkeiten und das bißchen Geld, das sie gespart hatte, und schlich sich aus dem Haus. Der Gedanke, der Mutter alles zu entgelten, wenn sie es erst geschafft hatte, beruhigte ihr Gewissen ein wenig. Noch in der gleichen Stunde verließ sie mit Charly die Stadt ihrer Heimat. Charly vertrieb ihr die trüben Gedanken. Die Sonne strahlte vom azurblauen Himmel. Mit jedem Kilometer Entfernung wurde sie gelöster und froher. Der Weg in die Zukunft war voller Hoffnung und Zuversicht, voller Erwartungen und Träume.

Die Hoffnungen wurden bald getrübt. Kaum zwanzig Kilometer hinter Apt blieb Charlys alter Peugeot stehen. Der Tank war leer. Weit und breit keine Tankstelle. Charly, Fremdenlegionär und Indochinakämpfer, ausgebufft und mit allen Wassern gewaschen, hielt den Lieferwagen eines Gemüsehändlers an, erzählte etwas von einem Getriebeschaden und ließ sich bis zur nächsten Tankstelle schleppen. Danielle bedankte sich bei dem Gemüsehändler mit einem Küßchen auf die Wange. Der fand, es war wieder einmal ein gelungener Tag. Dann kam für Danielle die nächste Enttäuschung. Charly „leistete den Offenbarungseid“. Er hatte keinen Sou mehr in der Tasche. Der Charly, der immer angab wie Graf Rotz, der so tat, als werfe er das Geld geradezu zum Fenster hinaus, war pleite. Restlos pleite. Er erklärte es Danielle so charmant und nahm sie dabei zärtlich in seine starken Arme, daß Danielle tief gerührt war. Sie schmolz vor Mitglied mit ihrem geliebten Charly, und es war selbstverständlich, daß sie ihr weniges Erspartes aus der Tasche zog und das Benzin bezahlte.

Sie wollten weiterfahren, als das Schicksal seinen Lauf nahm. Ein italienischer Fotograf hielt zum Tanken, öffnete seinen Kofferraum, um einem kleinen Löwen, einem Löwenbaby, frische Luft zu gönnen. Es sah furchtbar aus. Das Fell zerzaust und mit gelben Kot verschmiert. Es hatte übelriechenden, gelbgrünen Durchfall. Seine Augen waren verklebt und matt, und die kleine Nase war rissig und trocken. Jeder Laie konnte sehen, daß das Tier schwer krank war.

Danielle war nicht von ihm wegzubringen. Es tat ihr einfach leid. Sie säuberte und trocknete ihm das Fell und nahm es auf den Arm.

Der Fotograf sah es mit Interesse. In Marseille hatte ihm ein Afrikaner für teures Geld den kleinen Löwen aufgeschwatzt. Er hatte ihm vorgegaukelt, wieviel mit einem Löwenbaby zu verdienen sei. „Alle Welt ist ganz versessen darauf, sich mit einem kleinen Löwen photographieren zu lassen. Man braucht sich nur an die erste beste Tankstelle zu stellen, und das Geschäft läuft von alleine, von morgens bis abends. An einem Tag ist soviel zu verdienen wie sonst in der ganzen Woche nicht."

Der Fotograf fiel auf die Sprüche des Afrikaners herein. Das Geschäft war miserabel. Am zweiten Tag wurde der Löwe krank. Er hatte nicht das Händchen, mit einem so kleinen Tier umzugehen. Er wußte nicht mehr, was er mit dem kranken Löwenbaby anfangen sollte. Es fraß nicht mehr und hatte Durchfall. Der ganze Wagen stank schon nach ihm und ans Photographieren war nicht mehr zu denken. Als sein Weg ihn am Haus eines Tierarztes vorbeiführte, wollte er schon fachmännische Hilfe einholen. Aber der Tierarzt war auf Praxistour, und außerdem scheute er die Kosten, die da auf ihn zukommen konnten. Er fuhr weiter, in der Hoffnung, daß die ganze Malaise bald vorbei sei; entweder so oder so.

Danielles Interesse machte ihn hellhörig. Vielleicht konnte er so den Löwen loswerden. In wenigen Minuten war man sich einig. Das wenige Geld, das Danielle noch besaß, ging fast restlos für den kleinen Löwen drauf. Für Danielle und Charly war es wie ein gutes Omen, daß sie nur zwei Stunden nach ihrer Flucht aus Apt auf den jungen Löwen gestoßen waren. Leo hatte Danielle ihn zärtlich genannt. Charly, der Scharlatan und Träumer, sah in ihm den Anfang seiner zirzensischen Karriere. Er sah sich schon als Dompteur bei den großen Zirkussen der Welt.

Das war vor sechs Jahren. Aber alles kam ganz anders. Die hochgespannten Träume waren Schäume, die im Sande verliefen.

Zuerst hatten sie Glück. Fast ohne Geld und mit einem halbvollen Tank Benzin stießen sie in Cavaillon auf einen Zirkus, der gerade seine Zelte aufbaute. Zupackende Leute waren willkommen. Sie machten alles: Pflöcke einschlagen, Zeltplanen flicken, Tiere putzen und füttern, Stall ausmisten, Furage besorgen, Karten verkaufen, Reparaturarbeiten an den Wagen und Zugmaschinen. Die Zeit verging wie im Fluge. Es war Zirkussaison, und alle drei, vier Tage waren sie an einem anderen Ort. Sie zogen durch den Süden Frankreichs, durch Spanien und Portugal. Sie waren ein bunt durcheinandergewürfelter Haufen aus aller Herren Länder, und sie kannten keine Grenzen. Danielle und Charly waren noch immer verliebt, was bei dem Leichtfuß Charly fast an ein Wunder grenzte. Aber zum ersten Mal hatte er eine Partnerin, die mehr als eine flüchtige Gespielin, die eine Persönlichkeit war, die er einfach respektierte. Es war nicht die übliche, oberflächliche Liebschaft. Es war so etwas wie eine Gemeinschaft, wie der Weg zu einem gemeinsamen Leben. Sie verdienten nicht viel, aber sie lebten, für ihre Verhältnisse, nicht schlecht. Danielle trat, neben der Zirkusarbeit, als Tänzerin auf. Sie lernte schnell, und ihre natürliche Grazie fand Gefallen bei den Männern, sie wurde bewundert. Auch Charly reüssierte und sprang eines Tages bei einer ungarischen Trapeztruppe als Untermann ein. Das Zirkusleben machte ihnen Spaß, und vor allem Leo gedieh prächtig. Es war ein Sommer voll Sonne und Liebe. Sie schrieb der Mutter von ihrem Glück und schickte von Zeit zu Zeit einen Teil ihres Ersparten.

Dann kam es, wie es kommen mußte. Charly verliebte sich in eine der Töchter Ungarns. Der Herbst kam ins Land, mit ihm das Ende ihres Engagements. Charly sagte Danielle Adieu und zog ins Winterquartier nach Budapest. Danielle war traurig, aber auch bei ihr war die große Leidenschaft vorbei. Zu oft hatte Charly sie betrogen, zu oft war er mit anderen abgeschwirrt. Sie hatte leidvoll erfahren müssen, wer er wirklich war: ein Leichtfuß, ein Träumer, ein Nichtsnutz und ein charmanter Tausendsassa. Der Traum vom gemeinsamen Leben war ausgeträumt. Sie blieb mit Leo zurück. Zwei Jahre war sie noch das Mädchen für alles bei ihrem Zirkus, dann war sie soweit, ihre eigene Show zu wagen: „Danielle und ihr Löwe". Die Nummer hatte Erfolg, sie kam gut ins Geschäft. Die Agenturen überboten einander, und sie konnte sich die Häuser aussuchen, in denen sie tanzte. Sie tanzte die provençalischen Tänze, ab und zu auch Flamencos.

Leo war inzwischen zu einem prächtigen Löwen herangewachsen. Er schlich elegant, katzenhaft weich, wie von der Musik inspiriert, um ihre Flanken. Die Schwermut und der leidenschaftliche Rhythmus ihrer Tänze, ihre temperamentvolle Grazie und das kraftvolle, elegante Muskelspiel des mächtigen Löwen boten ein Bild, das Verblüffung und Begeisterung zugleich auslöste. Alle prophezeiten ihr eine große Zukunft, und Danielle war sicher, ihren Weg gefunden zu haben.

Was so vielversprechend begann, kam bald in die Krise. Die Krise lag nicht an Danielle und dem Löwen. Die Krise war der Niedergang des Kabaretts. Für den Zirkus war ihre Nummer zu intim. Sie wirkte in der Größe des Zirkuszeltes wie verloren. Das Kabarett, die Atmosphäre der Kleinkunst, die Intimität der überschaubaren Bühne, das effektvolle Licht, das eher verzaubert als anstrahlt, und vor allem das Publikum. Es waren Liebhaber und Kenner, Menschen, die Witz und Ironie, Satire und geistreiche Sentenzen verstanden, die den Ausdruck des Tanzes als Sprache erlebten und die in den seltenen Tiernummern das Arrangement eines Kunstwerkes sahen.

„Danielle und ihr Löwe" war so ein Kunstwerk.

Der Ausdruck war faszinierend, die Harmonie zwischen Musik und Bewegung berauschend und das Verschmelzen des Kontrastes zwischen Mensch und Tier, zwischen Danielle und dem Löwen, verblüffend. Im Kabarett kam sie wirklich an. Im Kabarett waren sie und ihr Leo eine exzellente Starnummer. Aber das Kabarett war im Niedergang. Immer waren Zeiten, die manche später als glorreich bezeichneten, genauso wie Zeiten des Tanzes um das goldene Kalb, des Strebens nach den materiellen Gütern der Welt auch Zeiten des geistigen Niedergangs. Das war schon so im antiken Hellas und im alten Rom, davon berichtet uns vielfach die Bibel. Das Kabarett aber lebte von der intellektuellen Inspiration. Es vertrug keine heroischen Phrasen, sowenig wie die ewige Jagd nach dem Mammon. Seine Mittel waren in Ausdruck und These die Mittel der Miniatur, nicht die des kolossalen Gemäldes, der subtilen Kleinplastik und nicht der Heroen eines Brecker. Sein Ton klang nach Mozarts Kleiner Nachtmusik, Liszts Fanfaren von „Les Préludes“ nahmen ihm den Atem.

Das Kabarett brauchte immer weniger Künstler, es genügten die Illusionisten und ein mehr oder weniger dumm daherplaudernder Conférencier. Der Hauch der geistreichen, kritischen Atmosphäre mußte der Körperlichkeit, dem Sex, weichen. Das gute alte Kabarett, wo Kleinkünstler große Kunst darboten, war nicht mehr oder immer weniger gefragt. Diese Art der Kunst war zu anspruchsvoll und zu teuer. Der aufgeklärte Bürger, der zu Hause seine Schwierigkeiten mit dem Sex hatte, wollte nicht Kunst, er wollte nacktes Fleisch und möglichst hautnah und direkt. Er wollte es pur.

Danielle war zwar noch immer gefragt. Weniger ihre provençalischen Tänze und Flamencos. Das Mädchen und der Löwe war die Attraktion. Zwar war ihre Nummer aufwendig, anspruchsvoll und auch teuer, aber immerhin: Das kleine Mädchen mit dem großen Löwen gab der vom ewigen Freikörpergehopse gelangweilten Szene etwas Prickelndes, einen Hauch von Abenteuer und Gefahr. Aber auch vor ihr machte die neue Masche nicht halt. Die provençalischen Tänze in ihren wunderschönen Gewändern unterstrichen zwar ihre Leidenschaft und ausdrucksvolle Sinnlichkeit, aber das verstanden die auf nacktes Fleisch geilen Gaffer nicht mehr. Ihr blieb nicht erspart, mit immer weniger mehr von ihrer grazilen Figur darzubieten zu müssen. Danielle fiel das schwer. Nicht, daß sie prüde war. Sie war alles andere als das. Es fiel ihr schwer, sich vor den blöde gaffenden Banausen zu produzieren. Sie hatte immer noch die altmodischen Vorstellungen des Mädchens vom Lande. Ihren Körper wollte sie nur dem zeigen und schenken, den sie liebte. Sie zog weiter von Kabarett zu Kabarett, wo Leidenschaft zur billigen Illusion wurde. Es war eine schwere Zeit für sie, aber in dieser Szenerie war sie immer noch ein Star, ein Juwel. Nicht nur wegen des Löwen, vor allem wegen ihr selbst. Und jetzt war sie im „Colibri“, vis-à-vis de la gare.

Ich mußte über den letzten Worten eingeschlafen sein. Der warme Atem Danielles holte mich in die Wirklichkeit zurück. Sie hatte sich über mich gebeugt und schaute mir tief in die Augen. „Mon pauvre, cher docteur ist schrecklich fatigué.“ Sie nahm meinen Kopf in ihre Hände. Ihr weicher Mund küßte mich zärtlich. Ich wußte nicht, ob ich wachte oder träumte, ich schlang meine Arme um Danielle und drückte sie an mich, als wäre es ein Traum, den ich nicht verlieren wollte.

Im Käfig brummte der Löwe. Wir gingen hinüber zu ihm. Er war wach, und ich hatte das Gefühl, daß er mich aus seinen bernsteinklaren Augen fragend anguckte, als wollte er sagen: „Was hast du mit meiner Danielle gemacht?“

Ich schaute auf die Uhr. Es war spät geworden, und ich mußte nochmals nach einem Koliker sehen, den ich schon seit dem Nachmittag in Behandlung hatte. Ich mußte sofort gehen, versprach jedoch, später nochmals nach dem Löwen zu sehen. Über Danielles Gesicht huschte ein Lächeln. Sie sagte nicht: „Mein cher docteur, schau auch nochmals nach mir“, aber ich wußte, daß sie es dachte.

„Merci beaucoup, merci beaucoup für tout, mon cher docteur“, hauchte sie. Ich nahm sie nochmals in die Arme und küßte sie zärtlich. Dann riß ich mich von ihr los und fuhr auf Praxis zu dem Koliker.

Der Fall war ohne Probleme. Die eingeleitete Therapie hatte bestens gewirkt. Es war gewissermaßen Routine, wie sie täglich ansteht. Ein Glück, daß es die Routine gibt. Vieltausendmal eingeübt und praktiziert. Ich gab dem Pferd nochmals ein Abführmittel. Das Einführen der Nasenschlundsonde war eine Affäre von einer Minute. Ich mußte dabei an den Löwen denken, der Schreck saß mir immer noch in den Knochen. Das Pferd hatte fast keine Schmerzen mehr, es erholte sich schnell. Eine halbe Stunde blieb ich noch bei ihm, um ganz sicher zu sein, daß die Ursache für die Kolik endgültig abgeklungen war. Dann fuhr ich zurück zum „Colibri" und zu Danielle – eigentlich wollte ich ja nach dem Löwen sehen.

Der Käfig im Wagen war leer. Ich ging ins Kabarett. Leo schlich gerade schlaftrunken und schwankend durch den Gittergang in den Käfig, der wie eine Käseglocke auf der Bühne stand. Die Gitterstäbe brachen sich im Rampenlicht und warfen bizarre Schatten an die Decke. Danielle stand lächelnd im Käfig und wartete auf den Löwen. Ich sah, daß ihre Augen nicht ohne Sorge waren. Sie trug einen seidenen chinesischen Umhang und sah wie ein Engel aus. Für mich war sie ein Engel, mein Engel.

Als sie mich sah, zuckte sie mit den Schultern. Ihre Augen baten mich um Verzeihung. Ich hatte ihr dringend geraten, daß der Löwe erst wieder auf die Bühne dürfe, wenn er ganz ausgeschlafen hatte, wenn er wieder richtig fit war. Sie hatte es mir versprochen, aber sie war auch eine alte Fahrensfrau, der die Pflicht, und sei es die Pflicht ihres Engagements, ein ehernes Gesetz war. Leo machte auch wieder einen völlig normalen Eindruck.

Ich setzte mich und bestellte mir ein Bier. Der Laden war wenig einladend, schummrig und ein wenig schmuddelig, er machte eher den Eindruck eines Etablissements der weniger gehobenen Sorte. Lonie und ich wären nie auf die Idee gekommen, in unserer knapp bemessenen Freizeit ein solches Lokal zu besuchen. Es war nur halb besetzt. Einige

Pärchen saßen engumschlungen an den wackeligen Tischchen. Sie harrten der Dinge, die da kommen sollten.

Der durch den Gittergang schleichende Löwe, anders konnte man Leos Bewegungen nicht bezeichnen, ließ sie die Knutscherei vergessen. Man spürte, wie Spannung aufkam. Die Stimmen verstummten. Nur eine kleine Gruppe angetrunkener Halbstarker grölte weiter. Sie begrüßten den Löwen mit Hallo und Gepfeife. Leo nahm davon keine Notiz, er würdigte sie keines Blickes. Die jungen Burschen grölten weiter, auf ihren Tischen standen Batterien von Flaschen. Plötzlich stand einer auf, ging neben den Gittergang, und kippte sein halbvolles Bier über den Löwen. Er kam sich wie der Größte vor und grinste Danielle frech an. Ihr eisiger Blick ließ ihn verlegen zu seinem Platz zurückgehen. Leo zuckte mit keiner Wimper und schlich gemächlich zur Bühne. Mir schien, als würde er sie niemals erreichen, so müde und träge war sein Gang.

Aus dem Séparées kamen zwei würdige Herren, flankiert von exotischen Damen. Sie wollten Danielle und ihren Löwen nicht versäumen. Auch sie waren der Meinung, daß dies das einzig Sehenswerte in diesem Laden sei. Die Herren, vom Typus des Staatsanwaltes oder Versicherungsdirektors, blieben im Hintergrund bei den Tischen im Halbdunkel des Raumes. Ihre Begleiterinnen, milchkaffeebraun, mit der grazilen Gestalt von Asiatinnen, wirkten wie edle Sklavinnen in einer Welt primitiver Plebejer. Ihre Tischherren waren spendabel und wußten den Adel der Damen zu schätzen. Sie wollten heute Konvention und Stellung vergessen, sich in der exotischen Leidenschaft gründlich verlieren. Ob das „Colibri“ der richtig Ort dafür war, mußte man bezweifeln.

Die Bedienung brachte ein Bier. Sie setzte sich hautnah neben mich, eine nette Blondine mit einem offenen, bäurischen Gesicht, die einen winzigen, hautengen Bodyset mit schwarzen Netzstrümpfen und lila Strapsen trug. Ihre alberne Maskerade paßte zu ihr wie die Faust aufs Auge – ein Bauernmädchen bei dem vergeblichen Versuch, verrucht zu erscheinen. Sie lehnte sich an meine Schulter, ihre Hand lag schwer auf meinem Oberschenkel. Ich bat sie höflich, mich alleine zu lassen. Sie tat es lächelnd und ohne Kommentar.

Leo erreichte schwerfällig den Käfig auf der Bühne. Er umkreiste einmal Danielle, dann sank er müde zu Boden. Er legte sich flach auf die Seite und begann zu gähnen. Danielle sah hilflos zu mir und begann tapfer ihre Show. Ihr Tanz war zauberhaft. Ihr graziler, stämmiger Körper brachte ein Flair von Reinheit in die schäbige Bude. Ihre Ausstrahlung war wie die kalte Erde, die klare Luft und die heiße Sonne ihrer Heimat am Luberon. In ihrem Tanz lag das Erbe der Griechen und Römer, der Gallier und Sarazenen, Germanen und Juden, die seit Jahrtausenden das Herz der Provence durchwandert und ihre Spuren hinterlassen hatten. Es war wirkliche Kunst, es war Ausdruck und Zauber zugleich. Es war ein ästhetischer Genuß. Ich war begeistert und glaubte, sie tanzte heute abend nur für mich. Mein Gefühl sagte mir, daß ich mich darin nicht täuschte. Den Löwen schien sie vergessen zu haben. Ich sah zu ihr auf, ihre hellen Augen sagten mir alles, was ihr Mund nicht sagen konnte.

Dann überkam mich plötzlich eine abgrundtiefe Müdigkeit. Das überheizte Lokal, das Bier und der anstrengende Tag forderten ihren Tribut. Die ununterbrochene Praxis und der Schock in Leos Käfig taten das Ihre. Siebzehn Stunden war ich jetzt auf den Beinen. Siebzehn Stunden fast ohne Unterbrechung bei der Behandlung kranker Tiere. Ich war geschafft, einfach fertig. Leo lag auf der Bühne im Käfig und gähnte. Er gähnte wie ein Weltmeister. Ich gähnte mit ihm. Danielle sah entsetzt zu mir herüber. Sie tanzte für mich, und ich gähnte. Wie gähnten beide, ihr Freund, der Löwe, und ihr „cher docteur“. Was kann es Ernüchterndes geben für eine Frau, die mit dem Blick ihrer Augen und dem Ausdruck ihres Körpers einem Mann ihre Zuneigung zeigt, und er quittiert es mit Gähnen. Ich schämte mich. Ich schämte mich wirklich und riß mich zusammen.

Dann begann Leo zu schnarchen. Sein Schnarchen übertönte die zarte Musik und das Gespräch der Gäste. Es war schrecklich. Danielle sackte zusammen und ging zu dem

Löwen. Sie legte den Kopf auf die Schulter des schnarchenden Löwen und weinte. Die Halbstarken grölten und pfiffen. Die Paare rückten noch enger zusammen und waren gespannt, wie es weitergehen würde. Die besseren Herren wichen noch weiter ins Halbdunkel zurück.

Ich stand auf und ging auf die Bühne. Der Geschäftsführer oder Direktor, wie er sich nannte, stellte sich mir mit fuchtelnden tätowierten Armen in den Weg. Ich schob ihn wortlos zur Seite, öffnete die Tür und ging in den Käfig. Ich nahm Danielle in die Arme und trocknete ihr die Tränen, hängte ihr den seidenen Umhang um und führte sie von der Bühne. Leo lag flach auf der Bühne und schnarchte noch lauter. Wieder mußte ich handeln. Der Löwe mußte so schnell wie möglich zurück in seinen Käfig im Wagen. Er schlief tief und schnarchte. Er wog über sechs Zentner. Danielle war nur noch ein Häuflein Elend. Ich führte sie auf einen Stuhl hinter dem Vorhang der Bühne. „Bleib ruhig hier, ich mache das für dich!"

Der Geschäftsführer war eine Flasche. Sein Spatzengehirn reichte zwar aus, die Mädchen, die in seinem Laden „künstlerisch" tätig waren, gehörig auszunehmen. Er war so schlau, in ihren Verträgen festzuschreiben, daß die „künstlerische Gestaltung" der Darbietung allein die Sache der Artistinnen sei, doch er heizte sie an und verlangte von ihnen alles, was die Gäste, meist biedere Bürger, so wünschten. Sie waren ihm mehr oder weniger ausgeliefert. Kam dann mal die Sitte, wusch er seine Hände in Unschuld. Er wußte von nichts.

Der Lage, wie sie sich jetzt bot, war er auf keinen Fall gewachsen. Die Initiative lag bei mir alleine. Ich ging zum Telefon und rief die Polizei an. Der diensthabende Beamte hörte zu, als ich ihm die Sache erklärte. Ich erklärte es ihm zum zweiten und zum dritten Mal. Ich kannte ihn gut. Es war schwer, seine Zweifel zu zerstreuen. „Sie wollen mich auch bestimmt nicht verscheißern?" fragte er zum drittenmal. Ein Löwe war in seinem Revier bisher sowenig aufgetaucht wie in meiner Praxis. Dann kam sein: „Ich komme sofort, Herr Doktor, lassen sie alles an Ort und Stelle, wie es ist."

Der zweite Anruf galt der Feuerwehr. Um einen schlafenden Löwen, sechs Zentner schwer, von der Bühne eines besuchten Lokales zu bringen, brauchte man Leute mit Sachverstand. Leute, die zufassen können. Der Feuerwehrkommandant war ganz verschlafen. Offenbar hatte ich ihn gerade im ersten Schlaf kalt erwischt. Er begriff sofort, worauf es ankam. „Ich bin in Kürze mit vier Mann bei Ihnen", sagte er mit ruhiger Stimme. Auch ihn kannte ich gut. Er war ein Mann, auf den man sich verlassen konnte.

Wieder war es das Gesetz der Duplizität der Fälle. In der Praxis ist es immer wieder so, daß wenn eine schwere Geburt bei einer Stute anfällt, die nächste nicht lange auf sich warten läßt. Braucht man einmal die Feuerwehr, dann ist der nächste Fall schon vorprogrammiert. Werde ich einmal von einer dankbaren Klientin geküßt, dann kann ich auch auf einen zweiten Kuß hoffen. Ich bin nicht abergläubisch, aber es gibt Dinge, die sind mit der Ratio nicht zu erklären. Die Duplizität der Fälle war für mich ein solches Phänomen.

Die ganze Zeit stand der Geschäftsführer neben mir, als ich telefonierte. Er blickte irgendwie dumm aus der Wäsche. Als ich beim ersten Gespräch mit der Polizei den Hörer auflegte, faßte er mich am Arm. Ich sah ihn nur an, ohne etwas zu sagen. Er wich zurück und blieb stumm. Seinen Ärger sah man ihm an. Die ganze Zeit, während ich sprach, stand er neben mir. Er roch aus dem Mund und war mir zuwider. Es war zu erkennen, wie sehr es in seinem Spatzenhirn arbeitete. Er wußte nicht recht, wie er sich mir gegenüber verhalten sollte. Daß ich ohne irgendwelche Umstände zu dem Löwen in den Käfig gegangen war, verschaffte mir Respekt. Daß die Polizei und die Feuerwehr kommen würden, brachte ihn in Panik. Aber er sah auch keinen anderen Weg, den Löwen aus dem Haus zu bringen.

Im Saal wurden die Gäste unruhig, und die Halbstarken grölten noch lauter. Sie riefen „Schiebung" und „Geld zurück". Ich forderte den Geschäftsführer auf, in das Lokal zu gehen und die Gäste zu beruhigen. Er sollte ihnen erklären, daß die Feuerwehr und die Polizei alarmiert wurden, um den schlafenden Löwen wieder in seinen Käfig im Wagen zu befördern, danach würde das Programm in gewohnter Weise weitergehen.

Er erklärte, etwas unwillig, wie ich meinte, die Lage. Als er einflocht, daß die Schuld für den schnarchenden Löwen allein bei mir liege, weil ich ihm falsche und zu hoch dosierte Schlafmittel gegeben habe, begann es in mir zu kochen. Ich war hundemüde, abgespannt und durch die Ereignisse nicht gerade ruhig gestimmt. Ich ging auf die Bühne, nahm ihn am Arm und zog ihn hinter den Vorhang. Ich bin sonst ein friedfertiger Mensch und halte Gewalt für das allerletzte Mittel, eigentlich für gar kein Mittel, sich auseinanderzusetzen. Gewalt war für mich noch nie ein Argument, das ich akzeptierte. Andererseits war mir dieser Kerl einfach widerlich, Zuhältertypen wie ihn konnte ich einfach nicht ausstehen. Link, feige und brutal, das waren ihre hervorstechenden Eigenschaften. Nur beim Ausnehmen bedauernswerter Mädchen waren sie groß. Ich konnte diese Typen einfach nicht weiter ertragen. Wenn sie mit ihren aufgeblasenen Blechkarossen, kettchenbehängt und brillantberingt, durch die City fuhren, mußte ich an die Mädchen denken, die für diesen Luxus herhalten mußten. Es war einfach zum Kotzen und Übelwerden.

Mein Schlag traf ihn mitten ins Gesicht. Er fiel um wie eine Schaufensterpuppe. Daß dies Körperverletzung war, war mir klar. Aber es mußte einfach sein, es war einfach fällig. Ich packte ihn am Kragen und stellte ihn auf die Beine. Ängstlich hob er die tätowierten Arme über den Kopf. Keine Angst, ich würde ihn nicht nochmals schlagen. Ich ekelte mich vor mir selbst. Danielle saß still in der Ecke und sah dankbar zu mir herüber. Ich war froh, daß sie aufgehört hatte zu weinen. Aus der Ecke, hinter dem Vorhang beobachteten einige der Damen mit großen Augen die Szene. Ich ging zur Toilette und wusch mir die Hände.

Im Lokal registrierten die Gäste interessiert den Vorgang, soweit sie ihn mitbekommen hatten. Die Halbstarken wurden leiser, als sie hörten, daß die „Bullen" kämen. Die seriösen Herren zahlten und machten sich aus dem Staube. Die Polizei war das letzte, was sie sich wünschten.

Womöglich wurden sie noch als Zeugen festgehalten und ihr Name kam in die Presse. Es war nicht auszudenken, wenn die Ehefrauen davon erfahren würden. Sie suchten ja schließlich das „Colibri“ nicht auf, weil in ihrer Stadt das Nachtleben weniger attraktiv war. Sie kamen hierher, weil die Gefahr, womöglich einem Kollegen oder gar Vorgesetzten über den Weg zu laufen, hier sicher geringer war. Sie zogen es also vor, sang- und klanglos zu verschwinden und bedauerten nur, daß ihre erotischen Abenteuer wieder einmal nicht hielten, was sie versprachen.

Kaum fünf Minuten später war der Streifenwagen da. Zwei Beamte stürzten durch die Nebentür. Einer mit einer MP unter dem Arm, der andere mit entsicherter Pistole. Sie waren mir gut bekannt, und ich rief ihnen zu: „Kanonen weg, Männer, sonst passiert wirklich etwas!“ Sie sahen den friedlich schlafenden Löwen in dem Vorführkäfig auf der Bühne und steckten die Waffen weg. Ich erklärte ihnen, daß keinerlei Gefahr im Vollzug sei und ich für den Löwen die Verantwortung übernähme.

Danielle war beim Anblick der Polizisten aufgesprungen und in den Käfig gerannt. Sie warf sich schützend über ihren Leo. „Hab keine Angst, Leo wird nichts geschehen“, beruhigte ich sie.

Nun kam die Feuerwehr. Der Kommandant überblickte sofort die Lage. Ich ging in den Käfig und spritzte in die Schwanzvene des Löwen erneut ein Schlafmittel. Es durfte nichts riskiert werden. Einen Augenblick dachte ich daran, wie ich mir vor kurzer Zeit noch geschworen hatte, nie wieder in einen Löwenkäfig zu gehen. Aber ich war einfach zu müde, um das Gittergestell so verstellen zu lassen, daß ich die Injektion auch von außen durch die Stäbe hätte durchführen können. Leo rührte sich nicht, und Danielle sah mir warm und dankbar in die Augen.

Die Feuerwehrleute hatten ein großes Netz mitgebracht, das wir über den Löwen legten und unter seinem Leib verknoteten. Er schlief wie tot und ließ es willig geschehen. Dann zogen ihn sechs Mann mit vereinten Kräften auf ein Sprungtuch der Feuerwehr, das sie bereitgelegt hatten. Die Halbstarken boten ihre Hilfe an. Alle im

Lokal waren an dem Vorgang auf der Bühne brennend interessiert. Das war einmal etwas anderes als das ewige, langweilige Getanze... Die Männer bauten ruck, zuck die eiserne Käseglocke und den Laufgang ab und trugen die Teile hinaus zum Wagen. Der Polizist hatte erneut seine Waffe gehalftert, sein Kollege fuchtelte mit der Pistole herum. So ganz schienen sie dem schlafenden Löwen und meiner großspurig gegebenen Sicherheitsgarantie doch nicht zu trauen. Danielle war rührend besorgt um ihren Leo, aber als sie sah, daß alle ganz behutsam mit ihm umgingen, war sie beruhigt.

Das Problem war, den Löwen vom Podium der Bühne hinunterzubringen. Die Platten von zwei Tischen wurden abgeschraubt und als Rampe verwendet. Ein Rutsch, und er war unten. Das Herausziehen des Tieres aus dem Lokal ging glatt und machte weniger Mühe, als ich befürchtet hatte. Durch die relativ enge Türe nahm Danielle die Tatzen und brachte sie in die richtige Lage. Nun kam das schwerste Stück: Leo mußte, wieder über die provisorische Rampe, in den Wagen, in seinen Käfig gezogen werden. Nach vielem Hau und Ruck war es endlich gelungen. Der Löwe lag wieder in seinem Käfig, noch in dem Netz verpackt, und rührte sich nicht. Er lag da wie tot.

Ich überprüfte die Augenreflexe und versuchte den Puls zu fühlen. Es regte sich nichts. Ich erschrak fürchterlich. Mir kam die gar nicht so absurde Idee, daß die Dosierung zu hoch und ein Herz- und Atemstillstand eingetreten sein könnte. Ich eilte zum Wagen, um mein Stethoskop zu holen. Mir fiel ein Stein vom Herzen. Die Herztöne waren zwar schwach, aber regelmäßig. Die Atemfrequenz entsprach dem Schlafzustand des Löwen. Ich atmete auf.

Keiner hatte meine Befürchtungen bemerkt. Im Käfigraum des Wagens schnürten Danielle und ich den Löwen aus seinem Netz. Zwei Feuerwehrleute halfen von außen. Ich untersuchte Leo nochmals gründlich. Er machte einen guten Eindruck. Ich war sicher, daß er morgen, wenn er gründlich ausgeschlafen hatte, wieder völlig gesund und in Ordnung sein würde. Als ich dies Danielle mitteilte, die ihn wieder am Kopf gehalten hatte, atmete sie auf, war glücklich und sah mich mit dankbaren Augen an.

Danach lud sie alle Helfer zum Bier ins „Colibri“ ein. Die Feuerwehrleute waren dabei. Für sie gehörte es zum guten Ton, nach dem Löschen und Helfen den Durst zu stillen. Die Polizisten hatten Bedenken. Sie verzichteten zwar ungern, aber die leidige Dienstvorschrift! Schließlich hatten sie Bereitschaftsdienst, und wer konnte sagen, was die Nacht noch alles bringen würde. Es wäre auch wenig überzeugend, wenn sie bei einem Unfall den Alkoholpegel eines Beteiligten überprüfen würden und selbst eine Alkoholfahne vor sich hertrügen. So leid es ihnen tat, sie mußten verzichten. Auch so ein besonderer Fall mit einem Löwen gestattete ihnen dabei keine Ausnahme.

Ich war hundemüde. Als praktizierender Tierarzt hatte ich zwar eine Bombenkondition, und was den Schlaf angeht, war ich ein Künstler, der in kürzester Zeit sein Schlafdefizit wieder auftanken konnte. Aber so langsam wurden auch mir die Knie weich. Ich war schließlich kein Napoleon, der drei Dinge zugleich tun konnte. Ich mußte nach Hause ins Bett. Danielle verstand mich. Sie ließ die anderen schon zum Bier voraus ins Lokal gehen. Dann fiel sie mir um den Hals und küßte mich zärtlich.

„Mon cher docteur, mon ami“, hauchte sie leise.

Es war ein langer und inniger Abschied. Ich dachte: „Welch ein Glück, daß ich Tierarzt bin und der kleinen Danielle helfen konnte.“

Schließlich stieg ich in den Wagen und fuhr um die nächste Ecke. Dort stieg ich aus und schloß ab. In der kühlen Luft der Nacht marschierte ich einmal ums Karree. Meine Gedanken drehten sich wie ein Kreisel um das gerade Erlebte, um die Herausforderung, die wieder einmal bis an die Grenzen gegangen war. Es war nicht so sehr mein tierärztliches Können oder meine Erfahrung gefordert, es kam einfach darauf an, eine verquere Situation, deren Umstände nahezu einmalig waren, voll anzunehmen und zu bestehen. Anders lag der Fall damals, als Sonnenwind in den Betonkeller gefallen war und ich in mir die eiserne Verpflichtung spürte, ihn aus seiner Lage zu befreien. Dort war mein tierärztliches Können im höchsten Sinne gefordert, dort mußte ich alles geben, was ich konnte. Hier dagegen hatte ich lediglich dem Löwen Beruhigungsspritzen gegeben und abgewartet, wie er darauf reagierte. Glück habe ich in beiden Fällen gehabt, aber Glück gehört zum Leben einfach dazu. Und als ein Glück empfand ich auch die Begegnung mit Danielle.

Ich mußte mit Lonie unbedingt darüber sprechen. Am besten noch in dieser Nacht, gleich wenn ich zurückkam. Wir mußten irgendwie einen Weg finden, Danielle zu helfen. Aus ihrem jetzigen Milieu mußte sie so schnell wie möglich heraus.

Ich ging langsam durch die Nacht zu meinem Wagen zurück. Meine Gedanken begannen sich zu beruhigen, aber mein Körper war maßlos gespannt. Ich war so aufgekratzt, daß ich noch ein wenig zu mir selbst kommen mußte. Deshalb fuhr ich bei Sonnenwind vorbei. Er stand schläfrig im Stall und begrüßte mich mit einem hellen Wiehern. Ich tätschelte seinen Hals und kraulte ihn hinter den Ohren. Voll Wonne ließ er es sich gefallen. Oben im Haus ging ein Fenster auf, und der Großvater sah nach dem Rechten. Als er mich sah, war er zufrieden. „Ist was?“, rief er mir zu, und als ich ihm sagte, daß ich gerade auf dem Weg vorbei gekommen war, ging er zurück in sein Bett. Sonnenwind hatte mit seiner Pflegestelle einen Volltreffer gewonnen. Er sah aus wie aus dem Ei gepellt, glatt und glänzend und immer mit frisch verzogener Mähne. „So gut sollte es allen einmal gehen“, dachte ich im stillen.

Dann fuhr ich zu Lonie zurück. Sie war wach und schaute mir besorgt in die Augen. „War es schwer, mein Schatz?“ fragte sie zögernd. Sie stand auf und holte mir ein Glas frischen Obstsaft, mit dem uns Albert und Bertha immer versorgten. Zärtlich strich sie mir über das Haar. „Mein Gott, du stinkst ja wie ein Tiger! Willst du mir noch erzählen? Bist du nicht zu müde? Nicht zu sehr von dem schweren Praxistag geschafft?“

Ich wolle, daß sie an meinen Gedanken teilnahm, darum erzählte ich ihr alles ganz ausführlich, auch von meiner Begegnung mit Danielle. Einmal blitzten ihre Augen auf, als wollte sich ein Gewitter der Eifersucht entladen. Sie hatte sich jedoch schnell wieder in der Hand, schließlich wußte sie, daß sie sich auf mich verlassen konnte.

„Wir müssen der Danielle und ihrem Leo helfen. Wir können nicht zulassen, daß sie weiter in diesen ‚Colibris' tingelt und der Leo sein zukünftiges Leben in einem engen Käfig verbringt", sagte ich gähnend und plötzlich furchtbar müde geworden.

„Wir müssen auch nochmals über die Nennung von Sonnenwind beim nächsten Turnier sprechen. Ich kann mich an diesem Tag einfach nicht freimachen. Es ist ganz unmöglich." Auch Lonie fielen fast die Augen zu. „Das hat alles Zeit bis morgen, mein Schatz. Morgen ist Sonntag." Wir nahmen uns in die Arme und schliefen augenblicklich ein.

Der Sonntag war wider Erwarten außergewöhnlich ruhig. Erst zwei Besuchstermine waren vorgemerkt, beide nicht dringend, sie hatten Zeit. Wir saßen gemütlich beim Kaffee und freuten uns unseres Lebens. Ausgeschlafen und zufrieden klönten wir ein bißchen. Lonie begann zuerst mit ihrem Problem:

Sie hatte mit der reiterlichen Ausbildung enorme Fortschritte gemacht. Sonnenwind war, trotz seines hengstigen Temperaments, ein außergewöhnlich gelehriges Pferd. Er lernte fast alles ohne irgendwelche Probleme. Seine angeborene Rittigkeit war phänomenal. Er würde einmal ein Spitzenpferd, ein ganz, ganz Guter sein. Sowohl in der Dressur als auch im Springen. Lonie hatte ihn für den kommenden Sonntag bei einem Reitturnier angemeldet. Es war das große Turnier in unserer Stadt, bei dem Pferde und Reiter aus der ganzen Umgebung am Start waren. Eine prima Gelegenheit, Sonnenwind zu testen, seine Qualifikation mit den anderen hoffnungsvollen Nachwuchspferden zu messen. Sie hatte ihn für eine Reitpferdeprüfung nominiert, in der bei jungen Pferden, die gerade in der Ausbildung waren, die Bewegungsabläufe, die Gänge, die Rittigkeit, das Temperament und das Wohlverhalten unter dem Reiter getestet werden. Sie freute sich wahnsinnig auf das Turnier und war maßlos traurig, daß ihr die Klinik einen

Strich durch die Rechnung gemacht hatte. Unglücklicherweise war sie zum Dienst eingeteilt, und alle Versuche, den Bereitschaftsdienst zu tauschen, waren vergebens. Sie war echt sauer, was ich von ihr überhaupt nicht gewöhnt war. Auch ich konnte nicht für sie einspringen, da ich allein in der Praxis und nahezu unabkömmlich war. Außerdem mußte ich noch einen Nachbarkollegen mitvertreten. C'est la vie!

Lonie hatte mit Friedjoff gesprochen. Er war der erfolgreichste Reiter unseres Clubs und konnte mit Pferden umgehen. Leider war er aber kein einfühlsamer Reiter, eher hart und energisch, und das war im Grunde genommen gar nichts für unseren Sonnenwind. Ich mochte ihn nicht, sowenig wie seinen Vater, den Reitclubpräsidenten. Sie waren mir beide mit ihrem unangenehmen Herrenmenschentum eher suspekt. Aber Friedjoff war ein gutaussehender junger Mann. Er war ein Freund der Frauen. Die jungen Reiterinnen himmelten ihn alle an. Auch Lonie war gegen seinen eher arroganten Charme nicht gefeit. Ich hatte das schon mehrmals beobachten können. Aber was soll's, sicher würde er mit Sonnenwind eine gute Vorstellung geben. Ich versprach ihr, auf meiner Praxistour einmal bei dem Turnier vorbeizuschauen.

Der Tag war weiterhin ruhig. Am frühen Nachmittag gingen wir beide bei Danielle vorbei. Sie saß in ihrem Wagen und trank einen Kaffee, so schwarz wie die Nacht. Leo lag in seinem Käfig und kaute an einem Knochen. Er hob seinen mächtigen Kopf und knurrte leise. Es war, als wollte er mich begrüßen. Die Tür zum Käfig stand völlig offen. Als wir eintraten, machte Danielle sie zu. „Man kann ja nie wissen", sagte sie mit zwinkernden Augen. Ich machte Lonie mit Danielle bekannt. Sie schlossen sich in die Arme und küßten sich nach französischer Sitte. Dann nahm Danielle auch mich in die Arme, und ich spürte die Zuneigung, die sie für mich hegte. Ich muß gestehen, daß es bei mir nicht viel anders war. Wir drückten uns herzlich, wie alte Freunde es tun.

Wir tranken gemütlich von Danielles nachtschwarzem Kaffee und kamen ins Plaudern. Da ich nicht wußte, wie lange ich Zeit hatte, kam ich bald auf das eigentliche Thema zu sprechen. Ich sagte Danielle, daß wir ihre jetzige Lage einfach unerträglich fanden – für sie selbst, aber auch für den Leo. Ich erzählte ihr, daß ich einmal als Assistent in einer Praxis im Hessischen gearbeitet hätte, zu der auch die Betreuung eines großen Wildparks gehörte. Dessen Besitzer war ein geradezu unverbesserlicher Tiernarr. Er hatte sich in den Kopf gesetzt, Tiere so zu halten, daß sie möglichst ähnliche Bedingungen hatten wie in der freien Wildbahn. Natürlich wußte er, daß das eine Illusion war, aber sein Wildpark konnte sich sehen lassen und war für seine Tierhaltung berühmt. „Liebe Danielle, ich habe heute früh dort angerufen. Ich bekam die Antwort, daß sicher ein Weg zu finden ist, den Leo dort unterzubringen. Und was das beste ist: Sie können auch eine tüchtige Pflegerin brauche, die mit Tieren umgehen kann."

Danielle hatte aufmerksam zugehört. Sie sagte kein Wort, stand auf, kam zu mir her, nahm mich in die Arme und gab mir einen innigen Kuß auf den Mund. Lonie sah es eher mit gemischten Gefühlen. Für sie war der Kuß eher leidenschaftlich. Aber, was soll's.

Bei der nächsten Gelegenheit fuhren wir mit Danielle und Leo zu ihrem neuen Domizil. Ich hatte telefonisch nochmals alles abgeklärt. Es kam, wie wir es erwartet hatten. Leo wurde vorsichtig in ein Rudel von vier Löwinnen „eingebürgert". Für ihn, der nur den engen Käfig kannte, war es fast wie eine Auswilderung. Die notwendigen Rangkämpfe verliefen artgerecht. Er ist heute noch in seinem Rudel der Pascha und hat schon mächtig für Nachwuchs gesorgt. Auch Danielle ist dort heimisch geworden. Sie ist die rechte Hand des Chefs und geradezu unentbehrlich. Bei ihrem ersten Kind wurden Lonie und ich Paten. Wir sehen uns immer wieder, und sie ist glücklich, in einem fremden Land solche Freunde zu haben.

XII. Lonie, die siegreiche Amazone

Die Reitpferdeprüfung war schon in vollem Gange, als ich bei dem Turnier ankam. Sonnenwind war kurz vor dem Start. Friedjoff hatte ihn mit einem Schlaufzügel ausgebunden und ritt ihn mit starkem Kreuz und harter Hand. Er war im Hals so eng geworden, daß er sich fast in die Brust biß. Sein Hals war schaumbedeckt, ebenso seine Flanken. Es schien mir, als ginge er vorne links lahm. Ich rief Friedjoff zu: „Hör auf, so kannst du ihn nicht reiten. Hör auf, vorne links geht er lahm!“ Friedjoff hörte nicht und drangsalierte Sonnenwind weiter. Das war so seine Methode, Pferde gefügig zu machen. Ich ging auf den Abreiteplatz und stellte mich ihm in den Weg. „Hör auf, Friedjoff, das ist doch Scheiße, so wie du das Pferd reitest. Außerdem geht er vorne links nicht sauber.“ Wenn Sonnenwind nicht in letzter Minute zur Seite gesprungen wäre, hätte Friedjoff mich glatt überritten. Mich packte die Wut, und ich bekam Friedjoff am linken Schenkel zu fassen. Er schlug mir die Reitgerte über die Schulter. Ich riß ihn aus dem Sattel, und er lag am Boden. So schnell war er sicher nicht oft aus dem Sattel gekommen. Ich nahm Sonnenwind an die Hand und führte ihn zu seinem Hänger. Dort sattelte ich ihn ab, rieb ihn trocken, deckte ihm die Decke über und stellte ihn in den Hänger. „So, mein Lieber, das Turnier ist für dich zu Ende!“

Auf dem Abreiteplatz säuberte Friedjoff seinen Reitanzug. Er schaute mit wutverzerrtem Gesicht zu mir herüber. Ohne ihn zu beachten ging ich zur Richtertribüne, um dort den Sachverhalt zu klären. Zwar war ich nicht als Turniertierarzt eingeteilt und hatte keinerlei Befugnisse, aber das Pferd ging lahm. Es ist ein ehernes Gesetz, daß nur gesunde Pferde an den Start gehen dürfen. Friedjoffs Vater, der Präsident, schrie mich an: „Das wird noch Folgen für Sie haben!“ Ich war ganz ruhig und nahm es eher gelassen. Das Richterkollegium hatte Verständnis für mein Tun. Der Turniertierarzt hielt sich feige zurück. Als sich Friedjoffs Vater beruhigt hatte, versuchte ich nochmals den Sachverhalt mit ihm zu erörtern und warnte ihn, diese Sache an die große Glocke zu hängen.

Es wäre sicher für Friedjoff kein Renommee, wenn sich herumspräche, daß er einen Reiterkameraden mit der Peitsche geschlagen hatte. Noch weniger gut für ihn wäre, wenn sich herausstellte, daß er, nachdem ihn ein Tierarzt auf die Lahmheit seines Pferdes hingewiesen hatte, unbeirrt, ja mit Gewalt, auf den Start nicht verzichten wollte. Friedjoffs Vater sah die Sache danach ähnlich wie ich. Er konnte es sich als Reiterpräsident nicht erlauben, auf einem Turnier gegen den Tierschutz zu verstoßen. Es wurde die Version im Umlauf gebracht, daß er nicht von mir aus dem Sattel gerissen, sondern beim Absteigen gestürzt sei. Das Herrenmenschenklischee mußte bewahrt bleiben. Zu meiner Überraschung bot mir sein Vater noch an, einen Vortrag über den Tierschutz im Reitsport vor den Mitgliedern des Reitclubs zu halten. Ich nahm dankend an, denn das lag mir schon lange am Herzen.

Das Reitercasino war brechend voll. Fast alle waren gekommen. Ich hatte mich gut vorbereitet; Lonie hatte mir dabei geholfen. Das Thema fand auch in der Öffentlichkeit immer mehr Beachtung. Die Reitturniere, die Pferdeleistungsschauen, die Querfeldeinritte wurden zunehmend auch daran bemessen, wie es bei ihnen mit dem Tierschutz bestellt war. Besonders die Reiter, die täglich mit ihren Pferden umgehen, denen die Pferde Sportkameraden sind, denen der Schutz ihrer Pferde anvertraut ist, müssen die vorbildlichsten Tierschützer sein. Ich erzählte ihnen, daß der Tierschutz in der Pferdehaltung schon bei der Geburt beginnen muß. Jeder Züchter und Reiter muß sich die Kenntnisse verschaffen, die bei einer normalen Geburt vonnöten sind, das heißt, er muß über die durchschnittliche Tragezeit und den normalen Geburtsablauf informiert sein. Die Box zum Abfohlen muß windgeschützt, wasserdicht und von der Größe her ausreichend sein. Das klingt selbstverständlich, aber als Tierarzt habe ich immer wieder Situationen erlebt, in denen Stuten zugemutet wurde, in engen, zugigen Verschlägen, ohne ausreichende frische Einstreu ihr Fohlen zur Welt zu bringen. Es muß eine ausreichende Lichtquelle und fließendes Wasser vorhanden sein, damit notfalls bei Geburtskomplikationen ein Kaiserschnitt oder eine Embryotomie durchgeführt werden kann. Die Bretterhütte auf der Weide ist kein geeigneter Kreißsaal, und es muß als ein Verstoß gegen den Tierschutz angesehen werden, wenn man gezwungen ist, eine schwergebärende Stute unter Umständen bei Nacht und Nebel zu verladen, um sie in den nächsten geeigneten Geburtsstall zu bringen. Ich sagte meinen Zuhörern auch, daß sie sich rechtzeitig vor der Geburt darüber informieren müssen, ob bei der Trächtigkeit alles in Ordnung ist. Mit einer einfachen rektalen Untersuchung durch ihren Tierarzt läßt sich die Lage des Fohlens und seine Größe ohne Probleme feststellen und auch die Weite der Geburtswege diagnostizieren. Bei eng gebauten Stuten, bei relativ zu großen Fohlen und bei zu langer Tragezeit ist immer Vorsicht geboten. Es geht dabei, und das machte ich ihnen auch klar, nicht nur um das Fohlen, sondern auch immer um das Leben der Mutter. „Pferdehaltung", fuhr ich in meinem Vortrag fort, „und Reiten ist ein Hobby, das vielfältige Kenntnisse voraussetzt, die man sich vor Beginn einer solchen Sache aneignen muß, damit man nicht in die Lage kommt, sein Pferd durch falsches Verhalten, mangelhafte Haltung, ungeeignete Fütterung, Fehler in der Ausbildung zu quälen. Die Erfahrung zeigt immer wieder, daß tierliebende Menschen, bar aller Kenntnisse, sich den Wunsch nach einem Tier erfüllen, ohne hierfür das notwendige Wissen und die Voraussetzungen zu haben. Da wird dann der Leguan in der Badewanne gehalten, der Graupapagei im Wellensittichkäfig auf dem zugigen Hof oder ein edler Vollblüter im Bretterverschlag im Stadtzentrum; und die Menschen sind maßlos erstaunt, wenn ein als Löwenbaby erstandenes Kuscheltier plötzlich ein mächtiger, kaum mehr zu beherrschender Löwe ist und zu allen anderen Problemen noch eine Anzeige wegen Verstoßes gegen das Tierschutzgesetz ins Haus steht." Pferdehaltung und Reiten, dies machte ich meinem Publikum klar, erfordert Kenntnisse und Verantwortung. Das Pferd ist ein Geschöpf Gottes, es ist der Helfer und der Sportkamerad von uns Menschen, es hat seine Stärken und Schwächen, wie wir auch. Seine reiterliche Ausbildung darf sich nur an seiner jeweiligen Veranlagung orientieren, es können nur Fertigkeiten antrainiert werden, die den natürlichen Anlagen entsprechen. Niemand darf dabei einem Pferd ohne zwingenden Grund Schmerzen, Leiden oder Schäden zufügen. Es dürfen ihm keine Leistungen abverlangt werden, denen es offensichtlich nicht gewachsen ist, die seine Kräfte übersteigen oder die mit Schäden verbunden sind. Dieses Ziel zu erreichen muß das Ziel jeder Ausbildung und Nutzung von Pferden sein. Dabei darf das Tier nicht vermenschlicht werden, sondern seine Eigenschaften als Pferd sind voll zu respektieren. Körper und Verhalten des Pferdes entsprechen seiner hohen Eigenschaft als Fluchttier. Schreckhaft zu sein ist für Pferde natürlich und bewahrt sie vor Gefahren. Bei der Ausbildung muß dies immer berücksichtigt werden. Pferde wegen ihrer Schreckhaftigkeit zu strafen ist deshalb falsch, verstärkt nur die Angst und Verspannung und kann als Verstoß gegen den Tierschutz bewertet werden. Das Pferd ist ein Herdentier, es fühlt sich nur in Gesellschaft von Artgenossen sicher. Es gehört zur Ausbildung, ihm diese Sicherheit außerhalb des Herdenverbandes durch das Verhalten der Pfleger zu vermitteln.

Der Ausbilder, Trainer, Reiter, Fahrer, Pfleger oder Schmied muß das angeborene Verhalten von Pferden und ihre arttypische Form, sich auszudrücken, kennen und verstehen. Das Vertrauen des Pferdes ist die Grundlage seiner Ausbildung. Es muß sich bei seinem Reiter und Pfleger sicher fühlen. Es muß den Reiter als Ranghöheren anerkennen. „Brutalität“, und dabei ging mein Blick sehr deutlich zu Friedjoff, „erzeugt keinen höheren Rang, sondern Feindschaft. Wir müssen begreifen, daß das Pferd nur dann Fehler macht, wenn es die Hilfen des Reiters nicht versteht. Die Hilfegebung muß deshalb verständlich und konsequent sein. Sie müssen den geringstmöglichen Aufwand haben, sind sie zu stark“, und wieder ging mein Blick zu Friedjoff, „wirken sie wie eine Strafe. Durch Strafe erzwungene Leistungen sind immer Scheinleistungen, die dazu führen können, daß das Pferd sauer wird und jede

Mitarbeit verweigert. Gerade so ein gleichermaßen wildes und sensibles Pferd wie Sonnenwind kann sehr schnell durch harte und falsche Ausbildung verdorben werden und ist dann als Reitpferd völlig ungeeignet. Als wirksame Hilfe dienen die Stimmhilfen, die Körpersprache des Ausbilders, die Gewichtshilfen, die Berührungshilfen wie Schenkeldruck, Touchieren und Führungshilfen durch Longe, Zügel oder Leinen."

Ich sprach fast zwei Stunden und führte all die Dinge, die bei der Pferdeausbildung und dem Reiten wichtig sind aus. Ich machte nochmals deutlich, daß jede Überforderung falsch ist und unter Umständen in Tierquälerei ausartet. „Die jeweiligen Schritte und Maßnahmen der Ausbildung müssen sich nach Alter und Entwicklungsstand des Pferdes richten. Dabei müssen beim Reitpferd Takt, Losgelassenheit, Anlehnung, Schwung, Geraderichten und Durchlässigkeit erreicht sein, bevor verstärkte Versammlung verlangt wird. Schlaufzügel", wie Friedjoff sie bei seinem Debüt mit Sonnenwind benützt hatte, „sind deshalb immer von Übel. Wenn Pferde wie Sonnenwind Leistungen anbieten, die ihrer Entwicklung vorauseilen, muß man sehr sensibel vermeiden, daß eine Überforderung entsteht. Vor allem ist für den richtigen Ausbildungsaufbau Sorge zu tragen. Zu hohe Trainingsintensität, unangemessene Trainingsmethoden, harte und ungerechtfertigte Strafen, Zwang zu nicht vorgegebener Leistung, Trainingszwang bei schlechter Tagesform oder gesundheitlichem Handicap sind auf jeden Fall immer zu vermeiden. Das gleiche gilt für jeden falschen Ergeiz durch den Reiter, vor allem auch für alle Zwangsmaßnahmen, die das Pferd dazu zwingen sollen, Leistungen zu erbringen, die ihm sein Reiter nicht beibringen konnte und mit denen er seine eigene Unzulänglichkeit überspielen will." Es war noch eine ganze Latte von Geboten und Verboten, die ich ihnen aus meiner Erfahrung als Reiter und Tierarzt zum besten gab. Es gab eine lange Diskussion und jede Menge Fragen hinterher. Alle hatten das Gefühl an einer ganz wichtigen Information über ihre Leidenschaft, ihr Hobby, das Reiten und das Leben mit Pferden teilgenommen zu haben. Selbst der stolze und selbstgerechte Friedjoff kam später zu mir und entschuldigte sich gewissermaßen für sein Verhalten Sonnenwind gegenüber. Für den Gertenhieb nach mir waren wir sowieso quitt. Auch wenn wir beide uns nicht so recht leiden konnten, seit diesem Tag sind wir eigentlich bestens miteinander ausgekommen. So war auch mein Vortrag über die Reiterei und die Pferde für unsere eigene Beziehung ein Gewinn.

Irgendwann mußte ich doch eingeschlafen sein, trotz aller Nässe und Kälte. Sonnenwind scharrte ganz leise mit dem Huf, als wollte er mir sagen, jetzt ist es genug, mein Lieber. Verschlafen machte ich die Augen auf, die Schwärze der Nacht war verschwunden. Über den Wipfeln der Bäume gaben die Wolken ab und zu einen Blick in den Himmel frei. Es war die Morgendämmerung, die sich von Osten anhob, die schreckliche Dunkelheit in ein helleres Licht zu tauchen. „Sonnenwind, unsere Zeit ist gekommen. Wir müssen weitermarschieren."

Ich untersuchte nochmals sein Bein. Er belastete fast normal, so daß ich ihm ohne Bedenken den Sattel und die schweren Satteltaschen auflegen konnte. Dann marschierten wir los. Wir kamen in dem lichter werdenden Wald und bei sich aufhellender Nacht zügig voran. Von Sonnenwinds Lahmheit war kaum noch etwas zu merken. Wir hatten Glück im Pech gehabt. Sonnenwind war ein harter Bursche, eine Kämpfernatur. Das hat er mir in den langen Monaten, in denen wir gemeinsam durch die Weite des Ostens zogen, vielmals bewiesen. Er war ein Pferd, auf das man sich verlassen konnte. Das ist genauso wichtig wie bei den Menschen; ja, oftmals hängt das Leben von der Zuverlässigkeit des Pferdes ab. Auch jetzt zeigte Sonnenwind den Weg. Sein Instinkt schien ungebrochen. Ich war mir sicher, daß es der richtige Weg, der Weg in unser Quartier war. Müde, kalt und naß wie ich war, war ich doch guter Hoffnung, daß unser Ritt in den Morgen zu einem guten Ende führen würde. Ein Glück, daß uns immer die Hoffnung über die gefährlichsten Situationen hinwegträgt.

Bei der Eintönigkeit unseres Marsches kam ich ins Sinnieren. „Weißt du noch, Sonnenwind, wie es bei deiner ersten wirklichen Bewährungsprobe, auf dem großen Turnier in Celle, bestellt war?“

Lonie hatte Sonnenwind zu seinem ersten M-Springen gemeldet. Sonnenwind hatte unter ihrem einfühlsamen Training fast alles gelernt. Er hatte ein natürliches Talent zum Springen, ebenso wie perfekte Gänge für die Hohe Schule. Und er begriff jede reiterliche Hilfe wie im Schlaf. Es war eine Freude, ihn zu reiten und seine unwahrscheinlichen Fortschritte zu sehen. Sonnenwind war von einer angeborenen Rittigkeit, die man nur als phänomenal bezeichnen konnte. Lonie und Sonnenwind waren ein nahezu perfektes Paar, so wie es damals bei der kleinen Lonie und dem mächtigen Matador war. Die talentierte Reiterin Lonie und das angeborene Talent Sonnenwinds hatten die reiterliche Zukunft vor sich. Alle prophezeiten ihnen eine große Karriere. Und Sonnenwind war, wie Lonie, ein Kämpferherz. Er war voll bei der Sache.

Der M-Parcours war schwer gestellt. Die Distanzen standen von Hindernis zu Hindernis im ständigen Wechsel. Die Sprünge waren klotzig und wenig einladend. Als ich den Parcours sah, fragte ich Lonie, ob wir Sonnenwind nicht zurückziehen sollten. Er war noch jung; es war sein erster M-Parcours. Er hatte noch viele Jahre vor sich, so dachten wir damals, um sich mit solchen Springen anzufreunden. Wenn er jetzt versagte oder gar voll in ein Hindernis krachte, konnte es ihn weit zurückwerfen, dann war wieder eine lange Aufbauarbeit notwendig, um ihm das verlorengegangene Vertrauen wiederzugeben. Wir berieten lange darüber. Lonie meinte jedoch: „Er ist im Training und auf dem Abreiteplatz so super gegangen, ich bin fest davon überzeugt, er schafft es mit links.“ Ich hatte meine Bedenken, aber ich hatte auch Vertrauen in die fast intuitive Erfassung der Leistungskraft des Pferdes und des Parcours durch Lonie. Sie hatte, wie so oft, wieder einmal recht. Sonnenwind flog in geradezu perfekter Manier über die Hindernisse. Lonie ritt ihn verhalten und kontrolliert. Sie nahm ihn vor den Sprüngen auf, daß sein Rücken sich wie eine Feder spannte. Dann gab sie ihm die Zügel frei und ließ ihn fliegen. Es gab nicht einen Sprung, auch nicht den klotzigen Oxer und die weite Trippelbarre, wo er auch nur den Hauch einer Schwierigkeit gehabt oder gar die Stangen touchiert hätte. Sonnenwind war ein Kämpfer und ein Künstler dazu. Lonie und er waren wirklich ein perfektes Paar.

Es war ein Springen mit zwei Durchgängen. Nach dem zweiten Umlauf waren nur noch Sonnenwind und Grandeur, das beste Pferd unseres Stalles, das Friedjoff gesattelt hatte, mit Null-Fehlerritten übrig. Beide kamen ins Stechen. Grandeur war ebenfalls ein Kämpfer, er war aber darüberhinaus ein alter Routinier, ein Sieger in vielen M- und S-Springen. Friedjoff war der erfolgreichste Reiter unseres Clubs. Auch er konnte kämpfen, und er wollte dieses Springen auf jeden Fall gegen Sonnenwind gewinnen. Das war er sich gewissermaßen schuldig. Ich sah, mit welcher Entschlossenheit er auf dem Abreiteplatz die letzten Sprünge anging. Mit welcher Kraft seiner Schenkelhilfe er Grandeur hinüberhievte.

Unter den Zuschauern war eine Spannung, wie man sie selten erlebt. Die Herzen der reitbegeisterten Fans waren alle auf Lonies und Sonnenwinds Seite. Die junge, charmante Reiterin und der mächtige, jugendfrische Hengst. Es war ein Anblick zum Verlieben. Mir wurde wieder einmal klar, was ich doch für ein Glückspilz war.

Friedjoff kam als erster in den Parcours. Er war entschlossen und ernst. Man sah ihm die Schwere der Aufgabe, aber auch seinen Siegeswillen an. Sein Pferd war versammelt, als ob es gleich explodieren wollte. Alles wartete auf das Glockenzeichen. Grandeur ging wie ein Weltmeister. Friedjoff machte ihn schnell zwischen den Sprüngen und nahm ihn auch über dem Sprung kaum zurück. Mit einem so routinierten Pferd wie Grandeur konnte Friedjoff das wagen. Er wollte einen Bombenzeit vorlegen, um Lonie mit Sonnenwind in die Enge zu treiben. Er rechnete sich aus, daß bei seiner schnellen Zeitvorgabe Lonie ebenfalls auf das Tempo drücken mußte. Bei einem so jungen Pferd wie Sonnenwind war dann ein Flüchtigkeitsfehler schon fast vorprogrammiert. Die Rechnung von Friedjoff ging auf. Die Uhr blieb bei 49 Sekunden stehen. Eine Zeit, die kaum zu unterbieten war. Er hatte keine Fehler. Der Applaus war gewaltig. Es war eine hervorragende Leistung von Reiter und Pferd.

Lonie stand mit Sonnenwind ruhig vor der Schranke des Springplatzes. Sie hatte den Ritt von Friedjoff beobachtet, und ihr sank schon ein wenig das Herz in die Hose. Einen solch perfekten Ritt kann man kaum unterbieten. Aber auch sie war entschlossen, auch sie hatte ein Kämpferherz, und so schnell gab sie nicht auf. Ich sah ihr in die Augen und machte ihr Mut. Ich täschelte Sonnenwinds Hals. Ratschläge gab ich ihr keine. Sie war mit ihrem Ritt und ihrem Pferd allein, ganz allein, und die beiden alleine mußten die Bewährungsprobe bestehen. Schafften sie es nicht, konnten sie die Zeit von Friedjoff nicht unterbieten oder passierte ihnen gar ein Klotz, ein Abwurf, so war das keine Schande. Der zweite Platz hinter einem so perfekten Paar wie Friedjoff und Grandeur ist genausoviel wert wie ein Sieg.

Erst als die Glocke läutete, nahm Lonie Sonnenwind auf. Sie ritt eine große Galoppvolte und machte ihn schnell. Dann überritt sie den Start. Das erste Hindernis war ein mächtiger Oxer. Ein Meter sechzig hoch und weit gestellt. Sonnenwind raste in vollem Galopp dagegen, ließ sich fliegen und war hinüber. Den Zuschauern blieb fast das Herz stehen. Mir auch. Ich wagte kaum hinzusehen. Im Stadion war es mäuschenstill. Der zweite Sprung war ein Gatter. Mächtig hoch und schmal. Sonnenwind raste, wie auf dem Finish eines Turfs, dagegen. Er war noch schneller geworden als beim ersten Sprung. Geschafft! Es kam eine enge Kurve. Lonie nahm ihn kaum zurück. Sonnenwind schlug einen Haken und rutschte dabei auf dem abgetretenen Rasen leicht nach der Seite. Ein Raunen ging durch die Menge. Ein solcher Rutscher kann Sekunden, kann den Sieg kosten. Aber Sonnenwind hatte sich sofort wieder gefangen und ging das nächste Hindernis an, eine mächtige Mauer. „Nimm ihn zurück, mach ihn kurz“, schrie ich über den Platz. Solche Rufe sind wie ein Ausbruch der Angst. Dem Reiter nützen sie gar nichts. In seiner Konzentration hat er gar keine Zeit, auf solche Ratschläge zu hören. Er ist mit seinem Pferd ganz alleine im Parcours. Nur auf ihn kommt es an und auf sein Pferd. Lonie saß ganz locker im Sattel. Sie machte sich leicht, als ob sie schwebte. Die Zügel waren fast nur angelehnt und dienten dazu, den Hengst über den Parcours zu führen. Ein Reiter, der so, in diesem mörderischen Tempo, ein schweres Stechen einer M-Prüfung ausreitet, muß ein grenzenloses Vertrauen zu seinem Pferd haben. Bei Lonie war es der Fall, und Sonnenwind zeigte die ganze Kraft und Wildheit seines jugendlichen Temperaments. Er zeigte aber auch angeborenes Talent, jedes Hindernis zu überfliegen. Der nächste Sprung, ein weitgestellter Doppelsprung, war für ihn kein Problem. Sein Tempo war fast unreguliert, aber er taxierte absolut sicher. Zwischen den Sprüngen machte er nur einen mächtigen Galoppsprung und hatte mit einem wahnsinnigen Satz auch den zweiten Sprung geschafft. Der überbaute Wassergraben machte ebenfalls keine Schwierigkeiten. Er hätte für Sonnenwind noch einen Meter breiter sein können. Nun kam die klotzige Mauer. Ein Meter siebzig hoch. Sonnenwind hatte immer noch ein Tempo drauf, daß ich kaum hinsehen konnte. Kurz vor dem Sprung nahm ihn Lonie mit leichter Hand auf, und Sonnenwind krümmte den Rücken und zog die Beine an. Mit der Hinterhand schlug er gegen einen Kasten der Mauer. Der wackelte stark und rutschte zur Hälfte aus seiner Auflage. Ein Schrei ging durch die Runde. Aber der Kasten blieb liegen. Auch mir sank das Herz in die Hose. Ich wagte kaum hinzusehen. Aber alles war gut gegangen. Die letzten beiden Sprünge verliefen in gleicher Manier. Die beiden flogen geradezu darüber und galoppierten schon auf der Zielgeraden. Der Parcours war zu Ende. Frenetischer Beifall brandete auf. Die Uhr stand bei 47 Sekunden. Trotz des Ausrutschers und der manchmal weiteren Wege hatten es Lonie und Sonnenwind geschafft. Sie waren die Helden des Tages, die Helden dieses Turniers. Es war eine reife, eine einmalige Leistung. Albert und Bertha kamen die Tränen. Sie nahmen Sonnenwind an die Hand und führten ihn herum. Er war ganz ruhig, sein Atem war nur wenig erhöht, und er begann am Wegrand zu grasen. Hier zeigte sich wieder einmal, welche Kraft in seiner Jugend doch steckte. Ich nahm Lonie in den Arm und küßte sie herzlich. Sie war stolz, wie sie es als kleines Mädchen, bei ihren Siegen mit Matador gewesen war. Sie war ein prächtiges Mädchen; was hatte ich doch für ein Glück.

Dieser Erfolg blieb keine Eintagsfliege. Überall, wo Sonnenwind an den Start ging, waren die Hoffnungen auf ihn gesetzt. Er reüssierte zu einem der erfolgreichsten Turnierpferde der näheren und weiteren Umgebung. Wir setzten ihn nur sporadisch ein, da er noch jung war und nicht überfordert werden sollte. Auch hatten Lonie und ich wenig Zeit und wollten nicht in dem Turnierbetrieb untergehen. Es genügte uns völlig, wenn Sonnenwind bei sorgfältig ausgesuchten Turnieren sein Können unter Beweis stellte, und Lonie war glücklich, immer vorne mitmischen zu können.

Sie war ein Mensch, der nicht immer der erste sein mußte, der sich auch bescheiden konnte und der Sonnenwind nicht den Ehrgeiz mancher erfolgreicher Reiter bescherte, immer und überall an den Start gehen zu müssen und nur noch im Erfolg den Sinn eines Reiterlebens zu sehen. Die schönsten Stunden für mich waren aber die spärlichen Ausritte, die ich mir trotz des ständigen Eingespanntseins in der Praxis wie ein Geschenk Gottes immer wieder leistete. Wir ritten durch den Wald und über die Heide und waren einfach glücklich. Wir sprachen miteinander, so wie ich mit Sonnenwind bei meinem Ritt durch den dunklen Wald sprach. Wir waren Kameraden.

XIII. Sturm über dem See

Die Götterdämmerung hatte begonnen. Der gottvergessene, psychopatische Hasardeur machte mobil. Die Fanfaren drangen immer schriller in das Bewußtsein der Menschen. Und die Pferde, alle gesunden Pferde, die nicht über zehn Jahre alt waren und nicht in der Landwirtschaft dringend gebraucht wurden, holte man zu den Fahnen. Sonnenwind stand mit an der ersten Stelle. Da die Pferdezüchter, die Funktionäre der Zucht, es Albert und Bertha verübelten, daß sie Sonnenwind mit Erfolg vom Zuchtzirkus ferngehalten hatten, waren sie jetzt stur und spielten die nicht-mehr-daran-Interessierten. Die rettende Nische eines Gestütes als moderater Vererber blieb ihm versperrt. Seine Aufgabe sollte der große vaterländische Siegeszug sein. Für über zweieinhalb Millionen seiner Artgenossen war es der Marsch in den Untergang. Sie wurden wie die Soldaten zu Helden hochstilisiert und teilten ihr Schicksal: Sie sind genauso grausam verreckt und verendet. Erschöpft, verhungert, zerrissen und erfroren.

Albert, Bertha, Lonie und ich saßen nächtelang zusammen. Wir berieten, wie wir Sonnenwind vor diesem Schicksal bewahren konnten. Wir suchten verzweifelt einen Ausweg aus diesem Dilemma. Da wurde auch ich zu den Fahnen gerufen. Mein Dienst sollte in einer Kavallerieeinheit sein. Die Kavallerie wußte immer den Adel der Pferde zu schätzen. Bei ihr galt schon immer der Spruch „zuerst das Pferd und dann der Mann“. Darin sahen wir eine Chance. Vom Turnierplatz her kannte ich den Kommandeur meiner zukünftigen Einheit; so fuhr ich zu ihm hin und schilderte unsere Lage. Ich hatte Lonie mitgenommen, die er auch sehr gut kannte und als talentierte Reiterin vielmals gerichtet hatte. Er fand Gefallen an der jungen Frau, und sie sah ihm tief in die Augen. Ich weiß nicht, ob dies letztlich den Ausschlag gab, aber er willigte schließlich ein, daß ich Sonnenwind, gewissermaßen als mein Dienstpferd, mit in meine Verpflichtung einbezog. Wir traten gemeinsam den Weg in die abscheuliche Ungewißheit an. Wir waren zusammengeschmiedet wie zwei Brüder, die ein gemeinsames Abenteuer bestehen. Andere taten es ebenso, kamen mit ihren eigenen Pferden, halfen sich gegenseitig in den zu bestehenden Gefahren und behielten sich gegenseitig im Auge. Albert, Bertha, Lonie und ich sahen darin den besten Ausweg aus der Misere. Wir beteten zu Gott und hofften, daß es ein glückliches Ende nähme.

Der Abschied fiel schwer, und der Schmerz war bei uns allen groß. Sonnenwind war darin voll einbezogen. „Ich werde für euch beten", sagte Bertha zum Abschied. „Ich habe ein gutes Verhältnis zu dem da oben. Ich glaube, er ist uns auch diesmal gütig gestimmt." Ich weiß nicht ob er es war. Die Zeiten waren zu grausam, als daß man noch glauben konnte, das alles geschähe auch in seinem Sinne. Ein anderer sah sich als Lenker des großen Welttheaters, als Heros des Allmächtigen.

Sonnenwind und ich rückten gemeinsam ein. Wir fanden uns in einer schönen alten Garnisonsstadt wieder. Ich fand meine Arbeit in der Lazarettstaffel und behandelte die erkrankten Pferde. Sonnenwind stand in einem luftigen Stall, wurde hervorragend versorgt, und ich konnte ihn jeden Tag reiten. Nach dem ununterbrochenen Streß der Praxis war es wie im Urlaub. So gut war es mir schon lange nicht mehr gegangen. Ich fand Florian; er wurde mein Bursche und schon bald auch einer der Veterinärgehilfen. Er begriff unwahrscheinlich schnell, und sein sonniges Lachen war für alle eine Freude. Schnell und leicht lernte er reiten, und wenn ich einmal keine Zeit hatte, gab ich ihm Sonnenwind unter den Sattel. Er konnte an diesem temperamentvollen Pferd nichts verderben. Sein Einfühlungsvermögen war einfach sagenhaft. Wenn mich Lonie manchmal besuchte, meinte sie lapidar: „So schön wie ihr beiden möchte ich es auch einmal haben."

Das Jahr ging ins Land, und ich fühlte mich in keiner Weise ausgefüllt. Zu Hause mußte ein älterer Kollege die Praxis mitversorgen. Er war restlos überfordert. Die Bauern klagten ihr Leid, wenn ich einmal ein paar Tage frei hatte und nach dem Rechten sah. Aber ich konnte nichts ändern. Die Zeitläufte waren eben so. Wir waren alle zu winzigen Rädchen, Mitläufern in einem Getriebe geworden, das sich unserem Einfluß entzog. Nur eine Praxisaushilfe im weiten Land um Posen, zu der man mich schickte, weil eine durch die Krankheit von drei Tierärzten akute Not am Mann, das heißt am Tier, aufgetreten war, brachte ein wenig Abwechslung. Dort lief die Praxis rund um die Uhr und ich mußte mich sputen, um einigermaßen rumzukommen. Endlich war ich wieder in meinem Element und konnte mich bewähren. Es war wie ein Aufatmen nach einer langen Zeit der Lethargie, des mehr oder weniger Nichtstuns. Was sollten auch die vier, fünf Pferde, die ich täglich behandeln mußte. Kleine Kratzer und dergleichen. Jeder Schmied oder Veterinärgehilfe konnte es genausogut. Die einzige wirkliche Abwechslung war das tägliche Reiten mit Sonnenwind. Er wurde immer besser. Es war für uns beide eine einzige Freude.

Die Idylle währte nicht mehr lange. Der größte Feldherr aller Zeiten, wie ihn seine Adlaten und Speichellecker nannten, hieß uns marschieren. Wir ritten durch das weite Land. Kreuz und quer, vor und zurück. Wir ritten Tausende von Kilometern. Wir waren Weltmeister im Langstreckenreiten. Wir hatten beinerne Ärsche, und Sonnenwind hatte Muskeln aus Stahl. Wir ritten durch schattige Wälder und über blühende Wiesen und Auen, über reife Felder und durch brennende Dörfer. Unseren Weg säumten blühende Blumen, obstreife Bäume und aufgedunsene Kadaver. Kadaver von Kühen und Kälbern, Pferden und Menschen, Müttern und Kindern. Wir ritten, ritten und ritten. Unser Reiten war so sinnlos wie zu allen Zeiten der Kriege. Zu Zeiten der Perser, Griechen und Römer. Wir brachten keine Befreiung und keine Kultur. Kultur ist Sache des Handels und Wandels, der Vermischung der Völker und nicht die des Krieges. Was wollten die Griechen in Kleinasien, die Römer im Heiligen Land, die Perser an Euphrat und Tigris und die Sarazenen in Nordafrika? Kultur war und ist eine Sache des Friedens, der Freiheit und des Miteinanders. Es war oftmals zum Verzweifeln. Manchmal waren unsere Kräfte gefordert, fast bis zum Zusammenbruch. Sonnenwind war zäh wie

Leder und hart wie Eisen. Auf ihn konnte ich mich wirklich verlassen. Wir waren immer zusammen. Wir waren wirkliche Freunde. Ihm klagte ich meine Not, wenn mich das heulende Elend heimsuchte. Auf ihn war immer Verlaß. Mit ihm sprach ich über Lonie, und er gab mir Kraft, wenn die Verzweiflung über mich kam. Wir ritten, ritten und ritten. Es war der längste und sinnloseste Ritt meines Lebens.

Jetzt waren wir auf dem Marsch in den Morgen, auf dem Marsch in unser Quartier. Der Tag begann über den Wipfeln der Bäume sein aufkeimendes Licht über den dämmrigen Nebel der erwachenden Nacht zu legen. Mit jedem Lichtstrahl wuchs unsere Hoffnung. Wir kamen zügig voran. Plötzlich hob Sonnenwind seinen rassigen Araberkopf und begann hell zu wiehern – zwei- dreimal hintereinander. Er begann zu tänzeln, scharrte mit den Hufen, schlug mit dem Schweif und schüttelte seine prächtige Mähne. Ich war gewarnt. Er mußte irgend etwas gewittert haben. Sein helles Wiehern galt Pferden, die nicht weit von uns entfernt sein konnten. Durch das Geäst der Bäume schimmerte der Schein einer Lichtung.

Ich nahm Sonnenwind kurz an den Zügel, klopfte seinen Hals und hieß ihn zu schweigen, das helle Wiehern zu unterlassen. Unmutig schüttelte er den Kopf. Langsam tasteten wir uns bis zur Lichtung vor. Im Schatten des Waldes blieben wir stehen. Es war eine winzige Schonung. Unter den Bäumen sah man kleine Hütten, aus Stämmen gebaut und mit Rinde gedeckt. Ein erkalteter Kohlenmeiler war halb ausgeräumt. Zwei zottige Panjepferdchen weideten daneben. Sie hoben witternd die Köpfe und schauten zu uns herüber. Sonst war weit und breit nichts zu sehen. Sonnenwind blähte erregt die Nüstern.

„Stoi! Halt!" rief eine energische Stimme direkt neben mir. Drei hochaufgerichtete schwarze Gestalten tauchten aus dem Dickicht des Waldes. Sie waren mit dunklen wollenen Kaftanen gekleidet und sahen aus wie die Männer des Waldes, die Köhler. Aber sie hatten ernste, gut geschnittene Gesichter mit tiefen, traurigen Augen. Sie sahen wie versprengte polnische Offiziere aus, die seit Jahren verborgen in den riesigen Wäldern um Augustów kampierten. Sie waren Partisanen, die uns die „Kosaken", bei denen ich gerade die Pferde behandelt und in der Begegnung mit Alexis, dem Popen, die Zeit vertrödelt hatte, vom Leibe hielten. Es waren harte, unerbittliche Männer, die nur an das Überleben dachten, bis der ganze Spuk vorbei war und sie ihr heißgeliebtes Land wieder aufbauen konnten. Sie waren die eigentlichen Herren der Erde, die wir seit Jahren besetzt hielten, und sie hielten drei entsicherte Pistolen auf mich.

Mir schlotterten die Knie. Ich ließ mein Pferd los und hielt die Hände über den Kopf. Einer von ihnen griff nach Sonnenwinds Zügel. Er bäumte sich auf und schlegelte mit den Vorderbeinen. Seine Augen blitzten, und er wieherte wie ein Hengst beim Sprung einer Stute. Der Partisan ließ ihn fahren und deutete mit seiner Pistole auf mich, um mir zu sagen, daß ich dieses gewalttätige Pferd wieder am Zügel fassen sollte. Ich griff nach ihm, täschelte seinen Hals, und Sonnenwind stand wie ein Lamm. Eine Pistole im Kreuz deutete mir unmißverständlich an, aus dem Wald, in die Lichtung zu treten. „Stoi! Halt!" ich blieb stehen, und der hochgereckte Partisan hielt an meiner Seite. Seine Pistole zeigte mir, daß ich keine Chance hatte, daß er nicht mit sich fackeln ließ. Die anderen beiden gingen hinüber zu den Hütten. Sie waren nur zwanzig Meter entfernt. Ich sah jetzt zehn, zwölf Gestalten. Wie mir schien, waren auch zwei Frauen dabei. Sie sprachen lebhaft und deuteten zu uns herüber. Plötzlich sah ich das klare Gesicht der einen Frau. Ich glaubte, sie zu kennen. Sie kam einige Schritte auf mich zu und blickte mir in die Augen. Es war Maria, die polnische Tierärztin, die mit mir in Posen in der gleichen Tierarztpraxis dienstverpflichtet war. Aus dem Leuchten ihrer Augen sah ich, daß auch sie mich erkannt hatte. Sie ging zu der Gruppe bei den Hütten zurück. Es war, als ob ein Funke Hoffnung kurz aufgeleuchtet hätte, einer Hoffnung, die wirklich kaum mehr als ein winziger Funke war.

Maria war eine tüchtige Tierärztin, engagiert und praxiserfahren. Wir versorgten in einer kleinen Stadt die Praxis des erkrankten Kollegen, der aus Bayern gekommen war, und des alten Praxisinhabers, eines Polen. Es war ein riesiger Praxisbezirk, und wir mußten uns mächtig ins Zeug legen. Die Bauern waren meist Polen, teils aber auch Deutsche. Zu oft hatte das Land im Laufe der Geschichte den Herrn gewechselt. Mal beanspruchten es die Deutschen und bezogen sich auf die deutschstämmigen Bewohner, mal war es polnisches Land, weil eben der größte Teil der Bewohner Polen waren. Unsere Praxis tangierte das wenig. Wir behandelten die Tiere der Deutschen und der Polen und machten keine Unterschiede wegen der Nationalität. Unser Auftrag war es nicht, Geschichte zu machen, uns oblag die humane Verpflichtung, den Tieren und den Menschen, die mit und von ihnen lebten, zu helfen. Eine Kolik bei einem polnischen Pferd war genauso schmerzhaft wie bei einer deutschen Stute. Es galt, die Schmerzen zu lindern und die Tiere zu heilen. Nur darauf kam es an. Stundenlang fuhren wir über die Dörfer und Weiler. Wir, das waren der Praxisinhaber, der polnische Kollege, Maria und ich. Der bayerische Tierarzt, der seit Tagen schwer erkrankt im Bett lag, hatte sich von Anfang an geweigert, auf den bisherigen Praktiker, den polnischen Kollegen, zu verzichten. Das war sein und nun auch unser Glück. Er war ein tüchtiger Tierarzt, kannte die Leute und ihre Sprache. Ohne ihn hätten wir überhaupt keine Chance gehabt, die Vielzahl der kranken Tiere zu versorgen.

Wir hatten in der ersten Woche täglich vierzehn Stunden hart gearbeitet. Es war Sonntag, und wir saßen friedlich beim Frühstück. Die Familie des deutschen Tierarztes, die Familie des Polen, die junge Tierärztin und ich. Da klopfte der regionale Sonderführer an die Tür. Er wollte nur einmal hereinschauen, wie er sagte. Er war ein linkes Bürschchen, einer von der hundertprozentigen Sorte. Von Landwirtschaft verstand er wenig, fast nichts. Wir luden ihn ein, mit uns Kaffee zu trinken. Als er mitbekam, in welch illustrer Gesellschaft er sich befand, sträubten sich ihm die Haare. Er begann in unerhörter Weise zu motzen. Von guter Kinderstube hatte er scheinbar nicht viel mitbekommen. Als das böse Wort von Rassenschande aus seinem Munde kam, erhob sich die Familie des polnischen

Tierarztes, in dessen Haus wir alle lebten, vom Tisch und ging wortlos hinaus. Maria, die polnische Tierärztin, verstand nur wenig und blieb stumm sitzen.

Ich verbat mir die Vorwürfe des windigen Bürschchens. Ich wies auf die hohe Leistung der polnischen Kollegen bei der Betreuung der Tiere und der Versorgung des Landes hin. Ohne sie hätten wir überhaupt keine Möglichkeit, das alles zu schaffen. Ich hatte nicht das geringste Verständnis für seine arrogante Überheblichkeit und sagte ihm frei, daß mir jeglicher Dünkel suspekt sei, gleichgültig ob es ein Dünkel des Adels, des Geldes, des Geistes oder der Rasse sei. Unser Besucher war pikiert und verließ ohne Gruß die gastliche Runde.

Der Auftritt des Sonderführers hatte uns alle geschockt. Mißmutig hoben wir die Tafel auf. Ich schämte mich vor der polnischen Kollegin. Sie sagte nichts, und wir wußten nicht, wieviel sie verstanden hatte. Ich schämte mich und nahm ihre Hand. Es war ein herrlicher Maientag, und die Sonne schien heiß vom stahlblauen Himmel. Wir gingen Hand in Hand zum See und sahen zu, wie die Fischer die Boote einholten. Es war ein flacher, schilfumränderter See, der in trockenen Jahren fast verdunstete. Seine tiefste Stelle war kaum vier Meter. Plötzlich hatte ich Lust, ein wenig zu segeln, und fragte daher die Fischer nach einem Boot. Wir fuhren hinaus. Eine leichte Brise trieb uns zur Mitte des Sees. Die Sonne stach heiß, eine bleierne Stille kam auf. Kein Lüftchen regte sich mehr. Am Horizont sah man das Schilf und die Wiesen, umsäumt von endlosen Wäldern und lieblichen Hügeln. Weiter entfernt hing ein Kranz wattiger, weißer Wolken am Himmel. Wir lagen im Bauche des Bootes und „baumelten mit unseren Seelen", wie Tucholsky die Szene beschrieben hätte. Es gab keine Herren und Knechte, keine Feinde und keine Sieger. Wir waren zwei Menschen, die in dem Irrsinn des Krieges davon träumten, daß Frieden und Liebe die Menschen verbindet und nicht Dünkel und Haß sie entzweit. Maria lag in meinen Armen und begann leise zu weinen. Es waren die Tränen der Frauen, der Opfer, die seit ewigen Zeiten nichts weiter wollten, als ein kleines bißchen menschliches Glück.

Es kam wie aus heiterem Himmel. Eine gewaltige Windbö erfaßte den träge dahinschaukelnden Kahn. Bevor wir es recht bemerkten, war er gekentert, und wir lagen beide im Wasser. Maria konnte nicht schwimmen. Ich griff ihr unter die Arme und zog sie zurück zum Boot. Das Wasser war kalt, und ein Sturm begann zu tosen. Er peitschte die Wellen meterhoch vor sich her. Ich schob Maria auf den kieloben schwimmenden Bootskörper und band sie mit der Segelleine fest, da ich nicht riskieren konnte, daß sie losließ und vom Sturm abgetrieben wurde. Vorsichtig stellte ich mich auf den Bootsrand und schaute nach Hilfe. Nirgendwo war ein Fischer zu sehen. Die weiße Watte der Wolken war zu blauschwarzen Fetzen geworden, die der Sturm vor sich hertrieb. Wir lagen fast viertausend Meter vom Ufer entfernt. Es war eine verzweifelte Lage. Das gekenterte Boot konnte keiner erkennen.

Ich beschloß, zum Ufer zu schwimmen und Hilfe zu holen. Schließlich war ich ein guter, ausdauernder Schwimmer. Als Fünfzehnjähriger war ich einmal Meister im Kraulen über die Mittelstrecken. Ich zog meine Kleider und Schuhe aus und sprang in den aufgewühlten, brodelnden See. Das Wasser war kalt, es hatte kaum mehr als 17° Celsius. Ich schwamm in langen, ruhigen Zügen, um meine Kräfte zu schonen. Ich schwamm gegen Wind und Wellen.

Mein Körper war durchtrainiert. Ich ritt täglich zwei Stunden mit Sonnenwind. Auch die tierärztliche Praxis ist über weite Strecken ein besseres Konditionstraining. Es fehlte mir weder an Kraft noch an Ausdauer. Viertausend Meter war eine Strecke, die ich schon öfter geschwommen war. Ich hatte nicht die geringsten Bedenken, daß ich es jetzt, wo es darauf ankam, nicht schaffen könnte. Das Wasser war kalt und ich schwamm gegen die Wellen. Nach einer Stunde legte ich mich erschöpft auf den Rücken und ruhte mich aus. Ich hatte das Gefühl, dem Ufer kaum nähergekommen zu sein. Das Boot mit Maria konnte ich nirgends erkennen. Im Wellental spürte ich manchmal mit den Füßen den Boden des Sees. Er war kalt und schlammig und bot keinen Halt. Es war ein See, in dem man fast stehen konnte, es war aber auch ein See zum Ertrinken.

Ich schwamm mit aller Energie weiter dem Ufer entgegen. Nach der zweiten Stunde geriet ich in Panik. Der Sturm fegte mit ungebrochener Kraft über das Wasser. Ich spürte mehr und mehr, wie meine Kräfte nachließen. Die gischtigen Wellen nahmen mir immer öfter die Luft zum Atmen. Als Leistungsschwimmer war mir klar, daß die Atemtechnik mit das Wichtigste für das schnelle und auch das ausdauernde Schwimmen war. Das schlimmste dagegen war, in Panik zu geraten. Ich zwang mich zu eiserner Ruhe. „Solange du atmen kannst, gibst du nicht auf", sagte ich mir immer wieder. Ich lag wieder auf dem Rücken und sammelte Kräfte. Dann schwamm ich mit ruhigen, kräftigen Zügen weiter. Wie bei einer Gebetsmühle sagte ich im Unterbewußtsein zu mir: „Nur weiter, nur weiter, nur keine Panik, du schaffst es, du schaffst es, du schaffst es. . .!"

Nach über drei Stunden Kampf mit dem Wind und den Wellen, nach stundenlangem Kampf gegen mich selbst und das immer mächtiger werdende Verlangen, einfach aufzugeben, sich fallen zu lassen, zu schlafen und unterzugehen, erreichte ich den Schilfgürtel des Sees. Ich zog mich an Land und lag wie tot am Ufer. Dort fanden mich dann die Fischer. Sie rieben mich ab und hüllten mich in eine Decke. Sie gaben mir Wodka, und langsam kam ich ins Leben zurück. Es waren Polen, aber sie sprachen gut deutsch. Sie erkannten in mir den jungen Tierarzt. Zwar hatten sie sich schon Sorgen gemacht um Maria und mich, dachten aber, daß wir irgendwo am anderen Ufer Zuflucht gefunden hätten. Ich erzählte ihnen von unserem Malheur und daß Maria seit drei Stunden draußen auf dem dümpelnden Boot auf Rettung hoffte.

Es waren entschlossene Männer. Sie ließen den größten Kahn ins Wasser. Es gab kein Motorboot am See, alle Motoren waren schon lange konfisziert worden. Sechs Mann legten sich in die Riemen. Trotz Wellen und Sturm schoß das schwere Boot wie ein Pfeil durch das Wasser. Nach zweitausend Metern sahen wir das gekenterte Boot in den Wellen. Es war kaum abgetrieben, es lag fast noch an der gleichen Stelle, von der aus ich losgeschwommen war. Wir erreichten das Boot nach zwanzig Minuten.

Maria hing hochgradig unterkühlt und völlig entkräftet auf den Planken des Kahns. Ich band sie los, und wir nahmen sie an Bord und hüllten sie in die mitgenommenen Decken. Dann ruderten die Männer kraftvoll zurück.

Die Fischer nahmen uns mit in ihre Hütte am Strand. Sie machten ein Feuer und trockneten Marias Kleider. Sie saß in Decken gehüllt zitternd vor der lodernden Flamme. Ich hatte weder Schuhe noch Kleider. Die hatte der See an sich genommen. Wir saßen in der einfachen Hütte, aßen den Fisch und tranken den Wodka der Fischer. Sie waren Polen, Maria war meine Kollegin, ich war einer der Eindringlinge, der ihnen ihr Land genommen hatte. Aber von Feindschaft konnte man nichts spüren. Sie hatten uns aus höchster Not geholfen. Sie waren Menschen, gläubige Menschen, denen das Herz einfach sagte, daß man Menschen in Not helfen mußte. Ich war ihnen dankbar, und sie standen mir unendlich näher als die Typen von Sonderführern, die sich als Herren über das Land, als Herren über Leben und Tod aufspielten.

Dann bat ich einen der Fischer, zur Praxis zu gehen und den polnischen Tierarzt zu bitten, uns hier abzuholen. Ich bot ihnen Geld an für ihre Mühe und auch für die Bergung des gekenterten Bootes auf dem See. Sie lehnten es ab, auch nur einen Zloty zu nehmen. Sie waren alles andere als reich, aber sie waren reich in ihren Herzen. Sie bezeichneten mich beim Abschied als ihren Freund. Und ich war stolz, in dieser Zeit des Unheils und Hasses solche Freunde zu haben.

XIV. Die letzte Chance

Es war Maria. Ich beobachtete, wie sie lebhaft gestikulierend auf die Männer bei den Hütten einsprach. Ich sah aber auch die verschlossenen Gesichter und wie sie ihre Köpfe schüttelten. Sie waren Partisanen. Sie lebten seit Jahren illegal zwischen den Fronten; daß sie es so lange geschafft hatten, war wie ein Wunder. Sie hatten wenig Unterstützung bei den Leuten in den Dörfern. Sie lebten in Angst und Schrecken und im Terror ständiger Überwachung. Es waren nur wenige, die ihnen heimlich von ihrer kargen Nahrung etwas abgaben. Außerdem saßen ihnen die „Kosaken" im Nacken. Auch das waren Menschen, die die Erde, die Tiere, die Pferde und den Wald kannten. Vor ihnen war kaum jemand gefeit. Es war wirklich ein Wunder, daß sie so lange durchgehalten hatten, daß es sie noch gab.

Ich hatte keine Chance. Sie konnten sich keine Blöße geben. Sie konnten und durften mir nicht ein Quentchen vertrauen. Ihre einzige Chance zum Überleben war ein Leben in völliger Unsichtbarkeit. Nur so konnten sie immer wieder die Geleise der Bahn nach Brest-Litowsk zerstören und Furagewagen und Waffendepots überfallen. Ihre Stärke war ihre absolute Unsichtbarkeit. Kein Zeuge ihrer Existenz oder gar ihrer Verstecke durfte am Leben bleiben. Ich hatte keinerlei Chance, selbst wenn Maria sich lebhaft gestikulierend für mich einsetzte. Auch Sonnenwind durfte diese Begegnung nicht überleben. Ein solch auffälliges Pferd war wie eine leuchtende Fahne. Wir beide hatten keinerlei Chance. Wir konnten und durften sie nicht haben.

Mir war klar, daß wir am Ende eines langen Weges angekommen waren. Aber so einfach wollte ich nicht aufgeben. Ich bedeutete unserem Bewacher, daß ich nach dem kranken Bein von Sonnenwind schauen müßte. Er hielt die Pistole im Anschlag und ließ mich gewähren. Ich sattelte Sonnenwind ab und nahm ihm die schweren Satteltaschen vom Rücken. Dann löste ich den dicken Verband an seinem kranken Bein und wickelte es mit einer straffen leinernen Binde. Unser Wächter sah meinem Tun interessiert zu. Er sah, daß ich Tierarzt war, und hielt mich nicht für besonders gefährlich. Meine kleine Walterpistole hatten sie mir gleich bei unserer Begegnung abgenommen.

Bei alledem behielt ich die Gruppe der Partisanen im Auge. Maria stand ruhig dabei und ließ den Kopf hängen. Ihre langen Haare bedeckten fast ihr Gesicht. Es schien mir, als sei das Urteil gesprochen.

Ich konnte mir vorstellen, was in ihr vorging. Sie hatte mich als hilfsbereiten Kollegen und als einen Freund in Erinnerung. Gleichgültig, was ihr meine Landsleute auch zugefügt hatten, sie war ein Mensch mit Sinn für Gerechtigkeit, und es kam ihr nicht in den Sinn, die Menschen pauschal zu verdammen. Sie war noch nicht so weit abgestumpft, daß sie ihren noch verbliebenen Glauben an das Gute im Menschen so leicht für ihre Sicherheit geopfert hätte. Sie war einfach eine Frau, die versuchte, auch über diese schreckliche Zeit ihr Herz des Erbarmens zu retten. So machte sie einen letzten Versuch.

Ich sah, wie Maria nochmals lebhaft auf den großen Partisanen mit den harten, edlen Gesichtszügen einsprach. Ein anderer brachte eines der kleinen Panjepferdchen aus dem Dickicht. Es war abgemagert und konnte sich kaum auf den Beinen halten. Sie blickten beide mehrmals zu uns herüber. Dann kamen sie mit dem Pferdchen am Zügel zu mir. Mein Bewacher ließ mich keinen Augenblick aus den Augen. Die entsicherte Pistole zeigte auf meinen Kopf. Maria gab mir die Hand und begrüßte mich verlegen. Ihre Augen waren stumpf und ohne jeden Ausdruck. Es schien mir, als hätte die Trauer um mich schon jede menschliche Regung zuerstört. Sie sagte mir, daß das Pferdchen vor ein paar Tagen auf eine Mine getreten war. Der halbe Bauch war aufgerissen. An beiden Beinen waren erhebliche Verletzungen. Ein Wunder, daß es bis heute überlebt hatte. Sie sagte mir, daß sie nur ein kleines Notbesteck und keinerlei Nahtmaterial mehr besitze, ebenso sei es mit den Medikamenten und dem Verbandsmaterial bestellt. Sie bräuchten die Pferde dringend für ihre Beweglichkeit, und sie bat mich, ihr zu helfen, die schweren, schon stark entzündeten Wunden zu versorgen. Die anderen standen ohne Regung dabei. Ihre Gesichter waren wie Masken aus einer vergangenen Zeit. Hart, zerfurcht, von Wind und Wetter gegerbt, aber mit dem unabdingbaren Willen zu überleben und zu allem entschlossen.

Ich hatte überhaupt keine andere Wahl, als Maria den Gefallen zu tun. Ich glaubte, daß sie diesen Versuch, mich bei den Verletzungen des Pferdchens zu konsultieren, nur unternommen hatte, um noch irgendeine Chance, und sei es die allerletzte, wahrzunehmen, um mir das Leben zu retten.

Wir gingen an die Arbeit. Das Pferd sah alles andere als schön aus. Auch die Nüstern waren aufgerissen. Der knöcherne Augenbogen frakturiert. Am Unterbauch und den Innenseiten der Beine fehlten ganze Haut- und Muskelstücke. Narkose hatte ich keine, aber die Sedierungsmittel in meinen Satteltaschen reichten aus, das Pferdchen von den Beinen zu bringen. Zwei Partisanen hielten es auf der Erde. Mit Hilfe von örtlichen Betäubungsspritzen konnten wir den lokalen Schmerz weitgehend ausschalten. Es war eine Heidenarbeit, die Wunden zu säubern, das zerfetzte, teilweise schon abgestorbene Gewebe zu entfernen. Die Wundränder anzufrischen, und dann, so gut es eben ging, die Wunden zu vernähen und mit der noch vorhandenen äußeren Haut einigermaßen abzudecken. Es war alles andere als eine Operation lege artis, aber in diesen Zeiten mußte man improvisieren können und die vorhandenen Möglichkeiten voll ausschöpfen. Trotz der Betäubungsspritzen war das kleine Pferdchen äußerst unruhig. Ich hatte einen der Helfer auf die Kruppe gesetzt, und den großen Partisanen bat ich, sich zwischen Bug und Hals des Pferdes niederzuknien, den Kopf auf seine Oberschenkel zu legen und ihn mit aller Kraft an der Mähne und am unteren Nasenrücken festzuhalten. Der Schweiß perlte ihm von der Stirn, und die Adern an seinen Schläfen pulsierten vor Anstrengung. Man sah, daß sein ausgezehrter Körper bei diesem Kraftakt, der durch die Abwehrbewegungen des Pferdes ausgelöst wurde, restlos überfordert war. Es waren

Jahre, die diese Menschen in der Illegalität lebten. Ständig auf der Flucht und in der Angst, doch noch entdeckt zu werden. Nur unzureichend versorgt und jedem Wind und Wetter ausgesetzt. Es war fast ein Wunder, daß sie, trotz dieser prekären Lage, immer wieder die Kraft zu gewagten Sabotageaktionen fanden, die uns doch ganz erhebliche Schwierigkeiten machten. Wenn es in solchen Zeiten wirkliche Helden gab, dann waren es Männer und Frauen wie diese. Ich konnte trotz meiner verzweifelten Lage nicht umhin, diesen Menschen Achtung und Respekt zu zollen.

Maria arbeitete mir zu wie in den Zeiten in der großen Praxis in Posen. Sie war eine tüchtige Tierärztin, und ich hatte keine Ahnung, wie sie zu diesem Trupp Partisanen gestoßen war. Wahrscheinlich waren die Lebensbedingungen für sie so katastrophal geworden, daß ihr keine andere Wahl blieb. Während unserer Arbeit versuchte sie mir klar zu machen, daß ich keinerlei Chance hätte, am Leben zu bleiben. Sie wollte mir andeuten, daß ich jede sich nur bietende Möglichkeit benützen müßte, eine Flucht zu wagen. Und dies, so schnell wie nur möglich. Als wir unsere Arbeit getan hatten, zogen die Männer und Maria mit dem Panjepferdchen wieder über die kleine Lichtung zu den Hütten und dem Meiler. Ich blieb mit Sonnenwind und meinem Bewacher alleine. Verzweifelt überdachte ich meine Lage. Bei den Hütten sah ich zwei Gestalten mit Spaten in den Wald ziehen. Ich hatte plötzlich die Todesangst, daß sie mir, irgendwo im Gebüsch, eine Grube schaufelten. Mir wurde klar, daß nicht die geringste Spur von mir zurückbleiben durfte. Sonnenwind würde wahrscheinlich in den Kochtopf wandern. Auch wenn die Strapazen der letzten Wochen nicht spurlos an ihm vorübergegangen waren, war er in ihrer verzweifelten Lage ein gefundenes Fressen. Mir war sonnenklar, daß ich keinerlei Chancen hatte. Ich durfte sie einfach nicht haben.

Keine Spur zu hinterlassen, war eines der obersten Gebote für ihre Existenz, für ihr Weiterleben. Sentimentalitäten für einen Tierarzt, der sich gegenüber Maria in schwerer Zeit anständig benommen und der eines ihrer

Panjepferdchen verarztet hatte, durfte es nicht geben. Sie konnten mich nicht einfach laufen lassen. Auch wenn ich ihnen hoch und heilig schwur, daß ich sie nicht verraten würde. Warum sollten sie mir glauben? Warum sollten sie sich auf mich verlassen können? Es gab keine Grund, von dem Prinzip der absoluten Unsichtbarkeit und Verborgenheit abzugehen. Das Leben eines Menschen, eines Feindes zudem, zählte da nicht. Ein Menschenleben, das Leben überhaupt, war in diesen Zeiten keinen Pfifferling wert. Ihr eigenes gehetztes, mühseliges und armes Leben hatten sie schon lange zur Disposition gestellt. Es war kein Leben, das man als menschliches Leben bezeichnen konnte, das diesen Namen noch verdient hätte. Es war ein Leben, das vom Feuer der Rache, aber auch der Hoffnung, ihr Land wieder befreien zu können, getragen wurde. Sie warfen es jeden Tag, bei jeder ihrer Aktionen, wie eine unnütze Hülle ihres erbitterten Daseins in die Waagschale ihrer verzweifelten Taten. Ihr eigenes Leben, ihr für das Weiterleben ihres geliebten Landes so kostbares Leben, wurde bedenkenlos aufs Spiel gesetzt. Was, in aller Welt, sollte sie veranlassen, mir das Leben zu schenken? Tierarzt hin, Tierarzt her, ich war ihr Feind. Das unerbittliche Urteil war gesprochen. Nicht von Menschen, die sich anmaßten, nach Recht und Gesetz über Leben und Tod zu befinden. Die davon überzeugt waren, daß sie Menschen, die sich gegenüber ihrer eigenen Moral, gegenüber dem Recht, das sie sich selbst gegeben hatten, vergangen hatten, mit dem Entzug des Lebens, mit dem Tod, bestrafen durften. Die ein Recht, das so variierbar wie jede Moral den Zeitläuften unterliegt, das immer auch ein Recht war, das sie, die Richter, jedem Unrechtssystem zurechtzimmerten, damit dieses im Namen des Rechts seine Untaten, sein Unrecht als Recht vollziehen konnte, im Namen des Volkes, und in ihrem eigenen, oft so selbstgerechten Namen, aussprachen und ihm zum Durchbruch verhalfen. Nein, ihr Recht war ein Recht der Not, der Verzweiflung, des Kampfes ums Überleben, ein Recht des Widerstandes. Die Moral sahen sie als die Fahne ihres Tuns überhaupt. Ihr Glaube an die gerechte Sache beherrschte sie. Er war es, der sie am

Leben hielt. Ihm mußte sich alles unterordnen, auch meine Liquidierung.

Ich stand müde und zerschlagen an die Schulter von Sonnenwind gelehnt, der an den grünen Blättchen der frühlingsfrischen Buchen zupfte und versuchte, sie, mit dem schweren Kandarengebiß im Maul, zu zerkauen. Meine Gedanken verloren sich darin zu ergründen, wie sie es tun würden – sicher mit so wenig Aufwand als möglich. Den Delinquenten an die Grube führen, am Rande niederknien lassen, Genickschuß, so daß er von selbst in die Grube purzelt. Ein paar Schaufeln Erde darüber, und das, was einst ein lebendiger Mensch, ein Ebenbild Gottes war, ist kaum noch zu erahnen. So würden sie es wohl tun. Das ist wohl die einfachste, feigste und banalste Methode. Man braucht dem Opfer dabei nicht in die Augen zu sehen. Ein kniender Mensch ist von hinten kaum mehr als ein Paket Muskeln und Knochen und Kleider, ist nur noch ein Stück anonymer Materie. Erde darüber. Zugeschüttet die Grube. Mit Laub und Ästen verdeckt. Das war's gewesen.

Ich stand an Sonnenwinds Schulter gelehnt. Meine Gedanken wurden so frei wie der Flug der Schwalben im Abendlicht. Es wurde hell um mich her. Ich stand wie in einer Kapsel, von stahlblauem Licht umgeben. Meine Gedanken kreisten um mein kurzes Leben. Um Lonie, Albert und Bertha, meine Kameraden, meine Pferde. Mein begeisterndes Leben als Tierarzt huschte kometenhaft durch meine Gedanken. Es war, als stünde mir mein eigenes Ich im gleißenden Licht der Verklärung zur Seite. Als wollte es mir sagen: „Das war's nun, mein Lieber. Es geht jetzt zu Ende. Alles geht einmal zu Ende."

Sollte es das nun wirklich gewesen sein? Hatten wir in dieser heroischen Zeit schon wirklich gelebt? War das wirklich die Erfüllung des einen Lebens? War uns die Muße gegeben, das Glück zu genießen? Ist die Liebe denn nur ein flüchtiger Hauch? Gehört nicht zu ihr auch das gemeinsame Altwerden, das Weiterweben der goldenen Kette des Lebens?

Das Scharren Sonnenwinds rief mich aus meinen Gedanken zurück. Bei den Hütten, auf der anderen Seite der kleinen Lichtung, kam Bewegung auf. Die Männer mit den Spaten waren zurückgekehrt. Mir war, als gingen die Blicke der Leute zu unserer Seite herüber. Mein Bewacher räusperte sich leise und nahm die Pistole fester in die Hand. Sonnenwind schnaubte in den aufkommenden Morgen. Sein Kopf bog sich zu mir herunter, und er scheuerte seine weichen Lippen an den Knöpfen meiner Jacke. Seine hellen Augen blickten mich ungeduldig und fragend an.

„Ach Sonnenwind! Auch dir ist das Urteil gesprochen!" sagte ich in Gedanken zu ihm. Er nickte mit dem Kopf, als hätte er verstanden. Dabei wollte er nichts weiter, als zu den Kameraden ins Quartier zurück. Zu Jonathan, dem Handpferd, Materna, dem großen Hannoveraner Wallach, zu Alex, dem Muli und zu Jennifer, der arabischen Trakehnerstute, deren große Stunde nun bald kommen müßte. „Ach, Sonnenwind, auch dein Lebensweg ist an seinem Ende angekommen. Du hast viel Gutes erfahren, viele Menschen als Freunde gehabt. Du hast aber auch bittere Entbehrung, wahnsinnige Anstrengungen und manche panische Angst über dich ergehen lassen müssen. Auch dein Leben war von den Verwirrungen unmenschlichen Handelns geprägt; und nun führen die gleichen irrationalen Zeitläufte auch dich zu deinem Ende. Wir waren Brüder in schönen und in schlimmen Zeiten. Du und ich. Wir haben manchen Sturm gemeinsam erlebt und manchen Spaß miteinander gehabt. Wir konnten uns immer aufeinander verlassen. Jetzt, wo unser beider letzte Stunde geschlagen hat, sind wir zu Brüdern geworden, Brüder im Leben und im Tod. Ach, Sonnenwind, was bist du doch für ein herrliches Geschöpf auf dieser Erde, warum mußt auch du dem unbegreifbaren Irrsinn geopfert werden. Ich sehe dich noch als Jährling im Dunst des Morgennebels auf deiner fruchtbaren Weide, neben dem schnuckeligen Holzhaus von Albert und Bertha stehen. Die ersten Sonnenstrahlen schienen wie lichte Streifen durch die Feuchte der Luft zu flimmern. Dein edles Profil mit dem mächtigen, gebogenen Hals, dem kleine Araberkopf deiner Mutter, der Windrose, deiner schönen Schulter, dem langen Rücken und der starken, überbauten Kruppe, den nervigen

Beinen und zierlichen, harten Hufen, dem ganzen Adel deiner Gestalt. Dich zu sehen, war mir wie eine Liebeserklärung an meine Freunde, die Pferde, denen in großer Breite mein Leben als Tierarzt geweiht war. Obwohl du ein mächtiger Hengst zu werden versprachst, sah ich in dir ein Pferd, wie die Stute, auf der Mohammed einst von Mekka nach Medina floh." Die Worte des Korans klangen mir in den Ohren: „Von dir werde ich ein Wesen erstehen lassen, bestimmt, meine Verehrer zu tragen. Dieses Wesen soll geliebt und geachtet sein von meinen Sklaven. Es soll gefürchtet sein von allen, die meinen Geboten nicht nachstreben."

Und Allah, so erzählt die Legende, schuf das Pferd und rief ihm zu: „Dich habe ich geschaffen ohnegleichen. Alle Schätze der Erde liegen zwischen deinen Augen. Du wirst meine Feinde werfen unter deine Hufe, meine Freunde aber tragen auf deinem wiegenden Rücken. Dieser soll der Sitz sein, von dem Gebete zu mir emporsteigen. Auf der ganzen Erde sollst du glücklich sein und vorgezogen werden allen übrigen Geschöpfen: Denn dir soll die Liebe werden des Herrn der Erde. Du sollst fliegen ohne Flügel und siegen ohne Schwert." – Lonie und ich hatten in unseren Stunden der Muße noch oftmals über Sonnenwinds hengstisches Heranbrausen auf der Koppel, mit dem er uns wiehernd begrüßte, gesprochen. Mit dem Spiel des Schattens auf seinem trockenen Kopf, so wie auf einem Gemälde von Angelo Jank. Den im Gegenlicht herrlich weichen Konturen seines festen, elastischen Leibes mit dem stolz getragenen Schweif. Die Verse auf dem matten Kalkstein über den Sieg Kyniskas beim olympischen Wagenrennen kamen uns in den Sinn, die den Ruhm des Sieges der stürmenden Rosse besingen. Zu allen Zeiten waren sie Brüder, die Menschen und ihre Pferde, und zu allen Zeiten haben sie die wechselnden Zeitläufte gemeinsam bestanden.

„Das höchste Glück der Erde liegt auf dem Rücken der Pferde." Welcher Reiter und Pferdefreund hätte dies nicht begriffen und zu einer Leidenschaft auswachsen lassen, von der er zeitlebens nicht mehr wegkam. Der Bauer und seine Rösser, der Ritter und sein Pferd, der Handelsmann und sein Gespann, der Fürst und sein Zelter, der Beduine und sein Araber, sie alle sind ein Begriff, eine Einheit von Reiter und Pferd, so wie Sonnenwind und ich zu einer Einheit verschmolzen waren. Bis zu dem gemeinsamen Tod, der uns jetzt unmittelbar bevorstand. „Ach, Sonnenwind, worin habe ich dich geritten. Womit kann ich meine Seele von dieser Schuld befreien?"

Meine Jahre als Tierarzt waren, trotz ihrer Kürze, Jahre im Dienste der Tiere, besonders der Pferde, aber auch der Menschen, die von und mit ihren Tieren leben. So kurz vor dem Ende wurde mir ganz klar, wie sie mich hatten sensibel werden lassen für die absolute Erhaltung des Lebens, allen Lebens in der Natur. Sie hatten die Einsicht erwachen lassen, daß mit jedem ausgerotteten Tier wir Menschen näher am Abgrund unseres Daseins stehen, und es wurde mir in diesen Minuten sternenklar, daß es der Menscheit gelingen muß, in Ehrfurcht vor dem Leben, unter dem Mantel der Liebe und auf den Flügeln des Geistes in eine bessere Zukunft zu ziehen. Eine tiefe Traurigkeit befiel mich, daß ich dann, wenn der ganze Spuk vorbei wäre, nicht mehr dabei sein konnte, um zu helfen, dieses Ziel zu erreichen.

Waren es diese Gedanken, die aus der Verzweiflung das Hoffen erwachsen ließen, das uns die Kraft zu Atmen gibt, das meinen Lebenswillen urplötzlich von mir Besitz ergreifen ließ? Ich weiß es nicht. Ich mußte es einfach tun. Ich hatte keine andere Wahl: Ich sah, daß mir nur noch wenige Minuten zur Flucht blieben. Mir war klar, daß die Vorbereitungen zu meiner und Sonnenwinds Liquidierung abgeschlossen waren.

Das Lager der Partisanen war kaum dreißig Meter von mir entfernt. Es duckte sich in die kleine Lichtung, in die langsam das Licht des aufsteigenden Morgens eindrang. Der Nebel der verfliegenden, dunklen Nacht begann sich in wattigen Schwaden in den wilden Gräsern zu verlieren. Der Duft der Erde vermischte sich mit den Düften der Blumen und Gräser. Die ersten Bienen tranken den Nektar der Blumen, und in den Zweigen sangen die Vögel ihre Lieder. Es war die Zeit, wo alles Leben in der Natur sich zu paaren begann, wo jede der unzähligen Arten des Lebens den fruchtbaren Drang zu neuer Schöpfung empfand. Die ersten Lichtstrahlen, die die kleinen Hütten der Menschen streiften, gaben ihnen das Licht, das auch ein Paul Cézanne seiner Mühle an der Couleure bei Pontoise unterlegte. Der dichte, zwischen hellen, lichtgrünen Buchen und braundunklen Tannen getupfte Wald hätte auch aus Pissarros Landschaft bei Chaponval stammen können. Nach der stockdunklen Nacht machte sich ein heiterer Frühlingstag auf den Weg. Es war, als hätte er den Mantel des Friedens über die Erde gebreitet. Es war, als wollte ein Rausch der Natur das Schicksal von Sonnenwind und mir vergessen machen. Als wollte das Füllhorn des Lebens uns einen Abschiedsgruß mitgeben uns sagen: „Auch wenn ihr beide nicht mehr da seid, wird die Natur sehr schnell die Lücke füllen, die ihr vielleicht glaubt, hinterlassen zu haben. So schnell geht die Welt nicht unter, schon gar nicht durch dieses kleine persönliche Drama im Wald von Augustów."

Der Wille zur Flucht wurde riesengroß. Ich lehnte weiter, wie müde, verzweifelt und hinfällig an der Schulter des mächtigen Hengstes. Nur mit seiner Kraft konnte die Flucht gelingen.

Unser Bewacher sah interessiert auf den Inhalt der Satteltaschen, die ich weit offen neben dem Pferd liegenlassen hatte.

Ich riß Sonnenwind mit der Kandare nach links. Er warf mit einer heftigen Bewegung der Hinterhand den Partisanen zu Boden. Seine Pistole flog weit durch die Luft auf die sandige Erde. Voll griff ich in die mächtige Mähne meines Pferdes und schwang mich auf seinen Rücken. Ich gab ihm die Sporen und preschte auf dem modrigen Weg durch den Wald. Das Reiten ohne Sattel war ich von Jugend auf gewöhnt. Wir hatten so immer unsere Pferde zur Tränke an die Furt geführt und manches Rennen am Ufer des Flusses ausgetragen.

Wir faßten dabei fest in die Mähnen und ließen uns fliegen, berührten den Rücken der Pferde kaum. Ich versuchte mich auf Sonnenwind ebenso leicht zu machen. Aber der Weg war mal sandig, mal moorig und überall mit Stämmen und Ästen bedeckt. Wir kamen nur langsam voran, und ich konnte nicht riskieren, daß wir stürzten. Dann wäre alles verloren gewesen. Ich hielt Sonnenwind fest an der Kandare und gab ihm die Hilfen, in dem moorigen Geäst nicht zu stolpern. In der Ferne schien es, als wäre der Wald zu Ende, als würden wir freies Feld erreichen. Das war unsere Hoffnung. Dann konnten wir fliegen, uns unseren Verfolgern entziehen.

Die Partisanen hatten sich bei unserer Flucht auf ihre Panjepferdchen geworfen. Es waren kleine, drahtige Renner, wendig und schnell und das unübersichtliche Gelände gewöhnt. Ich spürte, wie sie uns auf den Fersen waren. Wie sie ohne Bedenken durch die gestrüppige Piste preschten. Ich hörte zwei Schüsse, aber die waren nicht gefährlich, sie zischten weit an uns vorbei. In der Ferne wurde es lichter. Das war unsere Chance. Ich hielt Sonnenwind kurz, wir durften nicht stürzen. Wir mußten den Waldrand ohne Blessuren erreichen.

Wir hatten es geschafft. Das offene Land breitete sich wie eine endlose Fläche vor unseren Augen aus. Ich machte Sonnenwind die Zügel lang und ließ ihn laufen. In der Ferne sahen wir den sandigen Hügel mit unserem Quartier. Sein Instinkt hatte uns den richtigen Weg gewiesen. Es war wie ein Wunder. Mir fiel ein Stein vom Herzen.

Unsere Verfolger hatten kurz am Waldrand gestoppt. Sie konnten es sich nicht leisten, im offenen Gelände zu operieren, mich weiter zu verfolgen. Mein Vorsprung betrug über dreihundert Meter. Ein Glücksgefühl übermannte mich. Ich hatte es wieder einmal geschafft, dem drohenden Untergang zu entgehen. Ich legte mich Sonnenwind flach auf den mächtigen Hals und ließ in fliegen. „Wir haben es geschafft, wir haben gewonnen, mein Alter“, rief ich ihm ins Ohr. „Wir sind noch einmal davongekommen.“

Da zerriß ein stählerner Knall die Luft. Fast gleichzeitig gab es einen dumpfen Schlag in Sonnenwinds Kruppe. Er bäumte sich auf und machte einen gewaltigen Satz. Dann wurde er flach wie ein Galopper im Speed auf der Rennbahn. Er stürmte wie der Sturmwind über die moorige Heide. Ich hatte Mühe, mich auf seinem Rücken zu halten. Der sandige Hügel mit dem Dorf unseres Quartiers kam näher und näher. Wie würden sich Igor, Alex, Jonathan und Materna freuen, wenn wir wieder bei ihnen waren. Wir erreichten die Umfriedung der Weiden bei unserem Dorf. Sonnenwind wurde zunehmend schwerer in seinen Bewegungen. Es war, als würde er mit bleiernen Hufen einen steilen Berg hinaufgaloppieren. Der Dreiklang seines Galopps verlor seinen Rhythmus. Eine mächtige Faust schien ihn zu Boden zu drücken. Sein Kopf hing schwer nach unten und war kaum am Zügel zu halten. Mit letzter Kraft kamen die Sprünge aus seinem mächtigen Körper. Dann brach er fast lautlos zusammen. Ich flog in weitem Bogen von seinem Rücken, rollte über die Weide und rutschte über den grünen Rasen. Ich spürte den frischen Geruch des Grases und schloß meine Augen. Dann verlor ich das Bewußtsein und war in einer anderen Welt. Es war Stille um mich und Frieden.

Ich weiß nicht, wie lange ich ohne Besinnung war. Als ich aufwachte, sah ich Sonnenwind nur wenige Meter neben mir auf der Weide liegen. Sein Hals war gebogen und sein Kopf stützte sich auf. Es sah so aus als wollte er im Liegen von dem zarten Gras zupfen. Ich stand auf und ging zu ihm. Seine hellen Augen waren kalt und starr. Das Leuchten seiner Augen hatte sich im Dunkel seiner Pupillen verloren. Die Lidbindehäute waren weiß wie Porzellan. Der Puls war nicht zu spüren. Eine Atmung war nicht zu sehen. An der linken Kruppe klaffte eine tiefe Fleischwunde. Sie blutete nicht. Erst jetzt begriff ich, was geschehen war. Mein alter Freund Sonnenwind hatte diese Welt verlassen. Er war gegangen, wie er immer gelebt hatte. Mit letzter Energie hatte er mich zurück zu den Kameraden getragen, mit letzter Kraft mich aus einer schier aussichtslosen Lage gerettet. Ich lag erschüttert auf seinem Hals und weinte wie ein Kind. Vor sieben Jahren hatte ich ihn mit aus der Taufe gehoben, ich hatte ihn aus seinem Kellerverlies gerettet und war mit ihm durch die Weite der Länder und der Gefahren gezogen. Er war mein bester Freund, mein treuester Kamerad, er war zu einem Teil von mir selbst geworden. Es war mir, als hätte man mir die Welt genommen, als hätte man mir das Herz gebrochen. „Ach,

Sonnenwind, wie sollen wir das nur unserer Lonie sagen.“ Ich lag auf seinem Hals und weinte wie ein Kind.

So fanden mich auch die Kameraden. Ich konnte mich kaum beruhigen. Auch Igor, der zu uns geeilt war, liefen die hellen Tränen über die Backen. Er konnte kaum reden, als er zu mir sagte: „Doktor, es ist Eile geboten. Jennifer, die Stute, liegt in den Wehen und kann nicht fohlen. Es ist dringend und keine Zeit mehr zu verlieren.“ Ich stützte mich auf ihn, und sie führten mich zur nahen Lazarettstaffel. Im behelfsmäßigen Krankenstall lag Jennifer mit dick aufgetriebenem Bauch in den Wehen. Ich zog Jacke und Hemd aus, wusch mir die Arme und untersuchte ihre Geburtswege. Sie waren geöffnet und fast ohne Geburtsschleim. Der Kopf des Fohlens war nach hinten geschlagen und es steckte mit seinem gebogenen Hals im knöchernen Becken. Die langen Beine lagen ebenso zurückgebeugt in der angespannten Gebärmutter. Jennifer hatte schon vierzehn Tage übertragen, wir hatten jeden Tag auf die Geburt gewartet. Sie war eine reine Vollblutstute, die wir auf unserem Marsch durch Trakehnen mitgenommen hatten. Sonnenwind hatte auf ihr seinen Jungfernsprung als mächtiger Hengst absolviert, und sie war gleich beim ersten Mal tragend geworden. Seitdem zog sie mit unserem Troß durch die Lande.

Es war ein schweres Stück Arbeit, sie zu entbinden. In den Pausen der Wehen mußte ich versuchen, den zurückgebogenen Kopf zu fassen und gleichzeitig den Körper des Fohlens zurück in die gespannte Gebärmutter zu schieben. Nur so konnte es gelingen, Kopf und Hals gerade, in die Richtung des Geburtsausgangs, zu legen. Es war ein schweres Stück Arbeit. Aber ich war gefordert und es mußte gelingen. Die Strapazen der vergangenen Nacht, des Ritts in den Morgen waren wie weggeblasen. Es erforderte meine ganze Kraft. Aber es erforderte auch alle meine Sensibilität und Vorsicht, daß dabei die von den Wehen gespannte Gebärmutter nicht verletzt oder gar perforiert wurde. Schließlich war es gelungen. Kopf und Hals des Fohlens lagen richtig. Die langen Beine aus dem Körper der Stute in die richtige Lage zu bringen war ebensoschwer. Trotzdem war auch das in kaum zehn Minuten geschafft. Die kräftigen Wehen von Jennifer und das leichte Ziehen von Igor und mir brachten das Fohlen dann schnell zur Welt. Es war aber auch Eile geboten. Die Geburt hatte schon zu lange gedauert, das Fruchtwasser war fast völlig ausgelaufen. Es war allerhöchste Zeit.

Das Fohlen lag flach auf der Streu, seine Atmung kam nur zögernd in Gang. Igor rieb es mit trockenem Stroh ab. Jennifer war mit einem Satz aufgesprungen und leckte mit ihrer rauhen Zunge das Fell ihres Kindes. Es war der Abklatsch von Sonnenwind. Die hellen Augen und die breite Blesse, der gebogene Hals und die langen Beine ließen erkennen, daß ein zweiter Sonnenwind das Licht dieser so malträtierten Welt erblickt hatte. Die ewige Kette des Lebens hatte ein neues Glied bekommen.

Ich wurde plötzlich unendlich müde. Der Schmerz über Sonnenwinds Tod und die Freude über den neuen, kleinen Sonnenwind konnte ich kaum in Einklang bringen. Ich ging aus dem Stall und legte mich auf die blumige, kühle Wiese. Mein Ritt in den Morgen hatte sein Ziel gefunden. Es war teuer erkauft mit dem Tod meines besten Kameraden. So wie bei Florians Tod kam die ganze Sinnlosigkeit unseres Tuns in mir hoch. Ich konnte es einfach nicht mehr begreifen. Meine Träume gingen zu Lonie und die weit entfernte Heimat. Über den Hügeln brach plötzlich die helle Sonne purpurrot über das weite Land. Am Himmel zog ein Schwarm Kraniche mit silbernen Schwingen nach Westen.

Ich sah sehnsuchtsvoll zu ihnen auf und rief ihnen zu:

„Sagt Lonie, daß uns ein neuer Sonnenwind geboren ist!“

„Sagt Lonie, daß ich sie liebe!“

XV. Das Asyl für die Pferde

Die Welt versank in der Apokalypse maßloser Zerstörung. Das „tausendjährige Reich" hatte es schon nach zwölf Jahren geschafft, sein geschichtliches Soll an Blut und Tränen, Schrecken und Verzweiflung, Elend und Tod zu erfüllen. Auch das Inferno des Untergangs war einmalig und unübertroffen; aber auch banal und sinnlos zugleich, wie immer, wenn Hasardeure das Antlitz der Welt verändern wollen.

Unsere Odyssee des Rückzugs führte uns in abenteuerlicher Dramatik gen Westen. Den kleinen Sonnenwind umhegten wir wie unseren Augapfel. Auch ihm wurde in seinem jugendlichen Dasein Unglaubliches zugemutet; aber er war stark und zäh wie sein Vater. Alles um ihn herum war für ihn von größtem Interesse. Seine ungezwungene Munterheit, sein Temperament und sein sonnenheller Blick in die sich ständig für ihn verändernde Umwelt gaben uns Kraft, wenn die Lage manchmal eher hoffnungslos und verzweifelt erschien. Er war wie ein Symbol unbekümmerter Jugend, ja neuen Lebens und glückhafter Hoffnung.

Der steile, steinige und vom Regen ausgewaschene Weg führte uns über einen Nebenpaß in den Tauern. Wenige hundert Meter unterhalb der kahlen, zugigen Paßhöhe lag, geschützt von einem kleinen Hain zartgrünender Lärchen und eingebettet in saftig blühende Bergalmen, ein uriggeducktes, graubraun verwittertes Gehöft. Auf der Koppel vor dem tiefgezogenen Dach des Wohntraktes, neben dem hölzernen Trog des alten Brunnens grasten friedlich zwei halberwachsene Haflinger in der rotflimmernden Sonne. Die karge, seit Jahrhunderten kaum veränderte Natur wirkte auf mich wie ein Sinnbild der Beständigkeit und des von der Bescheidenheit getragenen Friedens. Die schon lange gehegte Idee, Jennifer und ihren nun bald vier Monate alten Sonnenwind irgendwo bei einem vertrauenswürdigen Pferdezüchter unterzustellen, bis sich das Drunter und Drüber der chaotischen Lage wieder geglättet hatte, stand wie eine beinahe zwanghafte Fiktion vor mir. Jetzt mußte es geschehen. Wer wußte, was uns im Tal über dem Paß erwartete? Ob wir dann überhaupt noch in der Lage waren, unsere Pferde weiter bei uns zu führen? Ob es noch eine Chance gab, für Sonnenwind ein Domizil zu finden, wo er, unbehelligt von den Turbulenzen der Zeit, in Ruhe aufwachsen konnte. Wo Lonie und ich, wenn wir wieder dazu in der Lage waren, ihn wieder auffinden und nach Hause, auf die Koppeln von Albert und Berthas Heidehof heimführen konnten.

Ich gab Igor ein Zeichen. Er nahm Jennifer an die Hand, und wir bogen von der steinigen Paßstraße ab auf den schmalen, mit Gräsern und Kräutern überwachsenen Weg zu dem einsamen Gehöft. Die Haflingerjährlinge rannten zum Koppelzaun, stellten die Ohren und begannen zu wiehern. Materna, der große Hannoveraner Wallach, den ich seit Sonnenwinds Tod unter dem Sattel hatte, erwiderte mit seinem hellen, fast singenden Wiehern die Begrüßungszeremonie der Haflinger. Klein-Sonnenwind trabte mit hoch erhobenem Schweif und seiner edlen arabischen Grazie den beiden Haflingern entgegen.

Von der Bank vor dem alten Holzhaus erhob sich eine fast finster anmutende Gestalt. Das verwitterte Gesicht war in dem graugrünen Lodenmantel mit dem aufgestellten Kragen und dem tief herabgezogenen Schlapphut kaum zu sehen. Er hatte schon lange vor seinem Haus gesessen und den schier unendlichen Zug von Pferd und Reitern beobachtet.

Ich parierte Materna durch, grüßte mit breitem Lächeln und stieg langsam vom Pferd. Maternas Zügel gab ich Igor an die Hand, und Jennifer, die sich zurückgesetzt fühlte, drängte kräftig ihre schmaler gewordene Kruppe gegen Maternas Flanke. Sonnenwind beschnupperte die Haflinger, und diese rieben ihre weichen Nüstern an seinem Hals.

Ich grüßte nochmals freundlich und ging ruhigen Schrittes auf die verwitterte Gestalt zu. Er war drei Meter vor der alten Holzbank stehengeblieben und schaute gelassen, mit nahezu undurchdringlichem Pokergesicht, auf mich. Ich war überzeugt, daß er in seinem Innern gespannt war wie eine Feder und erkannte die Gefahr, die in unserer Begegnung schlummerte.

Ich stellte mich vor. Meine Situation, den endlosen Marsch meiner Kameraden brauchte ich ihm nicht zu erklären.

Ohne Umschweife kam ich zur Sache. Ich stellte ihm Jennifer und ihren Sonnenwind vor, erzählte ihm die Umstände von Sonnenwinds Existenz, und daß ich einen guten Platz für Jennifer und ihr Fohlen suchte. Ich sagte ihm auch, daß ein Blick auf die beiden Haflinger mir gesagt hatte, daß er mit Pferden umgehen konnte, daß man ihm Pferde anvertrauen konnte. Sein so starrer und undurchdringlicher Blick bekam einen weichen, fast wehmütigen Schimmer. Mir wurde irgendwie im Unterbewußtsein klar, daß ich mit der Pferdezucht die freudige, die glückliche Linie seines harten, ausgeschlossenen und entbehrungsreichen Lebens getroffen hatte. Er lud mich ein, auf der Bank Platz zu nehmen. Die starre, fast feindselige Haltung fiel von ihm ab wie ein Schleier, der den Blick verwehrt hatte. Seine knorrige Gestalt ging elastisch ins Haus und rief nach der Frau und den Söhnen. Die Frau, ganz in Schwarz gekleidet, mit hochaufgerichteter Gestalt und einem stolzen, wettergegerbten Gesicht, brachte uns Brot, Käse und Milch. Ein brillanter Calvados, sicher irgendwoher geschmuggelt, machte die Runde. Wir waren uns ganz schnell handelseinig und bei unseren Gesprächen über die Pferde, über die für jeden Pferdenarren einmalige Welt der Pferde, kam fast so etwas wie Freundschaft auf.

Jennifer und Sonnenwind fanden einen guten Platz in dem niederen, aus dicken Stämmen gezimmerten Stall des Einödhofes. Futter war genügend in der Scheune. Bestes, wohlriechendes Bergheu. Neben den Jährlingen stand noch eine alte Haflingerstute, deren tiefhängender Bauch anzeigte, daß schon viele Fohlen von ihr zur Welt gebracht worden waren. Daneben schnaubten zufrieden zwei Mulis, sehnig und zäh und sicher geübt beim Passieren der Pässe in stockdunkler, eisiger Nacht, wo die Zöllner lieber am Ofen sitzen und sich die steifgefrorenen Glieder wärmen.

Die abweisende, fast feindselige Atmosphäre der ersten Begegnung war gegenseitigem Respekt und Verstehen gewichen. So unterschiedlich die Ausgangslage auch war, mir wurde bewußt, daß ich Glück gehabt, ein großes Los getroffen hatte. Jennifer und Jung-Sonnenwind hätten es nicht besser treffen können.

Davon war ich felsenfest überzeugt. Meine Menschenkenntnis und mein Gefühl sagten mir, daß ich mich auf das Wort des bärtigen Einödbauern verlassen konnte. In seinem Leben war jeder Wortbruch ein Verrat, der das Ende bedeuten konnte. Ihr Codex war elementarer als jedes Gesetz.

Sonnenwind mampfte mit Wonne in dem duftenden Heu. Ich strich ihm über die Stirn und täschelte seinen Hals. Der Abschied fiel mir schwer. Ob ich ihn je wiedersehen würde? Ob Lonie sich je an seinen kapriziösen Sprüngen begeistern konnte? Eine ungewisse Zukunft lag vor uns, vor uns allen.

Igor führte die Pferde herbei. Ein letzter Blick traf die Augen des Bauern. Wir waren uns einig. Wir liebten die Pferde. Igor und ich saßen auf und ritten davon. Ein leises Wiehern verlor sich auf unserem Weg in der Abenddämmerung. Es verhallte fast zärtlich im Wind.

Der Heimweg war schwer und beschwerlich. Er zehrte an unseren Kräften, besonders aber an unserem Selbstverständnis. Kaum eine Erniedrigung blieb uns erspart. Aber auch diese Wochen gingen vorbei – und endlich hatte ich heimgefunden. Das Glück wieder zu Hause zu sein, Lonie wieder in meinen Armen zu halten, die Jahre der Sehnsucht und der unerfüllten Liebe in den Träumen des Zusammenseins zu vergessen, waren so unbegreiflich, so unbeschreiblich und unwiederholbar, daß ich mir immer wieder sagen mußte: „Es ist wirklich, es ist die Wahrheit, es ist die Realität!“

Wir lebten bescheiden in einer Welt der Entbehrung. Vieles mußten wir neu beginnen und wieder aufbauen. Aber wir waren die glücklichsten Menschen der Welt. Wir träumten in den seltenen Stunden der Muße auf der blühenden, grünen Wiese in den blauen, strahlenden Himmel. Wir sahen dem Ziehen der wattigen Wolken nach. Wir saßen auf der hölzernen Bank vor dem Häuschen in der lauschigen Sommernacht und fanden unser Glück überstrahlt von der silbernen Sichel des zunehmenden Mondes.

Die Praxis nahm mich vom ersten Tag an gefangen. Überall war Not am Tier. Die lange entbehrten Gesundheitsverfahren mußten wieder in Gang gesetzt werden. Wovon ich so lange sehnsuchtsvoll geträumt hatte, von der Behandlung von Tieren, die dem Leben, die dem Frieden, die dem Wohle der Menschen dienen, es wurde wunderbare Wirklichkeit. Ich konnte gar nicht genug bekommen, ich war wie besessen, wie in einem Rausch der Glückseligkeit. Die interessante, breite Palette des vielschichtigen tierärztlichen Helfens und Heilens überkam mich wie eine Offenbarung. Auch wenn die Arbeit hart war, wenn die Tage von früh bis spät in die Nacht dauerten, und oftmals auch die kurzen Nächte mit schweren Geburten und Koliken ausgefüllt waren, auch wenn ich manchesmal wirklich fast am Boden zerstört und völlig geschafft war. Der Hochleistungsberuf des praktischen Tierarztes übermannte mich wie eine Droge und ließ mich nicht mehr los.

XVI. Ein Gebet für die Schlange

So vielseitig die Palette meiner Arbeit war, so bunt war sie auch. Einer dieser Farbtupfer war Ivettes Gebet für die Schlange.

Es war in der Zeit, als das schillernde Volk der Kabarettisten und Kleinkunstartisten über die Kleinstädte und Dörfer tingelte, weil es dort, außer der mehr oder weniger wertlosen Gage, handfestere Dinge wie Kartoffeln, Schinken und Wurst zu erringen gab. So hatte sich auch Ivette in unser Städtchen verirrt und war dann eines Tages ganz außer sich in der Praxis gelandet.

„Oh Gott, o einziger Gott, laß meine Mimose nicht sterben. Gib dem Doktor die Kraft und Erleuchtung, die er benötigt, um sie wieder gesund zu machen. O Gott, o einziger Gott, mach meine Mimose wieder gesund!"

Die Mimose war eine Boa constrictor, eine Abgottschlange. Sie war ein Weibchen, fast vier Meter lang und wog, als sie noch gesund war, über vierzig Kilogramm. Sie war ein besonders schönes Tier; ihre braun-grüne Schuppenhaut hatte einen leicht goldenen Schimmer. Seit Wochen hatte sie jede Nahrung verweigert. Sie war schwer, ja lebensbedrohend krank.

Nun ist es bei Schlangen normal, wenn sie wochen- oder auch monatelang keine Nahrung zu sich nehmen. Sie fressen im Jahr sowieso kaum mehr, als sie selber wiegen. In Gefangenschaft kann das noch wesentlich weniger sein. Sie fressen dabei nur lebende Tiere. Sie schleichen sich schlangenhaft an und fassen blitzschnell zu. Ebensoschnell umschlingen sie, wenn es keine Giftschlangen sind, mit dem ganzen Körper das Opfer und erdrosseln es langsam. Sie lassen erst los, wenn es tot ist. Sensoren ihres Nervensystems sagen ihnen genau, wann der Moment gekommen ist. Dabei sind sie reine Fleischfresser.

Auch in der Gefangenschaft wollen sie ihre Beute selbst erjagen. Das Kaninchen, die Ratte oder die Wühlmaus muß also lebend sein. Die Beute muß sich bewegen. Auf die Bewegung reagiert die Schlange sensibel und schnell.

Legt das Kaninchen sich gar starr hin und stellt sich tot, kann es sein, daß die Schlange es aus nächster Nähe übersieht und ihren Weg weiterschlängelt. Die Natur ist immer so weise, dem Jäger und seinem Opfer eine Chance zu geben. Darum hat auch das Kaninchen während der langen Zeit seiner Entwicklung dieses Totstellen als eine wirkungsvolle Anpassung an das Verhalten seiner natürlichen Feinde gelernt. So wie es vor einem hetzenden Hund blitzschnell Haken schlagen kann, um ihn in voller Fahrt ins Leere rennen zu lassen, stellt es sich vor der anschleichenden Schlange einfach tot.

Mimose, die Boa constrictor, war krank. Sie fastete nicht, weil sie satt war oder weil sie die kalte Jahreszeit in einer hormonell gesteuerten Kältestarre verbringen wollte. Sie fastete auch nicht, wie es die Schlangen in freier Natur während der Trockenzeit in der Halbwüste tun, indem sie sich in einem geschützten Erdloch in eine Art Trockenstarre legen. Sie war schwer krank und verweigerte deshalb jede Nahrung. Sie hatte auch nicht, wie ihre Vettern in der Freiheit, ein genügend großes Fettpolster angelegt, um in der Phase der Starre davon zehren zu können. Sie war in einem Terrarium großgeworden. Sie brauchte deshalb ihren Ernährungsrhythmus nicht der unerbittlichen Natur anzupassen. Das war zwar auch bei ihr instinktiv vorprogrammiert, aber die Umstände ihres Lebens machten es nicht notwendig.

Sie war zum Skelett abgemagert. Die schöne, seidig glänzende Haut war runzelig geworden und welk. Die Temperatur hatte sie der Zimmertemperatur angepaßt, um nicht noch die letzten Energiereserven zu verbrauchen. Schlangen machen das immer. Wir nennen sie deshalb wechselwarme Tiere. Sie können die jeweilige Körpertemperatur weitgehend den Temperaturbedingungen der Umgebung anpassen. Ihre dunklen Pupillen mit dem senkrechten Sehschlitz lagen tief in den Höhlen. Sie lag wie ein Häufchen Elend, zusammengerollt in ihrem Korb, im Untersuchungsraum meiner Praxis.

Ivette kniete neben ihr. Sie rief Gott um Hilfe an. Ivette hieß eigentlich Maria und stammte aus dem Schwäbischen, ihr Künstlername aber war Ivette: „Ivette und Mimose, die Boa constrictor" stand über ihrem Engagement. sie trat derzeit im gleichen Etablissement auf wie damals Danielle mit Leo, dem Löwen. Sie hatte die letzte Aufführung am Abend zuvor absagen müssen. Mimose war nicht mehr zu bewegen, sich um den kräftigen Körper der stämmigen Ivette zu schlingen. Es fiel ihr auch schwer, ihren züngelnden, elegangen Schlangenkopf zu heben. Sie hing kraftlos und ohne Ausdruck an ihr schlaff herunter. Auch die unbedarftesten Zuschauer sahen, daß das Tier nur noch ein Gerippe und vom Tode gezeichnet war. Sie war wie eine Mimose, die einen kräftigen Nachtfrost abbekommen hatte. So albern der Name für die starke Boa constrictor auch war; in ihrem jetzigen Zustund war er fast passend.

Ivette war ein Weib, wie es in früheren Jahren fast überall auf den Jahrmärkten anzutreffen war. Ihr war der Kraftakt mit einer fast einen Zentner schweren Schlange wie auf den Leib geschrieben. Die große Schlange und die starke Ivette paßten ideal zusammen, sie waren Partner. Sie hatten Erfolg und waren eine gefragte Attraktion. Natürlich wollten die Zuschauer nicht nur die mächtige Schlange erleben. Ihnen lag genausoviel an den üppigen Formen Ivettes. Schließlich war bei dieser Vorführung nicht nur die Schlange in ihrer elementaren, natürlichen Nacktheit zu sehen, Ivette war es auch. Aber das war für diese artistische Demonstration, für diesen exotischen Schlangentanz, auch eine wichtige Voraussetzung. Die Schlange paßt ihre Körpertemperatur ihrer Umgebung an. Die Boa constrictor ist im Tropengürtel Südamerikas zu Hause. Sie braucht die Wärme einfach. Der warme, nackte Körper Ivettes belebte sie und ließ sie geschmeidig werden. Ivette behauptete steif und fest, und ihre lange Erfahrung gab ihr recht, daß sie erst eine wirkliche Verbindung zu ihrer Schlange hatte, wenn sie direkten Kontakt von Haut zu Haut habe. Daß sie erst dann ihren Tanz mit den geschmeidigen Bewegungen der Schlange stimmungsvoll synchronisieren könne.

Jetzt kniete sie neben dem Korb mit der Schlange in meiner Praxis. Sie flehte zu Gott, daß er ihrer Mimose helfen möge. Sie sah in mir, ausgerechnet in mir, der so wenig Erfahrung mit kranken Schlangen hatte, die rechte Hand Gottes bei der Heilung ihrer Mimose. Sie flehte ihn an, daß er mich so weit erleuchte, daß ich in die Lage versetzt werde, der Schlange wirklich zu helfen.

Diese Bitte war sicher gerechtfertigt. Wenn ich mit Pferden, Hunden, Katzen und vielen anderen Tieren für meine jungen Jahre schon allerhand Erfahrungen und auch Erfolge sammeln konnte, was Schlangen anging, war ich ein unerfahrener Stümper, ja fast ein Laie zu nennen. Es gehörte schon wirklich viel Gottvertrauen dazu, mit einer kranken Schlange zu mir in die Praxis zu kommen. Meine einzigen Erfahrungen mit dieser Reptilienart waren hin und wieder einmal kleine Verletzungen bei Schlangen aus der nahen Zoohandlung, die sich diese im Terrarium oder beim Transport zugezogen hatten. Verletzungen, die bei Tier und Mensch nach den gleichen Grundsätzen behandelt werden. Solche Verletzungen treten bei allen Tieren immer wieder auf.

Ich erinnere mich noch lebhaft dabei an eine schwere Verletzung eines Gepards: Er war mit den Hinterläufen unter den Drahtzaun seines Geheges gekommen. Beide Processus calcanei brachen dabei ab. Der Processus calcaneus ist beim Gepard ein etwa bleistiftlanger, aber auch kaum mehr als bleistiftdünner Knochen am Sprunggelenk. Über ihn spannt sich die Achillessehne wie eine Violinsaite über den Geigensteg. Die große Spannung dieser Sehne ermöglicht es dem Gepard, wie eine Rakete zu beschleunigen. Schnelligkeit ist sein Überlebenskapital; wenn er im harten Dasein der Natur bestehen will, muß er schneller sein als seine Beute. Das sind in erster Linie Antilopen, kleine und schnelle Antilopen. Um die größeren kümmern sich schon die Löwen und Panther, die Leoparden und die anderen Großkatzen. Für ihn, den Leichtgewichtigen unter ihnen, bleiben die kleineren übrig. Die sind vielfach schnell wie der Wind. Sie äsen in großen Rudeln in der freien, übersichtlichen Steppe. Sie hören mit ihren großen Lauschern jedes Geräusch. Sie haben eine hohe Witterung, haben Augen wie ein Luchs und meiden

Weidegründe mit dichtem Buschwerk, Gelände, das ihren Fluchtweg einschränkt. Der Gepard steht auf hohen, langen Beinen. Es fällt ihm schwer, so geduckt wie ein Panther anzuschleichen. Er muß wirklich wie eine Rakete aus dem Hinterhalt starten, um seine Beute zu erwischen. Meist schlägt er dabei nur die kranken und schwachen Tiere. Die Auslese der Natur hat dies so eingerichtet. Nur die wirklich Starken bleiben übrig. Nur sie können letztlich überleben und ihre Art so weiterführen, daß auch diese überleben kann.

Es ist wie bei der Vollblutzucht in den Gestüten. Auch da zählt nur die Schnelligkeit. Wer einmal das Derby oder den Prix de l' Arc de Triomphe gewonnen hat, ist als Vererber nahezu unbezahlbar. Die langsameren Tiere, auch wenn sie noch so edel und schön sind, gehen den Weg alles Irdischen. Sie haben keine Chance für die Weiterzucht. Sie können das hohe, in der Natur lebenserhaltende Ziel der Schnelligkeit und Ausdauer nicht an ihre Nachkommen weitergeben. Sie werden zwar nicht von natürlichen Feinden gefressen, aber auch der Mensch ist nicht ihr Freund. Wenn sie Glück haben, werden sie ein treues Reitpferd oder gehen in einem flotten Gespann. Haben sie Pech, landen sie in einer Boucherie chevaline. Entrüstung hin, Entrüstung her: Jeder eingefleischte Franzose reibt sich den Bauch, wenn er ein zartes viande de cheval zu einem Glas Beaujolais verspeist. C'est la vie.

Die beiden Processus calcanei des Gepards waren direkt an der Stelle gebrochen, wo sie am Fersenbein angewachsen sind. Sie waren so dünn und auch so hart und lang, daß es unmöglich war, einen chirurgischen Nagel durch sie zu treiben. Es blieb gar nichts anderes übrig, als es mit einem klassischen Gipsverband zu versuchen.

Das Tier einzufangen und zu fixieren war kein Problem. Die Pfleger hatten dazu eine Art großes Schmetterlingsnetz, das sie dem Gepard über Kopf und Rumpf stülpten. Innerhalb einer Minute lag er am Boden und konnte gut festgehalten werden. In der nächsten Minute hatte er seine Narkose. Bei dem verletzten Gepard war das kein Problem. Es waren Leute da, die mit Tieren umgehen konnten. Er war schließlich auch nur eine große Katze und reagierte auf die Medikamente genauso wie alle anderen Katzen. Ich gab ihm von vornherein eine höhere Dosis, als er von seinem Körpergewicht unbedingt gebraucht hätte, weil mir klar war, daß unser Eingriff lange dauern würde und eine hundertprozentige Fixierung der Bruchenden nur in absoluter Ruhigstellung möglich war. Es klappte eigentlich alles prima. Der Gepard schlief den Schlaf des Gerechten. Es gelang uns, den Bruch lege artis einzurichten. Wir gaben dem Gelenk eine geringfügige Beugehaltung, um den Druck der Sehnen etwas zu verringern, um die starken Bewegungsversuche, die bei einem Wildtier, bei einem Tier überhaupt, immer zu erwarten sind, in ihrer Wirkung auf die Bruchenden abzumildern.

Beim Tier ist es eben ganz anders als beim Menschen, bei jedem Tier, gleichgültig ob es eine Katze, ein Hund, ein Fohlen oder ein Gepard ist. Als Tierarzt kann ich dem Patienten nicht sagen, daß er sich jetzt die nächsten Wochen völlig ruhig verhalten muß, daß er das Bein oder den gebrochenen Arm nicht belasten darf. Daß er eisern im Streckverband aushalten muß, auch wenn das Liegen noch so lästig und der Schmerz noch so groß sind. Beim Menschen ist das alles kein allzu großes Problem. Wenn er wieder gesund werden will, muß er sich einfach den Anordnungen des Arztes fügen.

Das Tier hat dafür keinerlei Verständnis. Den Verband oder Gips sieht es als Zwangsmaßnahme, als Fremdkörper an. Er muß also so fest sitzen, daß er trotz des natürlichen Bewegungsdrangs in jeder Situation hält. Er muß dem Versuch widerstehen, abgefressen zu werden, weil das Tier Schmerzen hat oder ihm die ganze Prozedur einfach lästig ist. Jeder Verband erfordert nicht nur eine perfekte Technik, sondern auch, und das in ganz besonderem Maße, die genaue Kenntnis der Verhaltensweise des Tieres. Je schwerer ein Tier ist, desto schwieriger wird es, die Bruchenden zu fixieren und ruhigzustellen, gleichgültig ob mit der klassischen Methode oder mit der modernen Knochenchirurgie. Bei einem temperamentvollen Pferd ist deshalb bei vielen komplizierten Brüchen alle Mühe umsonst.

Dazu kommt noch, daß für den Tierarzt die Frakturbehandlung die unterschiedlichsten Dimensionen hat. Bricht sich ein Wellensittich ein Bein, so ist eine ganz andere Technik nötig, als wenn das gleiche bei einem großen Bernhardiner passiert. Auch bei einem leichten, quicklebendigen Pinscher ist anders zu verfahren als bei einer mächtigen Deutschen Dogge. Dabei ist die Frakturbehandlung auch immer von der Kompliziertheit und der besonderen Beschaffenheit des Knochens abhängig. Ein glatter Röhrenbruch kann in den meisten Fällen mit einem gutsitzenden Gipsverband schnell geheilt werden. Eine Spitterfraktur bedarf der Nagelung, der Verschraubung oder der Verplattung; je nachdem, wie der Fall gelagert ist. Die tierärztliche Osteosythese, die chirurgische Knochenbruchbehandlung mit unterstützendem Material, steht dabei der in der Humanmedizin in keiner Weise nach. Sie hat eben nur die Differenzierung nach den vielfältigen Tierarten und deren Skelett sowie die Absicherung gegen die natürlichen Abwehrbewegungen und Verhaltensweisen der Tiere. Ein krankes Pferd mit einer Fraktur darf sich eben nicht legen, sonst besteht die Gefahr, daß es nicht mehr aufstehen kann und schnell an einer Stoffwechselvergiftung stirbt.

Bei dem Gepard war es ein besonderes Problem. Ich hatte ihn fest eingegipst. Die Besonderheiten des Bruches machten eine dünne Unterpolsterung notwendig. Ich hatte sie so dünn wie möglich gemacht, um den Sitz stabil zu erhalten. In den eigentlichen Gips hatten wir Metall- und Kunststoffschienen eingebaut. Vor allem diese sollten die Stabilität garantieren. Über den Gipsverband legten wir nochmals einen festen Kunststoffbelag. Er sollte das Abnagen verhindern. Wer das scharfe Gebiß eines Gepards einmal gesehen hat, wird das begreifen. Trotzdem nagte er den Verband immer wieder an. Mehrmals mußten wir nachbessern, und zuletzt ummantelten wir ihn mit festem Blech.

Aber das Wunder geschah, nach acht Wochen mühevoller Arbeit und Überwachung war der Bruch der beiden Prozessus calcanei geheilt. Die Bruchstellen waren dick in

Kallus eingebettet. Sie waren so gut verwachsen, daß sie den enormen Druck der Spannung der Achillessehnen aushielten. Der kleine Schönheitsfehler war, daß sie ein ganz klein wenig schräg angewachsen waren. Der Gepard lief immer mit leicht gebeugten Sprunggelenken daher. Aber wer kein ausgesprochener Fachmann war, konnte es nicht erkennen. Er wurde in seinem Gehege alt und war nie wieder ernstlich krank. Immer wenn ich vorbeikam, legte er die Ohren an und bleckte leicht die Zähne. Aber es war eher eine freundliche Grimasse, als wollte er sagen: „Den da, den kenne ich doch auch, der hat mich von meinem Leiden befreit!“

Er war einer der Fälle, die aus den Tausenden von Routinefällen, die ein Tierarzt in seiner Praxis versorgen muß, herausfallen. Einer der Fälle, die den aufregenden tierärztlichen Alltag noch aufregender machen, als er ohnehin schon ist.

Die Boa constrictor war auch so ein Fall. In der Praxis kniete Ivette und flehte um die Einsicht des Himmels. Der Taxifahrer, der sie hergebracht und mitgeholfen hatte, den Korb mit der Schlange ins Sprechzimmer zu tragen, drehte verlegen die Mütze in der Hand. „Ich geh mal lieber wieder“, sagte er. „Wenn Sie mich brauchen für die Rückfahrt, rufen Sie meine Nummer an.“

Er zog ab, und Lonie war alleine mit Ivette und der Boa constrictor. Sie war sich nicht im klaren, was sie machen sollte, deshalb ging sie zum Funk, um mich zu erreichen.

Ich war unterwegs auf Praxisfahrt und hatte einen jungen Kollegen dabei, der bei mir hospitierte. Wir waren gerade dabei, ein Euter zu nähen. Die Kuh war über den Stacheldrahtzaun gesprungen und hatte sich einen zehn Zentimeter langen Riß an der hinteren rechten Zitze zugezogen. Es war eine diffizile Arbeit. Die Schleimhaut des Milchkanals mußte exakt vernäht werden, wenn die Kuh hinterher wieder Milch geben sollte. Wir hatten das Tier mit Rompun ruhiggestellt und waren mitten bei der Arbeit. Da meldete sich der Funk. Ich hatte den Wagen vor dem Stall abgestellt und das Fenster geöffent. Das macht man immer, um die Funksignale nicht zu überhören. Ich übergab dem Kollegen den Nadelhalter und ging zum Wagen. Es war Lonie.

„Schnell, mein Lieber, komm so schnell wie möglich nach Hause. In der Praxis kniet eine Frau mit einer Riesenschlange. Sie weint fürchterlich und betet zu Gott. Ich habe Angst, daß sie durchdreht."

„Wer", fragte ich, „die Schlange oder die Frau?"

„Mit einer Riesenschlange?" fragte ich ungläubig weiter. „Kann sie mit der nicht irgendwo anders hingehen? Was soll ich mit der Schlange machen? Ich habe doch kaum eine Ahnung davon."

Es war nichts zu machen. Lonie bestand einfach darauf, daß ich so schnell wie möglich in die Praxis zurückkam. Ich beruhigte sie und sagte ihr, daß wir kämen, sobald das Euter der Kuh zusammengeflickt und das Tier gut versorgt war.

Es war wie immer ärgerlich, die gesamte Praxistour wurde unterbrochen und geriet ins Schlingern. Wir hatten Termine mit den Bauern vereinbart. Sie saßen im Stall und warteten auf uns. Das gab wieder Ärger; aber den waren wir ja gewöhnt. Wie oft sagt man zu, zu einer bestimmten Uhrzeit da zu sein, dann kommt ein überfahrener Hund, ein Pferd mit grimmiger Kolik oder eine Schwergeburt bei einer Kuh dazwischen. Der ganze schöne Terminplan ist dann für die Katz. Wenn man dann mit stundenlanger Verspätung eintrifft, bekommt man den Unmut der Bauern so richtig zu spüren, denn auch sie haben ja noch etwas anderes zu tun, als auf den Tierarzt zu warten. Schließlich haben sie einen Job, der den ganzen Mann und auch die ganze Bauersfrau fordert. Die Zeit, wo sie am Abend um sechs gemütlich vor dem Haus den Feiertag genießen, wo sie am Sonntag vormittag nach der Kirche ihr Bierchen im Dorfkrug trinken konnten, wo die Landwirtschaft noch ein Beruf war, der vom Rhythmus der Natur geprägt war, wo es Zeiten der Hektik, aber auch der Muse gab, sind ein für allemal vorbei. Heute, in unserer schnellebigen Zeit, haben sie zwar schnelle und große Maschinen, die Zeit aber ist ihnen abhanden gekommen. „Mit unserem Betrieb und dem Stall voll Vieh brauchen wir keinen Sonntagsanzug mehr", sagen die Bauern immer wieder zu mir. Das ist auch der Grund, daß sie ungehalten sind, wenn ich meine Termine nicht einhalten kann.

Das Euter der Kuh war versorgt. Wir packten unsere Sachen zusammen und fuhren auf dem schnellsten Wege in die Praxis.

Ivette lag noch immer auf den Knien. Sie weinte still vor sich hin. Sie war ganz gebrochen. Zwischendurch sprach sie zu ihrer Schlange, die ganz apathisch in ihrem Korb lag, wie zu einem Kind. Sie wußte, daß die Boa sie nicht hören konnte. Schlangen haben gar kein oder nur ein sehr unterentwickeltes Gehör. Aber die Bewegung ihrer Lippen, ihrer Hände und ihres Kopfes wurden vor ihr erkannt.

Das ist wie bei den Schlangenbeschwörern auf dem großen Platz in Marrakesch. Auch dort hören die Brillenschlangen keinen Ton der Flöten. Die Flötentöne sind dazu da, die Zuschauer anzulocken. Der Schlangenbeschwörer bringt durch die Bewegungen seines Körpers und der Flöte die indische Kobra zum Wiegen.

Die Boa constrictor von Ivette war nicht mehr in der Lage zu wiegen. Ivette nahm sie aus dem Korb. Sie lag wie in Agonie. Ich versuchte sie zu untersuchen. Die Untersuchung stieß auf Schwierigkeiten. Ich wußte nicht genau, wo das Herz und die Lungen lagen. Bei Schlangen sind alle Organe dem langen Körper angepaßt und in die ganze Länge gezogen. Ohne elementare Kenntnisse über die genaue anatomische Lage der inneren Organe ist eine klinische Untersuchung Stümperei und besonders problematisch. Wir kontrollierten die Temperatur in der Kloake. Auch die sagte mir nichts. Der Allgemeinzustand signalisierte mir nur, daß die Schlange am Ende war, daß schon ein Wunder geschehen mußte, um sie wieder gesund zu machen.

Für Ivette war dies schrecklich. Nicht nur, daß sie an der Schlange hing. Vier Jahre hatte sie sie großgezogen. Zwei Jahre hatte es gedauert, bis sie mit der Schlange so vertraut war, um gemeinsam mit ihr artistisch zu arbeiten. Seit vielen Jahren lebte die Schlange bei ihr. Sie arbeitete mit ihr, pflegte, fütterte und versorgte sie. Sie reiste mir ihr und sie lebte von ihr. Ihr Kapital war die Attraktion mit der Schlange Mimose. Ohne die Boa war sie abgemeldet, ein Nichts. Außerdem hatte Mimose einen Handelswert von über 4000 Mark.

Ich konnte die Schlange nicht behandeln. Ich war unsicher und hatte keine Ahnung, was ihr fehlen könnte. Es war nicht meine Sache, hier etwas vorzuspielen und falsche Hoffnungen zu wecken. Ivette ließ sich nicht abweisen. Ich konnte ihr aber auch niemanden empfehlen, wo sie eventuell hingehen, wo sie fachmännische Hilfe erwarten konnte. Außerdem ging es bei der Schlange um Stunden, sehr lange konnte sie nicht mehr überleben.

Nachdem ich Ivette etwas beruhigt hatte, ging ich ans Telefon. Ich hatte einen Consemester, der als Tierarzt beim Frankfurter Zoo tätig war und sich einen gewissen Namen als Spezialist für Reptilien gemacht hatte, also auch für Schlangen zuständig war. Schnell hatte ich ihn an der Strippe und schilderte ihm den Fall. Er fragte detailliert nach jeder Kleinigkeit. Dann meinte er schließlich: „Bei aller Problematik jeder Ferndiagnose, ich glaube, daß die Schlange an Amöben erkrankt ist. Unter Umständen ist noch ein Bandwurm dabei. Ich würde sie in dieser Richtung behandeln, um keine Zeit zu verlieren. Nimm zuerst noch eine Kotprobe aus der Kloake und untersuche auf Bandwürmer. Gleichzeitig muß eine Untersuchung auf Amöben eingeleitet werden."

Er gab mir genaue, detailierte Anweisungen, nannte mir die Medikamente und ihre Anwendung und Dosierung. Er erklärte mir die Werte bei der Blutuntersuchung. Er nannte mir das Gefäß für die Blutentnahme. Es war alles Neuland für mich. Ohne ihn wäre ich weiter wie der Ochs vor dem Berg gestanden. Trotzdem war es schwierig, eine genaue Untersuchung durchzuführen, das Blut abzuzapfen. Leichter gelang es dann, die Kotprobe zu entnehmen, obwohl da kaum noch etwas zu entnehmen war.

Schlangen haben sowieso kaum Kot. Eine Riesenschlange wie die Mimose kann, wenn sie ausgewachsen ist, ein ganzes Wildschwein verschlingen. Sie verschlingt es mit Haut und Haaren, und fast alles wird restlos verdaut, die

Knochen, die Zähne, das Fell, die Klauen. So stark sind die Verdauungssäfte der Schlange. Nur ganz wenige Reste gehen als Kot nach außen. In der Kloake ist deshalb auch fast nie Kot zu finden.

Auch bei Mimose war es so. Wir entnahmen aber auch Harnkristalle. Schlangen haben keine Blase und scheiden keinen Harn aus. Die Harnstoffe werden in Form einer Art Harngrieß durch die Kloake ausgeschieden.

Die Kotuntersuchung war eindeutig. Massenhaft zeigten sich Bandwurmglieder. Die weitere Untersuchung ergab massenhaft Amöben. Amöben sind einzellige Lebewesen, die bei den Schlangen im Blut und in den Schleimhäuten des Darms und anderen Körperhöhlen vorkommen können. Sie sind absolut lebensgefährlich. Bei dem starken Befall war es nahezu ein Wunder, daß die Boa constrictor noch am Leben war.

Ich gab meinem Studienfreund die Ergebnisse unserer Untersuchungen telefonisch durch. Seine Ferndiagnose wurde voll bestätigt. Er gab mir weitere genaue Behandlungsanweisungen. Wir gingen unverzüglich an die Arbeit.

Ivette hatte sich beruhigt. Sie registrierte unsere gezielte Therapie. Bei allen unseren Eingriffen hielt sie die Schlange fest und beruhigte sie, wenn wir ihr weh tun mußten. Mimose, die Abgottschlange, beobachtete uns ganz genau dabei. Sie beobachtete jede Bewegung; sie besaß die sprichwörtliche Klugheit einer Schlange. Das sollte ich später noch erfahren.

Die Behandlung und das intensive Einstellen auf die Schlange war für mich etwas Neues. Aber es war auch etwas, wozu ich als Tierarzt ein ganz besonderes Verhältnis hatte. Die Schlange ist das Zeichen unserer Zunft. Als Arzt war der Äskulapstab mein Markenzeichen. Im Zeichen der Schlange stand mein ganzes tierärztliches Wirken und Handeln. Ihren Namen hat die Äskulapschlange vom griechischen Gott der Heilkunde, Asklepios. Schon in den antiken Darstellungen trägt er zum Zeichen seiner Wirksamkeit einen Stab in der Hand, um den sich eine Schlange windet. Es handelt sich hier um eine Natter, die Äskulapnatter, die schon bei den alten Griechen als besonders klug galt und verehrt wurde.

Mit dem Äskulapstab hat es seine besondere Bewandtnis. Die Heilkundigen des Altertums benutzten einen Stab, um den Medinawurm – einen damals und auch heute weit verbreiteten Parasiten – aus der Haut der von ihm befallenen Menschen gewissermaßen herauszuwickeln. So ist der um den Stab gewickelte Medinawurm zum Urbild des Äskulapstabes geworden. Die Äskulapnatter wurde damals besonders im griechischen Kultort Epidauros hoch verehrt. 293 vor Christus hat man diese Schlange von dort aus nach Rom gebracht, um mit ihrer Hilfe die dort wütende Pest zu bekämpfen. Seit dieser Zeit ist sie das Zeichen der Heilkunst und der Ärzte, bis zum heutigen Tag.

Die Behandlung Mimoses war langwierig. Über drei Wochen bekam sie jeden dritten Tag ihre Arznei und verschiedene Injektionen. Meist besuchte ich Ivette dabei in ihrem Zimmer im Colibri, weil sich hier, in der gewohnten Umgebung, die Schlange am besten behandeln ließ. Wenn ich klopfte und mich meldete, rief sie immer: „Einen Moment, Herr Doktor, ich bin gleich soweit!"

Es war, wie wenn man bei einer Dame anklopft, die sich schnell noch etwas überzieht, um ihren Besuch empfangen zu können, nur daß es bei Ivette gerade umgekehrt war. Die Schlange hatte sich schnell erholt. Sie hatte gefressen und ließ sich nicht mehr ohne weiteres anfassen. Ivette war felsenfest davon überzeugt, daß sie am besten mit der Schlange umgehen konnte, wenn sie nackt war. Sie zog sich deshalb jedesmal schnell aus und empfing mich oder meinen Mitarbeiter immer nur mit einem kleinen Slip bekleidet. Nun ja, es war ja gewissermaßen ihre Berufskleidung.

Von Tag zu Tag wurde es besser. Ivette konnte schon wieder mit Mimose ihren Tanz darbieten. Ich war beim letzten Hausbesuch, sozusagen bei einer abschließenden, gründlichen Untersuchung. Ivette saß wie immer fast nackt auf dem schäbigen Sofa und hielt ihre Boa constrictor. Sie war heute besonders gespannt und sah mich schon beim Eintreten mit erregtem und vorgeschobenem Kopf an. Ivette beruhigte sie. Ich nahm das Stethoskop und wollte sie gerade abhören, als die quietschende Tür aufgestoßen wurde. Es war der Manager des Etablissements, der Direktor, wie er sich nannte. Zwar war es nicht mehr der linke Bursche mit den tätowierten Armen wie damals bei Danielle, aber ein Typ der gleichen Sorte. Die Schlange schoß wie ein Pfeil mit dem Kopf auf ihn zu. Vor Schreck fiel er auf den Boden und saß mit dem Rücken zur Wand. Mimose züngelte keine zehn Zentimeter vor seinem Gesicht. Er war leichenblaß geworden. Er war genauso ein Held, wie es diese Gestalten alle sind.

Ivette zog mit aller Kraft ihre Mimose zurück. Ich ging zu ihm hin, packte ihn am Kragen und hob ihn auf. Er zitterte am ganzen Körper. Ich war gerade in der Stimmung dafür und sagte zu ihm: „Daß sie die Schlange nicht in Ihre Nase gebissen hat, bedauere ich sehr. Als Strafe dafür, daß Sie so ungalant ohne zu klopfen in das Zimmer einer Dame reinpoltern."

Ivette hatte mit großen Augen mitangesehen, wie ich den Direktor vor die Tür gesetzt hatte. Sie atmete tief durch und sagte ganz kleinlaut, aber mit frohem Unterton in der Stimme:

„Ach, hat mir das gutgetan. Dank, vielen Dank dafür."

Ihrer Schlange ging es mittlerweile so gut, daß die Behandlung abgebrochen werden konnte. Sie war wieder gesund und in alter Frische aufmerksam bei der Vorführung dabei. Es ist nicht so, daß diese Tätigkeit, die so gar nichts mit dem natürlichen Leben einer Boa constrictor im tropischen Regenwald Amerikas zu tun hat, dem Tier aufgezwungen oder gar unangenehm wäre. Die Erfahrung zeigt, daß in der Gefangenschaft aufgewachsene Tiere für jede Beschäftigung dankbar sind und auch aktiv daran teilnehmen.

Die Boa constrictor wurde alt. Sie tanzte noch viele Jahre mit Ivette, die mir von jedem Engagement eine förmliche Einladung schickte. Sie schrieb auch noch an jedem Weihnachtsfest einen langen Brief und schickte ein süßes Päckchen. Es war einfach rührend. Ihre Dankbarkeit erinnerte mich immer wieder an ein Erlebnis, das Lonie und ich hatten, als wir einmal Westafrika bereisten:

Schon auf den Kapverdischen Inseln erlebten wir die Gastfreundschaft und Herzlichkeit der an irdischen Gütern so armen Menschen. Wir tanzten mit ihnen in den lauen Nächten nach den romantisch-rhythmischen Weisen der Fideln und Trommeln. Wir bestaunten den unendlichen Himmel, an dem man glaubte, die Sterne fast mit Händen greifen zu können. Die heiße Sonne des Äquators verband sich mit dem Wind des grünschimmernden Meeres zu einem Zelt aus gleißendem Licht. „Die Küsten des Lichts", von denen Peter Bamm aus der Ägäis erzählt; dort waren sie erst richtig zu Hause. Das Glitzern der schäumenden Brandung legte sich wie ein kristallener Ring um die Inseln.

Wir hatten den Senegal bereist. Wir verloren uns auf den bunten, lebendigen Märkten. Mit den Piroggen fuhren wir durch die endlosen Arme der still dahingleitenden Flüsse. Wir saßen auf den Boulevards von Dakar und erfreuten uns an der Eleganz der hochaufgeschossenen Senegalesen. Wo die Europäer meist wie rechte graue Spießer durch die Straßen latschten, schritten die Senegalesen, mit roten, weißen, lila und goldenen Gewändern bekleidet, in unnachahmlicher Grazie vorbei.

Weiter ging es an die Elfenbeinküste und zum Niger. Dort lernten wir den Zusammenhalt der afrikanischen Großfamilie kennen, der im industrialisierten Europa kaum denkbar ist. Innerhalb der Familie kann keiner verkommen. Wer alt und schwach ist, für den wird gesorgt. Wer krank ist, der wird gesund gepflegt. Der eigene Clan ist wie eine Lebensversicherung. Er ist ein Hort, der das ganze Leben lang wie ein Schutzschild die Gefahren des Daseins abwehrt. Er gibt die Geborgenheit, die wir in unserer materialistischen Zivilisation schon lange verloren haben. Er gibt dem Afrikaner vor allem die Sicherheit. Auch bei der größten Erniedrigung erhält er ihm die Würde. Wie stark die Bindungen des Afrikaners zu seinem Stamm sind, erfuhren wir bei der Begegnung mit einer bemerkenswerten Persönlichkeit. Wir trafen ihn auf einer Reise durch die Casamence im Süden des Senegal in einem kleinen Dorf, mitten im Busch. Er war Professor der berühmten Universität von Dakar, ein weltweit anerkannter Wissenschaftler. Jetzt saß er in einem Kral auf der Matte und brachte einfachen Bauern traditionelle medizinische Grundkenntnisse bei. Wir fragten ihn, warum er als bekannter Universitätsprofessor dies tue? Er meinte, daß die Wurzeln seines Daseins und seiner Kraft von seinen Leuten kämen. Daß es ihn immer wieder zu seinem Dorf zurückziehe, daß er in den Semesterferien stets solche Belehrungen durchführe, getreu der afrikanischen Weisheit:

„Gehe zu Deinen Leuten
Liebe sie
Lerne von ihnen
Plane mit ihnen
Beginne mit dem, was sie wissen
Baue auf das, was sie haben."

„Du wirst sehen", sagte er, „wie dich diese Begegnungen immer wieder mit neuer Kraft und neuen Impulsen erfüllen."

Aber ich wollte von der Dankbarkeit erzählen, die bei Ivette solche andauernden Formen zeigte und die wir in Afrika wiedererleben konnten.

Es war auf der modernen Post von Abidjan. Der Postbeamte hatte ein altes Bäuerlein aus dem Busch abgefertigt. Er wußte genau, daß der Alte nur die Sprache seines Stammes verstand. Trotzdem sprach er unentwegt französisch auf ihn ein. Französisch war eine der offiziellen Landessprachen. Sie war auch die Amtssprache der Post. Der alte Bauer stand ganz geknickt und verdattert vor ihm. Der Postbeamte wurde immer arroganter und hochfahrender. Er war adrett, mit weißem Hemd und buntem Schlips bekleidet. Auf seiner Nase saß eine imponierende Hornbrille.

Auch wenn er nur ein kleiner Postbeamter war; er gehörte zur neuen Klasse. Die Kolonialherren waren entmachtet. An ihrer Stelle übten privilegierte Schwarze die Macht aus; vielfach genauso arrogant und überheblich wie ihre weißen Vorgänger. Das einfache Volk mußte auch hier die Zeche bezahlen. Uns kam Bert Brechts Lied vom Wasserrad in den Sinn:

„Von den Großen dieser Erde
Melden uns die Heldenlieder:
Steigen auf so wie Gestirne
Geh'n sie wie Gestirne nieder.
Das klingt tröstlich, und man muß es wissen.
Nur: für uns, die wir sie nähren müssen,
Ist das leider immer ziemlich gleich gewesen.
Aufstieg oder Fall: wer trägt die Spesen?
Freilich dreht das Rad sich immer weiter,
Daß, was oben ist, nicht oben bleibt.
Aber für das Wasser unten heißt das leider
Nur: daß das Rad halt ewig treibt."

Die beherzte Lonie hörte sich das nicht lange an. Getreu dem Wort Erich Kästners: „Es gibt nichts Gutes, es sei denn, man tut es", ergriff sie den Postbeamten am Ärmel, zog ihn von seinem Stuhl hoch und machte ihm bittere Vorwürfe über sein Verhalten gegenüber seinem Landsmann. In der großen, mit Menschen überfüllten Posthalle wurde es mäuschenstill. Der völlig verdatterte Postbeamte wußte nicht, wie er sich verhalten sollte. Aber in wenigen Augenblicken war das Anliegen des alten Bäuerleins erledigt.

Ein drahtig aussehender Zivilist sprach Lonie an. Er bat um ihre Adresse in Abidjan. Am nächsten Tag kam ein Abgesandter des zuständigen Ministers. Er brachte uns eine Einladung zu einer Fahrt auf dem Niger, die wir natürlich mit großer Freude annahmen. In einer auf elegantem Büttenpapier geschriebenen Dankadresse zollte der Minister Lonie seine Hochachtung. Der Postbeamte war unverzüglich zur Rechenschaft gezogen worden. Das wollte Lonie natürlich am wenigsten. Der arme Mann tat uns aufrichtig leid.

Wir fuhren auf einem alten Raddampfer. Es war entsetzlich heiß. Auf dem Dampfer konnten wir es nur auf dem

Oberdeck aushalten, ganz vorn am Bug. Das Schiff zog eine schwarze Rauchfahne hinter sich her. Der leichte Fahrtwind war wie ein warmer Fön. Das Schiff war randvoll mit Menschen. Es schien, als hätten sie ihre gesamte Habe dabei. Außerdem Hühner und Ziegen und alles, was in einem afrikanischen Haushalt so kreucht und fleucht. Es war ein faszinierendes, unglaublich lebendiges und buntes Treiben.

Der Niger floß wie ein riesiger, träger See zum Meer. Die erste Nacht verbrachten wir an Deck, da gab es wenigstens etwas Kühlung. Der Dampfer hatte am Abend an einem kleinen Städtchen angelegt. Wie große, bunte Fische umschwärmten die Piroggen der Fischer und Händler das schwere Schiff. Es war ein farbiger, lebendiger afrikanischer Markt auf dem Wasser. Man konnte nahezu alles kaufen, was man in dieser Gegend zum Leben brauchte. Morgens um acht ging es weiter. Der nächste Tag war ebenso heiß wie der vorhergehende. Wir sehnten den Abend und die Kühle der Nacht herbei. Die Sonne verschwand schon hinter dem Horizont der Savanne, als wir anlegten. Um das Schiff schwärmten wieder die bunten Boote der Händler. Wir wollten uns die Beine vertreten und gingen von Bord. Vorsichtig überschritten wir die schwankende Gangway.

Am Ufer stand eine munter gestikulierende, bunte Gruppe lachender Afrikaner. Als wir an Land waren, erklangen ihre Fideln, Zimbeln und Trommeln – Mozarts „Kleine Nachtmusik“ auf afrikanisch. Der schwermütige Rhythmus schmiegte sich geradezu an das Ufer des großen Flusses. Wir blieben stehen und lauschten der Musik. Es dauerte eine ganze Weile, bis wir begriffen, daß diese Musik uns galt. Die Musikanten nahmen uns in ihre Mitte und führten uns durch die sandigen Gassen des Städtchens zu ihren Häusern, dort luden sie uns zum Essen und Trinken ein. Sie spielten Musik und gaben uns ein Fest bis tief in die Nacht. Es waren die Leute des Postministers von Abidjan, der vom oberen Niger stammte. Er hatte ihnen telegrafiert, daß wir kämen und hatte sie gebeten, uns zu empfangen und zu bewirten. Er hatte gesagt, er schulde uns

Dank, Dank für Lonies engagierten Einsatz für seine Landsleute.

Es war ein rauschendes Fest. Erst spät in der Nacht kamen wir in unsere Kabine auf dem Schiff. Wir hatten mit den Leuten herzliche Bekanntschaft geschlossen. Die scharf gewürzten Speisen ließen mich die ganze Nacht nicht schlafen. Außerdem war es unerträglich heiß. Der Freundesdank war nicht nur großartig, unerwartet und fröhlich, er war auch eine besonders anstrengende Sache.

Den Tag über fuhren wir weiter, den Niger aufwärts. Die Hitze ertrugen wir nun schon etwas besser. Vielleicht war auch etwas mehr Wind aufgekommen. Die Landschaft glitt in gleißendem Licht an uns vorüber. Wir registrierten die Kolonien der Pelikane und Reiher, in der Ferne sahen wir vereinzelte Antilopen. Eifrig photographierten wir die Dörfer und Weiler und versuchten, uns von den Anstrengungen der Gastfreundschaft zu erholen.

Am Abend legten wir wieder an. Wieder empfingen uns die sinnlichen Klänge der traditionellen afrikanischen Musik. Wieder standen die Leute des Ministers am Ufer. Wieder führten sie uns in ihre Häuser. Wieder gaben sie uns alles, was sie hatten. Wieder wurde es ein rauschendes Fest. Wieder hatte der Minister gesagt, er schulde uns Dank, und wieder konnte ich ob der Völlerei kaum schlafen.

Noch einmal kamen wir an Orten vorbei, in denen die Leute des Ministers lebten. Noch einmal umfing uns die afrikanische Gastfreundschaft mit all ihrer Hingabe. Noch einmal mußten wir den Dank des Ministers über uns ergehen lassen. Es war wie eine riesige Woge der Dankbarkeit, die uns fast verschlang. Wo im alten, zivilisierten Europa eine solche Sache mit einem kurzen Dankeschön oder offiziellem Brieflein abgetan worden wäre, ließen uns im noch älteren, von uns allzu leichtfertig als primitiv abqualifizierten Afrika die Menschen mit elementarem Überschwang ihre Dankbarkeit spüren. Es war ein Erlebnis von unvergessener Eindringlichkeit.

So anstrengend diese überschäumende Gastfreundschaft in der gleißenden Hitze des Niger auch war, sie machte uns glücklich. Sie ließ uns empfinden, wie reich diese, in unserer oberflächlichen Betrachtung, so armen Menschen doch waren. Wir sahen mit ganz anderen Augen ihr Leben und Tun und ertappten uns dabei, daß wir sie um ihre Gelassenheit, um ihr Lachen und ihre ganze Lebensphilosophie fast beneideten. Es war, als kehrte man zu den Ursprüngen des Lebens zurück, frei von vielem zivilisatorischem Ballast, zu einem Leben, in dem man tut, was wichtig ist, um zu leben, um zu überleben.

Wir fanden das später bestätigt, als wir mit den stolzen Hirtennomaden Ostafrikas, den Massai, und ihren Herden über die Savanne zogen. Hierbei empfanden wir fast körperlich, was Freiheit ist, was es bedeutet, ein Leben voller Gleichmaß und Würde im Ablauf der Natur zu verbringen.

„Sie lassen sich nicht zivilisieren", klagten die neuen Technokraten in Khartoum, Nairobi und Daressalam. Sie wären schön dumm, wenn sie es täten.

Wir haben Massai im Schweiße ihres Angesichts in den Sisalfabriken in Moshi arbeiten sehen. Ihre Augen blickten durch uns hindurch, voller Sehnsucht nach der Weite der Steppe. Sie wirkten wie moderne Galeerensklaven, die man vom Stamm der Väter abgeschnitten und der Fließbandkultur des neuzeitlichen Produktivitätslebens zum Fraß vorgeworfen hat. Ihre abgrundtiefe Verzweiflung konnte man fast mit bloßen Händen greifen.

Sicher sind die steinernen Zeugen der Griechen in Ephesos oder die Pyramiden der Pharaonen in Memphis überwältigende Denkmäler einer vergangenen Kultur. Aber auch hier verlieren diese Kulturen viel von ihrem Glanz, wenn man die Myriaden von Opfern bedenkt, mit denen die Perser, die Griechen, die Römer und alle anderen Heroen der Geschichte ihre Herrschaft ausübten und ihre Kultur den Unterworfenen aufstülpten, um solche grandiosen Bauwerke zu erstellen. Auch hier lernt man das Land und die Leute, die ja immer auch das Land ausmachen, erst in den Dörfern der Mentoscha Kleinasiens oder des Mahallet el Kebir im Delta des Nils kennen und verstehen. Nicht die Monumente der Hochglanzprospekte der Touristikindustrie spiegeln das Land wieder, nein, man lernt es erst kennen bei der Begegnung mit den Menschen und Tieren, bei der Arbeit auf den Feldern, bei dem bunten, geschäftigen Treiben der Märkte, beim Klang der schwermütig-rhythmischen Musik der Trommeln und Fideln und beim Palaver in den sternklaren Nächten. Nur so wird das Dichterwort „Trink, o Auge, was die Wimper hält, von dem goldnen Überfluß der Welt", gelebte Wirklichkeit. Nur so schenkt uns das elementare Erkennen fremder Kulturen den Reichtum unserer Mutter Erde und bringt uns die unmittelbare Begegnung mit den Menschen die Erfahrung der Freundschaft.

XVII. Heimkehr

Fast zwei Jahre waren vergangen, seit ich Klein-Sonnenwind und seine Mutter Jennifer bei dem bärtigen Einödbauern unterhalb des verborgenen Nebenpasses in den Tauern abgegeben hatte. Aus seinen kargen Postkartenmitteilungen erfuhren wir immer nur, daß es den beiden gut ginge und Sonnenwind kräftig zugelegt hatte. Es war Zeit, sie heimzuholen. Der bürokratische Aufwand, die Pferde von einem Land in das andere zu bringen, erschien zur damaligen Zeit nahezu unüberwindlich. Nach endlosen, zähen Bemühungen gaben wir es auf. Wir wollten es schwarz versuchen und hatten uns als Ersatz für Papiere und Dokumente einen kleinen Vorrat an Schinken und Speck und all solcher Köstlichkeiten zugelegt, die das gute Herz eines Zöllners an seine vier heranwachsenden Kinder zu Hause denken lassen und sein Pflichtbewußtsein dann doch ein wenig ins Wanken bringen sollten. Wir wollten das Menschliche, Allzumenschliche als letzte Chance unseres Unternehmens einsetzen und hatten dabei nicht die geringsten Gewissensbisse; ja wir waren davon überzeugt, letztlich eine gute Tat zu tun. Aus dieser positiven Stimmung heraus hatten wir alle notwendigen Vorbereitungen getroffen. Am nächsten Morgen sollte die Reise ins Ungewisse beginnen.

Wie immer vor solchen Erlebnissen lief die Praxis auf Hochtouren. Der letzte Patient der Abendsprechstunde war eine kleine Taube. Es war eine kleine Brieftaube, aber man sah ihr ihre Abstammung von der Felsentaube noch deutlich an. Ihr kleiner, edler Kopf, ihre hellorangen Augen, ihr schlichtes blaugraues Gefieder und ihre metallen schillernden Flügeldeckfedern ließen ihre Herkunft nur zu deutlich erahnen.

Sie war dem Menschen in fast 5000jähriger Domestikation vertraut geworden. Ihre Vorfahren hatten schon im alten Mesopotamien als Botschafter gedient. Im zwölften Jahrhundert vor Christi hatte Ramses II., der Göttliche, seine Krönung als Pharao der Ägypter der damaligen Welt durch Tauben verkünden lassen. Nero, der geistesgestörte blutige Kaiser von Rom, lud seine speichelleckenden Freunde mit Hilfe seiner Brieftauben zu seinen bacchanalischen Gelagen ein. Durch ihr unglaubliches Heimfindungsvermögen waren die Tauben immer die besten und sichersten Boten, sei es im Guten oder im Schlechten.

Die Taube, die jetzt auf meinem Operationstisch ihre Narkose ausschlief, war auch so ein Star. Ihr Besitzer, Freund und Pfleger war ein biederer Rentner. Er hatte schon über drei Jahrzehnte Tauben gezüchtet. Das Hobby war ihm immer mehr zur irrationalen Leidenschaft geworden. Die Sitzecke in der gemütlichen Küche war von oben bis unten mit Plaketten und Siegertrophäen gepflastert. Auch wenn der sportliche Erfolg von den Tauben selbst erflogen wurde, sein persönliches Verdienst war er auch. Die Sorgfalt, das Futter und die Pflege, die er seinen Tauben zukommen ließ, waren überhaupt nicht vergleichbar mit der Fürsorge für Frau und Familie. Bei den Tauben war ihm keine Mühe zuviel. Für sie hatte er immer Zeit, bei ihnen rastete er auch in finanzieller Hinsicht geradezu aus. Bei der letzten großen Auktion in Essen ersteigerte er eine Taube für 4000,- Mark. In seinen alten Tagen wollte er nochmals ganz groß einsteigen. Seine Frau brach in Tränen aus und erklärte ihn nun für völlig übergeschnappt. Aber er ließ sich nicht beirren. Mit dieser Startaube, bei weitem nicht die teuerste auf der Auktion, wollte er seiner Zucht die Krone aufsetzen und viele edle und siegreiche Nachkommen züchten. Er rechnete seiner Frau vor, wieviel Geld er mit dieser Nachzucht verdienen könnte. Obwohl er aus bitterer Erfahrung wußte, daß diese, seine Theorie, völlig in den Sternen stand, war er felsenfest von seinem Vorhaben überzeugt; und übrigens ging es ja überhaupt nicht um das Geld, es ging ganz allein um den Erfolg und die Ehre. Seine Frau schlug die Hände über dem Kopf zusammen und blieb stumm. Sie wußte, über die Brieftaubenzucht war mit ihm nicht zu reden. Wenn die Frau oder die Kinder krank waren, nahm er es gelassen hin. Krankheit und Tod gehören zum Leben, war seine Philosophie, mit der er durchaus richtig lag. Wenn aber den Brieftauben nur das Geringste fehlte, drehte er durch, dann war er selber schwer krank und kaum noch berechenbar.

Seine neue Startaube hatte sich gut bei ihm eingewöhnt. Bei kleinen Flugwettbewerben in der näheren Umgebung war sie immer die beste, ein wirklicher Star. Am Sonntag sollte der erste große Test sein. Ein Flug über 700 Kilometer vom Hradschin, von Prag. Er saß im Hof seines Häuschens und wartete auf das pfeifende Geräusch ihrer Heimkehr. Seine Frau, die ihn da stundenlang sitzen sah, konnte sich nicht verkneifen zu bemerken: „Wenn du schon stundenlang da sitzt und aufs Dach starrst, könnte dir vielleicht auch die Idee gekommen sein, daß wir für die viertausend Mark das brüchige Ziegeldach hätten umdecken lassen können. Aber nein, der Herr muß ja sein sauer verdientes Geld für seine Tauben einfach zum Fenster hinausschmeißen!“ Er knurrte nur wie abwesend, zwischen Hoffnung und tiefer Betroffenheit. Er war wie in Trance.

Über vierundzwanzig Stunden war sie schon überfällig. Vierundzwanzig Stunden, die ihm zur Tortur wurden. Seine Gedanken waren fern bei seiner Taube. Er sah sie in den Fängen von Wanderfalken, Habichten und Sperbern... Er verbrachte auch die ganze Nacht im Hof. Er haderte mit sich selbst und war den Tränen nahe. Es ging ihm dabei nicht so sehr um das schöne Geld. Das natürlich auch, denn für die Taube hatte er seine ganzen Ersparnisse auf den Tisch gelegt. Und er wußte auch von alten Kollegen, die erhebliche Schulden gemacht hatten, um neue Tauben zu ersteigern. Schulden kamen für ihn niemals in Frage. Das wollte er seiner Familie nun doch nicht antun, dazu war der Respekt vor der Frau nun doch zu groß. Nein, es ging ihm allein um seine Taube. Sie war ihm in den wenigen Wochen ans Herz gewachsen. Er bangte um sie, wie um sein eigenes Leben.

Im Morgendämmern flog sie mit letzter Kraft ein. Sie war übel zugerichtet. Sie war irgendeinem Greifvogel in die Fänge geraten. Aus einem Grund, der uns verschlossen blieb, war sie dem sicheren Tod entronnen. Ihr starkes Kämpferherz gab ihr die Energie für den Heimflug nach

Hause. Es war wie ein Wunder, ein Wunder, das immer wieder einmal vorkommt.

Der Rentner kam sofort mit ihr in unsere Praxis. Den ganzen Tag hatten wir versucht, ihre Lebensgeister wieder zu wecken. Es war schwer. Aber sie war jung, sie war aus bester Zucht und ihr Besitzer hatte sie prima versorgt. Sie erholte sich langsam. Dann erst war es möglich, sie in Narkose zu legen, um ihre Wunden zu nähen. Es war eine mühselige Arbeit. Aber es ging alles gut. Nun hofften wir, daß sie die Narkose und den Eingriff gut überstand und wieder gesund wurde. Sie sollte noch ein paar Tage zur Überwachung in der Praxis bleiben, wir wollten für jeden Zwischenfall gewappnet sein. Der alte Mann holte sich seinen Schlafsack. Er beschloß, die ersten Tage und Nächte bei ihr zu wachen.

Ich atmete auf. Ein schwerer Praxistag war wieder einmal geschafft. Lonie wollte gerade die Türe schließen, als zwei jüngere, seriös wirkende Herren klingelten. Es waren die Vikare der katholischen und evangelischen Gemeinde. Ich bat sie herein. Sie sahen die Taube auf dem Operationstisch liegen und wurden verlegen. Sie kamen auch wegen der Tauben. Ihre Tauben waren keine irrationale Leidenschaft, kein Hobby; sie waren eine Plage. Sie nisteten in den Glockenstühlen und auf den Gesimsen ihrer Kirchen. Sie rucksten und gurrten den ganzen Tag, den Gott werden ließ. Mit ihrem Kot verschmutzten sie die Kirchen und die Plätze ringsumher. In seltener ökumenischer Übereinstimmung baten sie mich, etwas gegen die Taubenplage zu unternehmen, so wie ich schon vor einiger Zeit einmal – es war vor ihrer Zeit als Vikare – die Gotteshäuser taubenfrei gemacht hätte.

Es war wieder einmal die Duplizität der Fälle. Eine Taube brachte die nächsten Tauben in mein Auftragsbuch. Aber so einfach konnte ich es den beiden Herren nun wieder auch nicht machen. Schon gar nicht mit ihrer Behauptung, ich hätte schon einmal die Taubenplage beseitigt.

Ich zeigte auf die Taube auf dem Operationstisch und erzählte ihnen, welche Mühe wir aufwenden mußten, um sie am Leben zu erhalten. Ich sprach davon, welche Bedeutung so eine kleine Taube im Leben eines Menschen haben kann. Ich gab zu bedenken, wie ansprechend die Verhaltensweisen der Tauben auf uns Menschen wirken. Seit altersher sind sie Sinnbilder des Lebens. Ich erinnerte sie daran, daß sie ihr verträgliches Wesen zum Symbol des Friedens werden ließ. Außerdem machte ich ihnen klar, daß ich als Tierarzt so etwas wie der Anwalt der Tiere, auch der Tauben bin, daß die Ethik meines Berufs mir auferlegt, den Tieren zu helfen und sie zu heilen, wenn sie krank sind; nicht sie zu töten.

Je länger ich sprach, desto unsicherer wurden die beiden. Sie sahen dies alles ein, aber schließlich sollte ich doch auch verstehen, daß die Taubenplage nicht von der Hand zu weisen sei.

Das Stichwort Taubenplage brachte mich auf: „Die Menschen nehmen es hin, daß die Autoabgase in wenigen Jahren die unersetzlichen Kunstwerke der größten Steinmetzmeister der vergangenen Jahrhunderte radikal zerstören. Sie nehmen es hin, als Steuerzahler viele Millionen dafür aufzubringen, um auch nur die gravierendsten Schäden zu reparieren. Sie nehmen es hin, daß die Abgase nicht nur ihre Gesundheit belasten, sondern ihre Lebensqualität dabei genauso zerbröselt wie die grandiosen Kunstwerke eines Meisters von Steinbach oder Veit Stoß'.

Wenn aber dann ein paar Tauben zuviel um den Kirchturm fliegen, werden sie aufgeschreckt und aktiv. Es wäre ja wirklich schrecklich, beim sonntäglichen Kirchgang in eine Winzigkeit Taubenmist zu treten oder gar etwas auf den neuen Frühlingshut zu bekommen. Da wird gleich das Gespenst der Zerstörung der Sandsteingesimse in die Debatte geworfen. Gesimse, in denen seit Jahrhunderten Tauben genistet haben, ohne daß sie dadurch beschädigt oder gar zerstört wurden."

Die beiden Vikare wurden ganz kleinlaut und sahen das ein. Sie meinten nur noch, ob man mit Spezialfutter oder Fruchtbarkeitshormonen die Taubenpopulation etwas zurückdrängen könnte. Schließlich solle ich das doch im vergangenen Jahr erfolgreich praktiziert haben.

Ich zwang mich, ganz ruhig zu bleiben, und sagte: „Es tut

mir leid. Auch ich habe gehört, daß ich die Tauben beider Kirchen vergiftet haben soll. Zwar reagiere ich auf das Geschwätz dummer oder boshafter Menschen grundsätzlich nicht, aber ich will Ihnenen dennoch reinen Wein einschenken." Zu dem katholischen Vikar gewandt, fuhr ich fort: „Sie wissen, daß ihre Kirche im letzten Jahre renoviert wurde. Über Wochen stand ein Gerüst um den Turm. Bei den Arbeiten waren auch italienische Fachleute eingesetzt. Sie liebten die Tauben nicht so sehr wegen der Ehren, die sie als Reisetauben einfliegen können; sie liebten sie als gebratene und gefüllte Delikatesse. Sie sahen die großen Taubenschwärme um die Kirche fliegen und legten Futter auf die Gesimse, um sie anzulocken. Sie spannten Leimbänder daneben, wie sie im Süden Europas schon immer den Zugvögeln zum Verhängnis wurden. Die Tauben kamen zum Futter, blieben kleben und wanderten in die Bratpfanne. Das große Futterangebot auf den Gesimsen der Kirche sprach sich bei den Tauben herum. Sie konvertierten auch von der evangelischen Kirche zu den Gerüsten der katholischen. Es ging ihnen dabei aber wie den meisten Glaubensbrüdern, die in den Jahrhunderten die Kirche gewechselt haben. Die anfänglichen Verlockungen wurden selten belohnt. Sie konnten nicht wissen, was die Kirchenmänner mittlerweile aus der Glaubensgemeinschaft von Jesus Christus gemacht haben."

Jetzt schloß Lonie endgültig die Praxistür. Morgen früh um fünf wollten wir fahren. Der Wagen war gerichtet und der Pferdehänger angehängt. Wir brauchten nur noch unser Gepäck zu verstauen und unsere „Mautgebühr" zu verstecken; dann konnte es losgehen.

Es war eine kurze Nacht. Um fünf Uhr hatte sich schon unsere Stadt im Dunst hinter uns verloren. Bei diesigem Wetter erreichten wir um 11.30 Uhr die österreichische Grenze. Ein Studienfreund, der mittlerweile am Thiersee in Tirol eine Praxis aufgemacht hatte, hatte uns den Tip gegeben. Es war keine richtige Straße und schon gar kein offizieller Grenzübergang; es war eher ein Weg für die Holzabfuhr und den Almauftrieb. „Im Mai", hatte er uns erklärt, „bringen die Bauern und Züchter von beiden Seiten der Grenze ihre Stuten mit Fohlen auf die Mittelalm. Wenn ihr mit einem Pferdeanhänger kommt, fallt ihr gar nicht auf." Es war so, wie er sagte. Der Grenzbeamte, der eher wie ein leidenschaftlicher Wilddieb aussah, sah in unsere ehrlichen Gesichter, er ließ es, ohne mit der Wimper zu zucken, geschehen, daß Lonie einen mit einem buntkarierten Leinentuch überdeckten Korb neben den Schlagbaum stellte, und winkte uns, ohne ein Wort zu sagen, zur Weiterfahrt durch. So leicht hatten wir uns den Grenzübertritt nun wirklich nicht vorgestellt. Was hatten wir uns eine Mühe gemacht, um die Bürokraten davon zu überzeugen, daß wir nur eine eigene Stute mit Fohlen heimholen wollten. Die Sache wurde zur Staatsaktion hochstilisiert. Es war einfach hoffnungslos, nichts zu machen. Und dann so ein Grenzübertritt. Lonie und ich, denen bei der Anfahrt zum Schlagbaum fast die Herzen stehengeblieben waren, atmeten erst einmal tief durch. Ich gab Gas und schlug mir auf die Schenkel. Wir schauten uns in die Augen und lachten aus vollem Halse. Fast wären wir noch vom schmalen Schotterweg abgekommen und gegen das abseits des Weges aufgeschichtete Dünnholz geknallt. „Uff, das ist ja nochmal gutgegangen", sagte Lonie, und wir fuhren lachend weiter.

Den Einstieg in den Nebenpaß in den Tauern fanden wir ohne Probleme. Ich hatte mich kundig gemacht, und die Erinnerung schob den Schleier des Vergessens beiseite. Was ich vorher schnell verdrängen und vergessen wollte, erschien vor meinem geistigen Auge wie ein Spiegelbild der damaligen unerbittlichen Realität. Fast traumwandlerisch bogen wir in die steinige, schmale Paßstraße ein und quälten uns mit dem schweren Pferdeanhänger die teilweise beträchtlichen Steigungen hoch. Überall, wo die Straße im Schatten lag, war der Schotter mit Schnee bedeckt, und wir schafften mit Ach und Krach langsam die Paßhöhe. Ein kalter Wind aus Osten blies uns ins Gesicht. Die kahlen Hänge waren noch dick mit Schnee bedeckt, in den die Sonne züngelnd tiefe Risse eingefräst hatte. Ein Schwarm schwarzer Dohlen umkreiste das urige Paßhaus, das für die Bergwanderer als Zuflucht bei einem Wettersturz diente.

Wir stiegen aus und dehnten unsere Glieder. Mittlerweile waren wir acht Stunden unterwegs und hatten eigentlich vor, nach kurzer Rast wieder den beschwerlichen Weg zurück anzutreten. Zweihundert Meter unterhalb der Paßhöhe sahen wir den verwitterten Hof des Bergbauern, wo unsere Jennifer und Klein-Sonnenwind Asyl gefunden hatten. Eine hellgraue Rauchwolke qualmte aus dem Kamin. Ich sah den großen, klobigen Zuckerhutfelsen, von wo der schmale Weg zu dem in dieser kargen Gegend fast lieblichen Wäldchen knorriger Lärchen und dem darunterliegenden Einödgehöft abzweigte. Gleich waren wir an unserem Ziel. Lonie und ich waren gespannt bis in die letzte Faser, wie wir unsere Pferde wiederfinden würden. Wir fuhren los, wir wollten es hinter uns bringen.

Der Weg von der Abzweigung bis zum Gehöft war nochmals ein schweres Stück Arbeit. Zwischendurch dachten wir schon, daß wir zum Einödbauern gehen und die zwei starken Maultiere holen müßten, um sie vor den Wagen zu spannen. Der finstere Bauer stand, so wie ich ihn in Erinnerung hatte, unbeweglich vor seinem Hof. Sein Bart war noch struppiger geworden, und die stechenden Augen verloren sich unter den dichten Brauen. Ich spürte, daß Lonie ob seiner Gestalt ganz kleinlaut auf ihrem Sitz zusammensackte. Wir hielten an und stiegen aus. Wie vor zwei Jahren ging ich gelassen auf die schweigende Gestalt zu und gab ihm die Hand. Ein kräftiger Männerdruck sagte mir, daß wir willkommen waren. Ich machte ihn mit Lonie bekannt, die unter seinem Händedruck fast in die Knie ging. Er rief seiner Frau. Die stolze, herrische Bäuerin mit dem klassisch geschnittenen, braungegerbten Gesicht lud uns mit einer Geste der Grandezza ins Haus. Es war alles so, wie ich es in Erinnerung hatte. Nur dunkler und verrußter kam es mir vor. Die Zeit war absolut stillgestanden. Wir saßen auf der Ofenbank in der guten Stube, tranken den herrlichen Calvados und aßen vom dargereichten Brot und Käse. Das Gespräch kam nur langsam in Gang. Wir fragten, wie es ihnen in den vergangenen Jahren des Umbruchs gegangen war. Sie verstanden unsere Frage nicht. Bei ihnen war alles seit Generationen gleich geblieben. Sie waren auf sich alleine gestellt, niemand interessierte sich für sie, wenn sie nicht gerade einmal in eine Zollfalle verstrickt waren, niemand half ihnen, wenn die Zeiten einmal schlecht waren. Ob Krieg oder Frieden, ob ein Kaiser oder ein Demokrat in Wien, das war kein Thema für sie. In solcher Abgeschiedenheit kann man nur überleben, ja leben, wenn man absolut autark ist, autark im Kopf, Bauch und autark auch im Herzen.

Wir saßen gespannt auf der warmen Ofenbank. Der Calvados hatte unser Gespräch gelockert. Endlich, nachdem wir glaubten, dem Kodex der Gastfreundschaft Genüge getan zu haben, fragten wir nach unseren Pferden. Der Bauer stand wortlos auf und ging uns voran in den Stall. Ich mußte meine Einmeterfünfundachtzig beugen, um durch das knorrige Türgebälk zu kommen. Der Stall war unverändert. Die schwere Balkendecke drohte uns fast zu erdrücken. Die kleinen Luken ließen kaum Licht aufkommen. Alles war so, wie ich es in Erinnerung hatte. Aus der hintersten Ecke ließ Jennifer ihr helles Wiehern erklingen. Sie hatte mich sofort gewittert und wiedererkannt. Sonnenwind, der mit ihr in einer geräumigen Box stand, hob den grazilen Kopf und wieherte aus Kräften mit. Schöner hätte das Wiedersehen nicht ausfallen können. Die Stute sah prächtig aus, und Sonnenwind war ein Bild, ein Ideal von einem Pferd. Er war wirklich zum zweiten Sonnenwind herangereift. Lonie und mir kamen die Tränen, der grimmige Bauer sah es beiläufig und klopfte mir mitfühlend auf die Schulter. Wir gingen in die Box und nahmen sie in die Arme. Wir strichen ihnen über die Nüstern und tätschelten ihnen den Hals. Eine irrationale Woge von Glück überströmte uns, so daß es mit unserer Fassung vorbei war. Ich umarmte Lonie und spürte, wie die Freudentränen an ihrem sonst so beherrschten Gesicht einfach herunterströmten. Der Bauer ließ uns alleine. Im Stall standen noch die Mulis und die Haflinger sowie Schafe und Ziegen. Alle Tiere schauten mit gespitzten Ohren nach der rührenden, allzu menschlichen Szene. Wir waren einfach glücklich, grenzenlos glücklich.

Es dauerte eine halbe Stunde, bis wir den Rausch des Wiedersehens verdaut hatten. Dann ging Lonie zum Wagen und holte den großen Korb, den wir als kleines Geschenk gerichtet hatten. Wir gingen gemeinsam in die gute Stube und bedankten uns überschwenglich für die gute Pflege unserer Pferde. Der Bauer und seine Frau nahmen es wortlos zur Kenntnis. Ich rechnete den Rest der vereinbarten Stall- und Pflegegebühr ab und gab ihm dann Decken, Geschirre und Sättel, die ich günstig hatte ersteigern können, für seine Mulis und Haflinger. Ein flüchtiger, leuchtender Blick ließ mich erkennen, daß wir mit diesen Dingen richtig lagen.

Die Zeit zum Abschied war gekommen. Wir verluden Jennifer und Sonnenwind, gut eingedeckt, in unseren Pferdehänger. Sie ließen sich verladen wie alte Profis und fingen sofort an von dem duftenden Heu zu fressen, das ihnen der Einödbauer in die Futtersäcke getan hatte. Er klopfte den beiden nochmals ausgiebig den Hals. Man spürte, wie schwer ihm der Abschied fiel. Vom Stall her tönte das laute Gewieher und Blöken der Pferde und Schafe. Die Frau stand regungslos vor der Haustür, den Korb mit den Geschenken in der Hand. Ein kurzer, kräftiger Händedruck war unser wortloser Abschied, aber man spürte, daß jeder dem anderen Dank aussprach und alles Gute für die Zukunft wünschte. Ich sagte zu Lonie: „Das wichtigste im Leben zwischen den Menschen ist es doch immer, daß man sich aufeinander verlassen kann.“ Ohne vertragliche Absprache, Hunderte Kilometer voneinander getrennt, konnten wir uns aufeinander verlassen, auch wenn kein Wort darüber gewechselt wurde.

Wir fuhren vorsichtig den steilen Weg zur Paßstraße. Die Pferde verhielten sich ruhig und mampften ihr Heu. Es war eine eigenartige Föhnstimmung aufgebrochen. Bei unseren Abreisevorbereitungen hatte ich bemerkt, wie der Bauer mehrmals mit sorgenvollem Gesicht in den grauen Himmel schaute. Auf der Paßstraße, neben dem klobigen, zuckerhutähnlichen Felsen, hielten wir an, um nochmals zu überprüfen, ob die Pferde richtig angebunden waren. Es war mittlerweile schon fünf Uhr vorbei, also höchste Zeit für die Heimfahrt, wenn wir noch einigermaßen bei Helligkeit vorankommen wollten.

Zufällig schaute ich zur schneebedeckten, hellbeleuchteten Bergkante hinauf. Im gleichen Augenblick riß ein Schneebrett, wie mit der Rasierklinge abgeschnitten, ab. Es explodierte geradezu zu einer riesigen Schneestaublawine. Der ganze Hang kam ins Rutschen. Die Lawine zischte wie die Brandung eines Sturmes an einer Felsenküste und donnerte direkt auf uns zu. Ich stieß einen lauten Schrei aus. Er verhallte ungehört in dem um uns wirbelnden Inferno. Ich riß Lonie mit aller Kraft hinter den Felsen zu Boden. Wir lagen zwischen Pferdehänger und Felsen und rangen nach Luft. Ein orkanartiger Windstoß wirbelte um uns und brach sich an den steilen Bergwänden des engen Paßtales. Nach zehn Minuten kehrte Ruhe ein. Unterhalb des großen Felsens war eine mehr als 100 Meter breite Lawine bergab gedonnert. Die Straße ins Tal war viele Meter hoch mit Schnee und Eis bedeckt. Immer noch rollten vereinzelte Stein- und Eisbrocken den Hang herunter. Dann wurde es still wie im Grab.

Langsam rafften wir uns auf. Wie durch ein Wunder waren wir mit dem Leben davongekommen. Der Felsbrocken hatte uns gerettet. Er hatte das Lawinenbrett an uns vorbeigeleitet. Auch Wagen und Pferdeanhänger schienen unbeschädigt. Die Pferde standen noch zitternd in ihren Ständern, ließen sich aber sehr schnell beruhigen und begannen wieder an ihrem Heu zu mampfen. Der Felsen hatte die gewaltige Sturmwelle gebrochen. Wären wir schon etwas weiter bergaufwärts auf der Paßstraße gewesen, der orkanartige Sturm hätte uns sicher in den Taleinschnitt geweht. Zum zweiten Mal nahmen wir uns am heutigen Nachmittag in die Arme. Zum zweiten Mal rannen Lonies Tränen an mir herunter, nicht vor Glück, sondern vor Dankbarkeit, daß wir dieser Gefahr so glimpflich entrinnen konnten. Es war wie ein Wunder, es war ein geradezu unverschämtes Glück. Um ein Haar wäre unser junges Leben ausgelöscht gewesen. Im stillen dankten wir Gott für diese wunderbare Rettung. Wir dankten auch dem Gott der Pferde, daß er uns, jetzt nach der Wiederfindung, Jennifer und Sonnenwind erhalten hatte. Wir spürten irgendwie, daß die Zeit für uns noch nicht gekommen war, glaubten noch an einen langen Weg vor uns. Wir schworen uns, dieses Leben durch dick und dünn gemeinsam zu gehen. Wir waren voller Hoffnung, daß es Jahre der Liebe sein würden.

XVIII. Epilog

Der Liebe zu den Tieren habe ich mein Leben geweiht. Das schließt auch die Liebe zu den Menschen ein, besonders denen, die mit und von ihren Tieren leben. Sicher wird es Menschen in unserer so nüchternen, erfolgsorientierten, materiellen Welt geben, die eine solche Lebensmaxime nicht verstehen, ja als überheblich abqualifizieren. Das sind Menschen, die den sinngemäß abgewandelten Bibelspruch: „Was hülfe es dem Menschen, wenn er die ganze Welt gewönne und fände die Liebe nicht", noch nicht erfahren konnten. Ohne die Liebe zur Kreatur als Schöpfung ist der tierärztliche Auftrag nicht möglich. Die Liebe erblüht aber nur, wenn der Frieden die Herzen der Menschen durchzieht. Sie lebt nur dann, wenn wir hoffen können, daß es die Menschheit eines Tages vermag, in Ehrfurcht vor dem Leben, unter dem Mantel der Liebe und auf den Flügeln des Geistes in eine bessere Zukunft zu ziehn. Wir alle sind dazu aufgerufen. Für dieses Ziel müssen wir Kopf und Herz freibekommen ... und dann wird es uns auch gelingen.

Denn eines wissen wir – diese Erde ist unserer aller Erde – und alle Menschen sind Brüder und Schwestern. So wie mein Leben als Tierarzt die Tiere zu Brüdern und Schwestern werden ließ, sind auch wir Menschen alle miteinander verbunden. Je enger wir zusammenrücken müssen, desto mehr wird des einen Not auch des anderen Not und des einen Glück auch des anderen Glück sein. Der Weg in die Zukunft ist ein gemeinsamer Weg, den wir nur alle zusammen gehen können.